AF190027

Uwe Goeritz

Nur ein Hexenleben ...

Bibliografische Information der Deutschen Nationalbibliothek:

Die Deutsche Nationalbibliothek verzeichnet diese Publikation in der Deutschen Nationalbibliografie; detaillierte bibliografische Daten sind im Internet über http://dnb.dnb.de abrufbar.

© 2018 Uwe Goeritz

Coverfoto: Marion Jana Goeritz

Herstellung und Verlag: BoD – Books on Demand, Norderstedt

ISBN: 978-3-7460-7399-6

Inhaltsverzeichnis

ine einzige Zeile aus einem der ältesten Bücher der Welt hat so vielen den Tod gebracht. In der Bibel, im 2. Buch Mose steht „Eine Hexe sollst du nicht am Leben lassen." Und zum Ende des 15. Jahrhunderts wurde diese Zeile für tausende Menschen zum Todesurteil.

Im Jahre 1486 entstand das Traktat „Der Hexenhammer" oder auch „Malleus Maleficarum" des Domininkanermönches Heinrich Kramer. Dieses Buch, eine Anleitung zum Finden und Auslöschen von Hexen, sollte in den folgenden dreihundert Jahren zehntausende unschuldige Leben fordern, die als Hexen oder Zauberer verbrannt wurden. Quer durch alle Bevölkerungsschichten hindurch wurden, aus einer immer weiter um sich greifenden Hysterie heraus, Männer, Frauen und Kinder grausam hingerichtet. War die Kirche zuvor noch gegen die Verfolgung der Hexen gewesen, so setzte sie nun die Inquisition auf die vermeintlichen Ketzer an. Unter der Folter gestanden viele, ohne jemals etwas Unrechtes getan zu haben.

Johannas Mutter war eine dieser Frauen, unschuldig fand sie den Tod und nun muss das Mädchen versuchen sich in einer Welt zurecht zu finden, die auch ihr nach dem Leben trachtet. Kann sie den Flammen entkommen?

Die handelnden Figuren sind zu großen Teilen frei erfunden, aber die historischen Bezüge sind durch archäologische Ausgrabungen, Dokumente, Sagen und Überlieferungen belegt.

1. Kapitel

Erlösende Dunkelheit

Das Feuer war so nah, dass es die Tränen des Mädchens auf den Wangen trocknete, nachdem sie herausgelaufen waren. Sie spürte die Hitze im Gesicht und doch konnte sie den Blick nicht abwenden. Den Mund immer noch zum Schrei aufgerissen, sah sie, wie die Flammen die Mutter verzehrten. Keine zehn Schritte trennten sie und wenn der Pfarrer sie nicht festgehalten hätte, so hätte sie sich schon längst in die Flammen gestürzt. Der Mann sagte nur „Sie ist eine Hexe und wir müssen ihre Seele durch das Feuer vom Teufel reinigen."

Johanna, so hieß das Mädchen, war noch keine zehn Jahre alt und im Moment verlor sie gerade die Mutter. Der Vater, ein reicher Kaufmann, stand unbeteiligt neben ihr und eine Menge Menschen waren nur Schemenhaft neben und hinter ihr zu sehen. Der Schleier der Tränen verzog alle Bilder. Am Anfang hatte die Mutter noch geschrien, doch dann war sie einfach zusammen gesunken. Sie hing, mit einer Kette gefesselt, an dem Stamm inmitten des brennenden Reisigs. Durch die Flammen hindurch konnte Johanna sehen, wie die Feuerzungen begannen das weiße Kleid der Mutter zu verzehren, dann griffen sie auf das lange Haar über und hüllten sie vollständig ein. Johanna konnte den Blick nicht abwenden, denn der Mann hinter ihr hielt ihren Kopf fest. Sie sollte das ganze grausame Schauspiel mit ansehen!

Wie ein glühender Vorhang schloss sich die Flammenwand und Johanna fiel in sich zusammen. Wenn der Pfarrer sie nicht gehalten hätte, so wäre sie vermutlich auf den steinigen Platz vor der Stadtmauer aufgeschlagen, so rutschte sie einfach in sich zusammen. Das letzte, was sie sah, war der starre Blick des Vaters auf die Flammen. Schwärze umgab sie, aber sie war wach. Sie konnte das Prasseln des Feuers und das Johlen der Menschenmenge hören, nur sehen konnte sie nichts mehr. Alles Dunkel um sie herum, wie ein Schutzschild, dass die schrecklichen Bilder von ihr fernhalten wollte. Sie hörte die Stimme des Pfarrers in sich dröhnen „Es ist doch nur ein Hexenleben!" doch es war das Leben ihrer Mutter, das er damit meinte, und das gerade in den Flammen verging.

So, in der Dunkelheit gefangen, erinnerte sie sich an die Taten der Mutter und die Liebe, die sie von ihr erhalten hatte. An die letzte Woche und an den Prozess, der gerade einmal gestern gewesen war. Ein richtiger Prozess war es nicht wirklich gewesen. Der Pfarrer hatte eine Liste von Untaten vorgelesen und die Mutter hatte sich zu all dem Bekannt. Selbst zu Dingen, die sie unmöglich gemacht haben konnte, doch die Folter, deren Spuren eindeutig zu sehen gewesen waren, hatte die einst so starke Frau gebrochen. In den leeren Augen der Mutter hatte es Johanna gesehen. Was hatten sie wohl mit ihr angestellt? Sicher etwas sehr grausames, denn sonst hätte sie nicht alles zugegeben.

Johanna spürte die Hitze auf ihrem Gesicht und jemand zog sie nach hinten. Es wurde etwas erträglicher, aber das Prasseln des Feuers war immer noch sehr deutlich zu hören. Irgendwann war Stille und der Mann, der sie bisher festgehalten hatte ließ sie los. Auf allen vieren versuchte Johanna sich zu orientieren, doch noch immer konnte sie nichts sehen. Jemand zog sie auf die Füße und hob sie auf. Sie spürte, dass sie jemand auf seinen Händen trug, aber sie wusste nicht wer. „Vater?" fragte sie, denn das war der einzige, der ihr im Moment einfiel, doch eine andere Stimme antwortete „Nein. Ich bin es, Hans." sie stellte sich das Bild des Freundes vor. Er war fünf Jahre älter und groß gewachsen.

„Ich kann nichts mehr sehen!" sagte sie und er fasste sie nur kräftiger an, damit sie nicht herunter fiel. „Da ist die Tochter von der Hexe!" hörte sie eine Frau rufen und klammerte sich noch fester an den Hals des Freundes fest „Bringe mich nach Hause." flüsterte sie und nun konnte sie auch nichts mehr hören. Sie verlor das Bewusstsein.

Schreie weckten sie wieder, doch es waren die Schreie der Mutter, die immer noch in ihren Ohren hallten und dagegen half das Zuhalten der Ohren nicht. Immer noch war es dunkel um Johanna herum, es dauerte eine Weile, bis sie begriff, dass es einfach mitten in der Nacht war. Nach einer kurzen Zeit hatten sich ihre Augen an die Dunkelheit gewöhnt und sie sah einen verschwommenen silbernen Schein. Der Mond ließ sein Licht in ihr Zimmer gleiten. Sie setzte sich in ihrem Bett auf und dachte an die Mutter, die sie nun nie mehr wiedersehen würde. Tränen stiegen ihr in die Augen und verschleierten ihren Blick erneut.

Johanna wischte sich die Tränen mit dem Handrücken ab und stand auf. Leise ging sie durch das dunkle Haus. Es war still hier überall. Sie fragte sich immer noch, warum die Mutter so schrecklich sterben musste. Eine Hexe war sie sicherlich nicht gewesen. Warum also dieser Tod? Aber wen konnte sie fragen? Den Vater sicher nicht, so wie er dort gestanden hatte. Vielleicht die alte Amme? Sie kannte Gundel schon so lange sie lebte und die alte Frau wusste sicher besser als jeder andere Bescheid, was mit der Mutter gewesen war, denn irgendwie waren die beiden Frauen Freundinnen gewesen, auch wenn das eigentlich nicht ging. Die reiche Kaufmannsfrau und die arme Amme!

Johanna stand wenig später vor der Tür der Frau und legte die Hand auf die Klinke. Sollte sie einfach eintreten? So mitten in der

Nacht? So wie früher, wenn sie einen schrecklichen Traum gehabt hatte und zur Amme gelaufen war? Auch diesmal war es ein schrecklicher Traum gewesen, aber aus diesem hier konnte man nicht so einfach aufwachen. Konnte sie da wirklich Trost finden? Die Mutter war tot und sie würde nicht mal an ihrem Grab weinen können, da man Hexen ja kein Grab zugestand. Damit war aber auch ihre Auferstehung am Tag des Jüngsten Gerichtes unmöglich. Sie würde die Mutter niemals wieder sehen! Weder hier in diesem Leben, noch im Jenseits!

Erst jetzt, in diesem Moment, wurde ihr die ganze Tragweite des Urteils so wirklich bewusst. Sie rutschte in sich zusammen und drückte dabei die Klinke nieder. Die Tür schwang auf und Johanna fiel in das Zimmer der Amme hinein. Mit einem dumpfen Geräusch schlug sie auf dem Boden auf und war schon wenig später von der alten Frau aufgehoben und in das Bett zurück gebracht worden. Gundel begann ein Schlaflied zu singen, aber das einzige, was Johanna im Moment nicht wollte, war schlafen. Die Träume würden sicher wieder zurückkommen. Sie schloss die Augen und lauschte der Melodie. Krampfhaft versuchte sie wach zu bleiben.

2. Kapitel

Verbannung oder Rettung?

Es war ein grausames Schauspiel gewesen, das die ganze Bevölkerung von Leipzig mit ansehen musste. Jeder, der sich abwenden würde oder ohne Grund fernbleiben würden, der würde sich verdächtig machen und sicher als nächster auf diesem Platz stehen. Er war gerade erst fünfzehn, aber diese Art von Hinrichtungen war ihm wohlbekannt. Er konnte nicht mehr zählen, wie viele er hier schon gesehen hatte. Mochten es vielleicht schon zwanzig oder mehr gewesen sein, in seinem Gedächtnis blieben nur die Schreie der Frauen. Diesmal hatte es die Mutter seiner Freundin Johanna getroffen. Keiner in der Stadt konnte sich erklären warum, aber niemand zog das Urteil des Pfarrers in Zweifel. Es war einfach zu gefährlich!

Hans hatte nicht weit von Johanna gestanden und zusehen müssen, wie der Pfarrer sie festhielt und sie zwang zuzusehen, wie die Flammen vor ihr loderten. Erst als der Mann das Mädchen losließ, konnte er sie auffangen und nun trug er sie zurück zu ihrem Haus. Sie waren die Ersten gewesen, die sich vom Platz entfernten und im Moment war es ihm völlig egal, was der Pfarrer darüber dachte. Er hatte wohl den stechenden Blick des dicken Mannes in seinem Rücken gespürt, als er, mit dem fast ohnmächtigen Mädchen auf den Armen, die Richtstätte verlassen hatte. Eigentlich war es zu gefährlich, diesen Mann zu verärgern, aber die Freundin war in Not. Da musste er handeln! Um sich selbst machte er sich keine Sorgen.

Die machte er sich um Johanna. Er hatte ihren Vater gesehen, der immer noch mit versteinertem Blick dort an derselben Stelle stand, an der er die ganze Zeit schon gestanden hatte. Nicht einen

Finger hatte er gerührt, um seine Frau zu retten. Und das, obwohl er im Rat der Stadt war und damit einen erheblichen Einfluss gehabt hätte. Als reicher Händler und Kaufmann wäre es ihm sicher ein Leichtes gewesen, seine Frau aus den Händen des Pfarrers und der Inquisition zu retten. Warum hatte er es nicht getan? Wovor hatte der Mann eine solche Angst? Hans wusste es nicht und er hätte den Mann auch nicht fragen können, zumindest nicht im Moment, das hätte den Pfarrer nur noch mehr auf ihn aufmerksam gemacht.

Das Mädchen klammerte sich an ihn und er sah ihre Augen, er hörte sie leise sagen, dass sie nichts mehr sehen konnte, aber vielleicht hatte ihre Seele sie einfach vor diesen schrecklichen Bildern schützen wollen. Mit ihr auf den Armen ging er die Straße entlang. Es war heller Tag und doch waren sie alleine, die anderen waren sicher noch auf dem Platz und keiner würde gehen, bevor der Pfarrer nicht gegangen war. Nach einigen hundert Schritten stand er vor Johannas Haus. Das Mädchen schien jetzt zu schlafen, sie hatte die Augen zu und atmete ganz ruhig. Der Junge setzte sich auf einen Stein neben dem Hofeingang. Immer noch hielt er das Mädchen und wollte sie nicht aus den Händen geben.

Er wiegte sie, wie man ein Kleinkind hielt, aber nicht, wie ein fast zehnjähriges Mädchen. Immer wieder zog er sie an seinen Körper und dachte an die Bilder, die er zuvor gesehen hatte. Die Flammen und Johannas Mutter. Er kannte die Frau gut, oder besser gesagt: er hatte sie gut gekannt. Sie war gütig und gerecht gewesen und niemals eine Hexe. Vor ihm kamen einige Frauen schwatzend die Straße herunter und schauten gehässig auf das schlafende Mädchen in seinen Armen. Dann kam Johannas Vater und Hans stand auf, aber der Mann ging vorbei, ohne die beiden eines Blickes zu würdigen. Vor der Nase von Hans fiel das Hoftor wieder zu und er stand wie vom Donner gerührt dort. Erst die Amme, die wenig später kam, ließ ihn in das Haus. Er wollte Johanna nicht an die alte Frau übergeben, sondern brachte sie selbst in ihr Bett. Die Amme deckte fast liebevoll ein Tuch über das Mädchen und er nickte ihr zu.

Danach verließ er das Haus und traf vor der Tür mit dem Pfarrer zusammen. Ob dieser gerade erst die Straße herab kam, oder dort gewartet hatte, konnte Hans nicht sagen. Mit ein paar bewaffneten Männern stand dieser dicke Mann in seiner Kutte da. Er funkelte Hans an, dass diesem ein kalter Schauer über den Rücken lief, aber der Mann sagte nichts. Fast körperlich konnte Hans die Abschätzung des anderen Mannes sehen. Dann kam sein Vater, ein angesehener Meister seiner Zunft, und zog den Jungen zur Seite. Damit rettete er ihm vermutlich vor einer direkten Strafe, aber nun war klar, dass Hans damit auf der persönlichen Feindesliste des Pfarrers stand.

„Was hast du dir dabei gedacht? Konntest du nicht noch ein paar Augenblicke warten?" schimpfte der Vater und als Hans mit einer Erwiderung beginnen wollte, schnitt er dem Jungen mit einer Handbewegung das Wort ab. „Ich glaube, du bist alt genug, um im Süden in die Lehre zu gehen. Morgen früh brichst du auf." sagte der Mann mit einem Gesichtsausdruck, der keine Widerworte duldete und ein bisschen Abstand zum Pfarrer konnte im Moment sicher nicht schaden. Nur dass er damit Johanna hier zurücklassen musste, das gefiel Hans gar nicht.

Am nächsten Morgen drückte der Vater ihm ein Bündel Werkzeug in die Hand und setzte ihn auf einen Wagen, der die Stadt in südliche Richtung verließ. Er hatte sich nicht einmal von Johanna verabschieden können. Er fragte sich, wie es der Freundin wohl jetzt gerade ging? Vermutlich nicht so gut! Noch lange schaute er aus dem Wagen zurück, auf die sich immer mehr entfernende Stadt, dann wendete er sich nach vorn und sah die Bäume des Walds rings um den Wagen. Das Grün schloss sie vollkommen ein. Vielleicht war es ganz gut, dass er nun dem Pfarrer nicht mehr unter die Augen treten konnte.

Sicher stand er nun ganz oben auf der Liste des dicken Mannes und so ein bisschen Abstand würde seinem Leben sicher gut tun. Hans wickelte die Tasche auf, die ihm sein Vater gegeben hatte. Das Schnitzerwerkzeug darin war gut gewählt und scharf. Im Süden sollte er, wie sein Vater, das Schnitzen von Altären und Heiligenfiguren lernen.

Eine Tätigkeit, die ihm schon seit Kindestagen, die ja noch nicht so lange her waren, gefiel. Er hatte dem Vater schon so manches Mal helfen und bei der Arbeit über die Schulter schauen können. Wie würde es nun weiter gehen?

3. Kapitel

Im Auftrag Gottes?

Siegbert kannte Karl sehr gut, und auch dessen Frau war ihm gut bekannt gewesen. Auch wenn der andere im Rat saß, und er nur ein Handwerker war, hatte es doch eine Freundschaft zwischen den beiden Männern gegeben. Auch die beiden Kinder hatten sich gut miteinander verstanden, daher konnte er seinen Sohn Hans schon verstehen, dass er sich um Johanna gekümmert hatte, doch es war viel zu riskant gewesen. In der derzeitigen Situation konnte ein falsches Wort, eine falsche Bemerkung, schon den Tod bedeuten. Er musste dem Wüten des Pfarrers zusehen und konnte doch nichts tun. Er fühlte sich so Ohnmächtig, beim Anblick der Gewalt, doch wenn er auch nur ein Widerwort gesagt hätte, so wäre er sicher am nächsten Tag tot.

Er hatte das Funkeln in den Augen des dicken Mannes gesehen, als sich Hans so früh von der Richtstätte entfernt hatte, und auch danach, bei der Begegnung auf der Straße, war es ihm aufgefallen. Aus irgendeinem Grund hatte der Pfarrer Hans nicht sofort zur Rechenschaft gezogen, aber das würde sicherlich noch kommen. Wenn er den Sohn nicht verlieren wollte, so musste er ihn nun zu seinem alten Meister nach München schicken, damit er dort das Schnitzerhandwerk erlernen konnte. Eigentlich wollte er sich damit noch ein Jahr Zeit lassen, doch die Ereignisse des Tages hatte ihn zu einer schnellen Reaktion gezwungen. Auch wenn Hans es im Moment vielleicht noch nicht verstehen konnte, so tat er doch alles nur, um den Schaden von ihm abzuwenden, den das voreilige Handeln des Sohnes heraufbeschworen hatte.

Als Hans endlich im Wagen war und dieser dann die Stadt verlassen hatte, konnte Siegbert aufatmen. Die Gefahr war vorerst gebannt. Und als dann wenig später die Stadtwachen bei ihm eher unsanft vorsprachen, hatte er die Gewissheit, das Richtige getan zu haben. Ihm selber konnte der Pfarrer nichts tun, solange sein Altar noch nicht fertig war. Und solange er an den Heiligen schnitzte, konnte man ihm ja auch keine Ketzerei unterstellen, schließlich tat er ein gottgefälliges Werk. Er war sozusagen im Auftrage Gottes unterwegs, was er von dem Pfarrer nicht behaupten konnte. Zu viele Menschen waren in der letzten Zeit durch seine Beschuldigungen zu Tode gekommen, als dass es alles Ketzer sein konnten. Doch es war gefährlich diese Meinung jemanden anderen zu erzählen. Selbst wenn der Andere einen nicht verraten wollte, unter der Folter gestand man sicherlich alles Mögliche.

Zu schrecklich waren die Gerüchte und zu furchtbar die öffentlich, im Namen Gottes, durchgeführten Hinrichtungen. „Es ist doch nur eine Hexe und wir müssen ihre Seele vor dem Einfluss des Teufels retten!" war die Meinung des Pfarrers, die keinen Einspruch duldete, wollte man nicht selbst dort stehen. Wer eine Hexe verteidigte oder gar vor dem Pfarrer versteckte, der war selbst mit den dunklen Mächten im Bunde und gegen den war es vollkommen legitim, ihm mit Gewalt entgegen zu treten. Vielleicht ging es dem Pfarrer darum, vor seinem Bischof besonders gut dazustehen, indem er besonders streng mit der Auslegung des Glaubens war, oder es ging dem Mannes nur um das Eigentum der Ketzer, das dann der Kirche zufiel, wenn die Ketzer verurteilt waren. Aber auch das waren eigentlich ketzerische Gedanken und schon solch ein unbedacht ausgesprochenes Wort konnte den Tod bedeuten.

Nachdem die Soldaten unverrichteter Dinge wieder gegangen waren, brach er selbst mit seinen Gesellen auf, um in der Kirche weiter zu arbeiten. Als er das Gotteshaus betrat, war es schon ein komisches Gefühl, dass er doch hier an diesem Altar arbeitete, für einen Mann, der nach dem Leben seines Sohnes trachtete. Aber für

Siegbert war es mehr als eine Arbeit. Dies hier war ein Zeichen zu Ehren Gottes. Eines gütigen Gottes, nicht eines wütenden und mit Flammen mordenden. Jedes Mal, wenn er an dem Altar weiter schnitzte, zog er mehr aus den Zügen der Heiligen heraus, er legte das Leid in das Gesicht Jesu. Ein Mann, der, wie er auch, Handwerker gewesen war. Ein Mann, der ihn sicher verstehen würde. Siegbert konnte sich nicht vorstellen, dass diese Ketzerjagd im Sinne Gottes war. Was war wohl der rechte Glaube? Sicher nicht das, was der Pfarrer dafür hielt.

Als Handwerker hatte er nicht wirklich einen Bezug zu Religionsfragen, aber er hatte einen gesunden Menschenverstand. Mit dem Fliegen der Späne verschwanden auch die düsteren Gedanken, er ging ganz in seiner Arbeit auf. Es würde sicher noch einige Wochen dauern, bis der Altar soweit fertig sein würde. Seltsam fand er es nur, dass der Pfarrer darauf bestanden hatte, dass sie den Altar hier direkt in der Kirche fertigen sollten, und nicht, wie bei all den anderen Heiligenfiguren zuvor, in ihrer Werkstatt. Aber das Werk hier in diesen heiligen Räumen machte eine besondere Stimmung aus. Durch Tücher von dem Chorraum abgeschirmt, arbeiteten sie direkt zwischen dem alten Altar und der Wand der Kirche.

Nur in den Zeiten der Andacht und der Gottesdienste schwiegen die Werkzeuge, doch da waren die Männer ja sowieso vor den Tüchern und saßen betend in den Bänken. Ein Fehlen konnte dabei genauso gefährlich sein, wie ein falsches Wort. Die Angst war bei jedem fast greifbar zu spüren, aber sollte dies hier nicht ein Haus der Freude sein? Ein Haus des Dienstes an Gott? Siegbert beschloss diese lähmende Angst abzulegen, sie würde ihn bei seiner Arbeit nur behindern. Aber konnte das wirklich gehen? Machte er sich da nicht etwas vor? Wenn selbst die Frau eines angesehenen Ratsherrn nicht vor der Nachstellung des Pfarrers gefeit gewesen war, um wieviel größer war dann die Gefahr für einen einfachen Handwerksmeister? Im Moment war er durch seine Arbeit geschützt, aber was wäre in ein paar Wochen? Immer wieder die gleichen Gedanken! Es war, als ob sich in seinem Kopf ein Rad drehte, das die Gedanken immer wieder nach vorn brachte.

Ob diese Gefahren überall so waren? Vielleicht sollte er nach dem Abschluss der Arbeiten einfach zur nächsten Stadt wechseln? Was hielt ihn hier noch? Jetzt, da sein Sohn fort war, konnte er mit seinen Gesellen einfach an einen anderen Ort weiterziehen. Vielleicht nach Dresden? Oder nach Quedlinburg? „Irgendwo werden immer gute Handwerker beim Kirchenbau gesucht." Sagte er laut vor sich hin und griff zu seinem Hammer. Das ihn der Pfarrer hätte hören können, das war ihm im Moment egal. Frohen Mutes ging er wieder an die Arbeit.

Die neugierigen Blicke des Pfarrers, der aller paar Minuten hinter das Tuch sah, versuchte er zu ignorieren. Er machte mit seiner Arbeit weiter. Nun begann er das Gesicht von Maria zu gestalten, die den sterbenden Jesus in ihren Armen hielt.

4. Kapitel

Gottloses Gesindel!

Er öffnete die Augen und sah zur Decke hinauf. Neben ihm schliefen zwei Frauen und eine davon schnarchte leise. Draußen war es noch dunkel, das konnte er durch die Butzenglasscheibe sehen, die in seinem Zimmer genau dem Bett gegenüber war. Er dachte zurück an den vergangenen Abend und stemmte sich in dem Bett hoch. Dabei weckte er die beiden schlafenden Mägde und warf sie einfach aus seinem Zimmer. Schnell ihre Sachen aufnehmen rannten die Beiden aus dem Raum, sie wussten wohl, dass er mit sich nicht spielen ließ. Er rief nach seinem Diener und der brachte ihm die Kutte, die sein Amtsgewand war. Mühsam streifte er diese schlichte Kleidung über seinen fülligen Leib, dann setzte er sich an den Tisch und wartete auf sein Frühmahl.

Er musste eine ganze Weile warten und wurde langsam zornig, aber die beiden Frauen, die es zubereiteten, waren ja gerade erst aus seinem Bett gesprungen. Es war der Sommer des Jahres 1479 und eigentlich hätte er mit sich selbst zufrieden sein können. Sein Bischof war bereits auf ihn aufmerksam geworden und würde sich, da er schon ziemlich alt war, bald um einen Nachfolger für sein Amt umsehen müssen. Dabei war natürlich jede positive Meldung bares Geld wert und so hatte er sich in den letzten Jahren einen Namen als glühender Verfechter des Glaubens gemacht. Auch wenn er das nur nach außen war. Nach innen hin sah es ganz anders aus. Er hielt sich nicht an sein Keuschheitsgelübde, aber das machten die anderen Geistlichen auch nicht. Selbst der Bischof hatte ein paar Mätressen und es war auch kein Geheimnis.

Seit ein paar Jahren war er nun auch noch ein Bekämpfer der Ketzer geworden, dabei hatte damals alles so harmlos angefangen. Er hatte von einer Bäuerin eine Beschuldigung einer anderen Frau gehört, dass diese eine Hexe sei. Er war dieser Sache damals unnachgiebig und entschlossen nachgegangen und hatte damit die Aufmerksamkeit der Kirchenoberen auf sich gezogen. Im Laufe der Nachforschungen wurden es immer mehr Hexen! Er konnte hinschauen, wo er wollte und fand eine Hexe! Nach der Aufforderung der Bibel „Eine Hexe sollst du nicht am Leben lassen" setzte er jetzt alles daran, diese Zauberinnen und Buhlinnen des Teufels auszumerzen, aber es schienen immer mehr zu werden. Mit jeder, die er auf den Scheiterhaufen brachte, wurden es ein paar mehr. Es war alles ein gottloses Gesindel rund um ihn herum!

Dabei konnte er sich auch auf das alte Recht des um 1224 von Eike von Repgow niedergeschriebene „Sachsenspiegel", das im ganzen Lande Gesetz war, berufen, das den Feuertod für Zauberei und Ketzerei vorsah. Damit musste er kein Gericht anrufen, sondern konnte selbst das Urteil finden. Niemand würde ihn daran hindern, der nicht selbst im Feuer enden wollte. Der alte Richter bestätigte alle seine Urteile. Schließlich war der ja für die Hinrichtung zuständig, die konnte er, als Pfarrer, nicht übernehmen. Das oblag der weltlichen Gerichtsbarkeit, doch er hatte den alten Mann im Griff. Ein Blick und der Richter unterschrieb das Urteil. Der Pfarrer sah zum Fenster hinaus, auf die Spitze seiner Kirche.

Da er ursprünglich mal ein Mönch des Dominikanerordens war, pflegte er noch immer gute Beziehungen zu einem Kloster dieser Mönche. Dabei hatte er Kenntnis von einem Mönch Namens Heinrich Kramer erhalten, der in diesem Jahr zum Inquisitor der Ordensprovinz Alemannia bestellt worden war. Gemeinsam mit diesem Mann war auch ihm die Verfolgung aller Ketzer als oberste Priorität gesetzt. „Schlage die Hexen, wo immer du sie findest." So lautete sein neuer Grundsatz. Und dem wollte er mit allen Mitteln nachkommen. Gleichzeitig hatte das Ganze aber auch noch einen lukrativen Nebenaspekt: durch die Verfolgung der Hexen fiel deren Vermögen an die Kirche und das wiederum stärkte den finanziellen Rückhalt des Pfarrers bei seinen Vorgesetzten.

Mit anderen Worten: je mehr Hexen, desto besser waren seine Aufstiegschancen. Doch wie sollte er die Hexen erkennen? Momentan war er da noch auf die Denunziationen der Anderen angewiesen, oder auf die Geständnisse der Hexen. Unter der Folter erzählten sie oft so furchtbare Geschichten, dass selbst ihm eine Gänsehaut auf dem Rücken zurück blieb.

Manche von ihnen verrieten dabei auch andere Hexen, die mit ihnen zusammen auf den Blocksberg geflogen waren. Sie erzählten, wie sie sich mit dem bocksfüßigen Teufel gepaart hatten und wen sie verhext oder verflucht hatten. Viele Missernten und Todesfälle ringsum gingen anscheinend auf ihr Wirken zurück.

Gleichzeitig hatte er damit aber auch die Möglichkeit unliebsame Menschen zu eliminieren. Jeder, den er aus dem Weg haben wollte, konnte nach ein paar Augenblicken Befragung nicht mehr lügen und gestand alles, was er sich nur vorstellen konnte. All dies ging ihm durch den Kopf, während er ein gar fürstliches Mahl zu sich nahm. Die Sünde der Völlerei war ihm zwar bekannt, aber auch diese nahm er gern in Kauf. Als er vom Tisch aufstand, stürzten sich die beiden Frauen auf die liegen gebliebenen Reste. Belustigt schüttelte er den Kopf und ging zur Messe in die Kirche hinüber. Auf dem Weg dahin sah er einige Menschen, Männer und Frauen, und versuchte in ihren Augen zu lesen, wer eine Hexe war und wer nicht. Er dachte an den Jungen, der am Vorabend zu früh verschwunden war und winkte eine Wache zu sich. Er gab den

Männern den Auftrag, den Jungen zu ihm zu bringen und die bewaffneten Kämpfer entfernten sich schnell.

Das Hämmern aus der Kirche zeugte vom Umbau. Die eingenommenen Gelder wollten gut angelegt sein. Eine heilige Reliquie war schon bestellt und würde in den nächsten Tagen eintreffen. Bezahlt mit den Geldern einer Hexe. Seine Kirche würde damit bestimmt zu einem Wallfahrtsort werden und das würde wieder viele Spenden für seine Kirche bedeuten. Er ging hinter den Vorhang, der die Umbauarbeiten vor den Besuchern verbarg und betrachtete den Altar. Die Figuren waren sehr schön gestaltete und es war eine Freude sie anzusehen. Das Geld für den Altar war gut angelegt, er hatte einen Meister seines Faches beschäftigt. Er sah dem Manne über die Schulter, der gerade am Rande des Altars die Szene gestaltete, in der Jesus vom Kreuze abgenommen wurde. Eine kleine Figurengruppe nahm da gerade Gestalt an und plötzlich stockte dem Pfarrer der Atem. „Das ist Blasphemie!" schrie er den Meister an.

Der Mann zuckte zusammen und drehte sich um. Der Pfarrer zeigte auf die Gestalt der Maria, deren schmerzerfülltes Gesicht, das Gesicht der Hexe war, die sie am Vortag verbrannt hatten. „Wie kannst du es wagen, eine Hexe in den Altar einzuarbeiten!" schrie der Pfarrer. Doch der Meister ließ nur sein Werkzeug sinken. „Ich wollte den Schmerz möglichst realistisch ausdrücken. Schmerz ist immer gleich und die Züge ähneln sich dann immer." sagte der Meister mit einer Verbeugung. Der Pfarrer ging näher ran. Die Figur war nur klein und nur aus der Nähe zu erkennen, aber wenn er diese Figur neu machen würde, so würde ein großer Teil des Altars neu gemacht werden müssen. Zähneknirschend ging der Pfarrer um den Vorhang herum nach vorn, um seinen Gottesdienst vorzubereiten. „Dich kriege ich auch noch!" murmelte er und schlug die Bibel auf.

5. Kapitel

Das Leben muss weiter gehen ...

ie Sonne schien in das Zimmer herein und beleuchtete das schlafende Gesicht der Amme. Johanna sah zu der Frau hinauf, die neben ihrem Bett sitzend die Nacht verbracht hatte. Jetzt im Sommer waren die Fensterläden immer offen und so konnten die Strahlen ungehindert in das Zimmer fallen. Einige Vögel saßen auf einem Baum in der Nähe und begannen ein Lied anzustimmen, das so gar nicht zu der traurigen Stimmung des Mädchens passte. Es war eigentlich ein Tag wie jeder andere, außer, dass die Mutter nicht mehr lebte! Seit ein paar Tagen war sie schon weg gewesen, aber bis zum Vorabend hatte sie immer noch die Hoffnung gehabt, die Mutter wieder in den Arm nehmen zu können. Doch die Flammen hatten das Leben der Frau ausgelöscht. Noch immer konnte sie die Schreie hören und auch wenn sie sich die Ohren verschloss, verstummten diese Laute nicht. Sie würden sich wohl für immer in ihr Gedächtnis gebrannt haben, so wie die Bilder des Feuers.

Leise richtete sie sich auf, um die Amme nicht zu wecken, doch die Frau hatte nur einen leichten Schlaf gehabt und öffnete sofort ihre Augen. Liebevoll strich sie Johanna über den Kopf. „Warum?" fragte das Mädchen leise und die Amme wusste wohl, was sie wissen wollte, nur hatte sie vermutlich auch keine Antwort darauf. Was sollte die alte Frau auch antworten? Sie war eine Hexe? Das hatte schon der Pfarrer am Tage zuvor zu ihr gesagt, doch tief in sich drin wusste Johanna, dass das nicht stimmte, nicht stimmen konnte. Niemals hätte sich die Mutter mit dem Teufel eingelassen! Hatte der Pfarrer also gelogen? Oder war der Mann einer Täuschung des Teufels aufgesessen? Konnte denn der Teufel Einfluss auf einen Gottesmann nehmen? Sie schrak zusammen, war das nicht auch schon Gotteslästerung? Sie biss sich auf die Lippen. Schon alleine der Gedanke war gefährlich. Johanna ging zu dem kleinen Kreuz in der Ecke des Raumes und begann ein stilles Gebet.

Die Frau war mittlerweile aus dem Zimmer gegangen und kam zurück, um das Mädchen zum Essen zu holen. Noch immer kniete sie vor dem Kreuz, als die Amme ihr die Hand auf die Schulter legte. Gemeinsam gingen sie in die Küche hinüber, in der sie viel lieber war, als in dem Speisezimmer daneben, in dem sie eigentlich nur bei festlichen Anlässen Platz nahm. Sie sah den Vater durch die offene Tür alleine dort an dem Tisch sitzen. Zu dem strengen Mann hatte Johanna noch nie ein gutes Verhältnis gehabt, doch jetzt, nach dem Tod der Mutter, war er alles was zwischen ihr und dem Waisenhaus stand. Das versteinerte Gesicht des Vaters ließ sie da nichts Gutes hoffen. Aber sie war nun mal sein einziges Kind. Zumindest bisher, was nun werden würde, das war unklar. Würde der Mann wieder heiraten? Bekam sie eine Stiefmutter und andere Geschwister? Wer konnte es sagen? Sie ging leise zur Amme hinüber und biss in die Schnitte, die ihr die Frau auf den Tisch gelegt hatte. Die Butter darauf hatte ihre Mutter noch gemacht. Tränen tropften auf das Brot.

Nach dem Essen begann wieder der tägliche Trott. Wie jeden Tag, so als hätte es den vergangenen Tag und die Mutter nicht gegeben. Ausgelöscht aus den Gedanken! Nähen und Hausarbeiten sollte sie lernen und das tat sie auch. Alles andere war nicht für sie vorgesehen und der Vater sah es nur ungern, wenn sie in seinem Kontor war. Das war keine Frauenarbeit dort! Trotzdem hielt sie sich gern in der Nähe auf. Der Vater hatte dort wunderschöne Stoffe aus fernen Ländern. Wenn er einmal nicht da war, so schlüpfte sie durch die Tür und strich mit den Fingern über den kostbaren Stoff. Manchmal wurde sie dabei von Frieder, dem jungen Gehilfen ihres Vaters, überrascht. Doch mit ihm kam sie irgendwie besser zurecht, als mit dem Vater. Frieder war zehn Jahre älter als sie und hatte sie vermutlich in sein Herz geschlossen, denn er hatte ihre heimlichen Besuche noch nie verraten.

Auch an diesem Tag schlich sie sich, nach der Nähstunde, zur Tür des Kontors. Doch diesmal war sie fest verschlossen. Alles Rütteln an der Klinke nützte nichts. Sie sah sich nach Frieder um, konnte ihn aber nirgendwo sehen. Auch der Vater war nicht zu sehen. Warum war das Kontor heute überhaupt geschlossen? Es war doch sonst immer offen gewesen? Was, wenn jetzt ein Kunde kam? Schließlich sah sie den Vater mit dem Pfarrer um die Ecke kommen und versteckte sich in der Nähe des Einganges zum Kontor. Die beiden Männer blieben direkt neben ihr stehen, bemerkten sie aber offenbar nicht und so konnte sie das Gespräch der beiden belauschen.

Es ging um die Mutter und den Prozess. Der Pfarrer forderte den Besitz der Mutter und mit einem Verweis auf Johanna hielt er fordernd die Hand auf. Es war eine erhebliche Summe, die der Mann wollte und nur Zähneknirschend stimmte der Vater schließlich zu. Mit dem Schlüssel des Kontors in der Hand zögerte er einen Moment und schloss schließlich die Tür auf. Beide Männer betraten den Raum und das Mädchen schlich zur Tür, um ihnen hinterher zu schauen. Ein dicker Beutel wechselte den Besitzer und sie konnte im Gesicht des Vaters sehen, wie ungern er die Münzen herausgab. Zuerst die Frau zu verlieren und dann auch noch dafür bezahlen müssen, das war schon etwas, was den Kaufmann in ihm sicherlich kränkte. Als die beiden Männer nach draußen gehen wollten, stieß Johanna bei der Rückwärtsbewegung gegen einen Stapel Holz, der krachend in den Hof fiel.

Noch hatten sie die beiden Männer nicht gesehen, wohl aber gehört. Das Mädchen versteckte sich und sah, dass Frieder schnell auf den Hof lief und versuchte das Holz wieder aufzustapeln. Der junge Mann fing die Hiebe ab, die eigentlich Johanna gegolten hätten. Sicherlich hatte Frieder bemerkt, wer wirklich der Verursacher des Durcheinanders im Hof gewesen war. Von seiner Position aus hatte er Johanna sehen müssen. Nachdem der Vater und der Pfarrer den Hof verlasen hatten, kam sie aus ihrem Versteck und half beim Aufräumen mit. Dankbar dafür, dass sie nicht erwischt worden war, nickte sie Frieder zu. Gemeinsam ging die Arbeit schnell von der Hand und das Leben musste einfach weiter gehen.

6. Kapitel

Mut oder Übermut?

Was hatte er sich dabei gedacht? Siegbert hatte einfach seine Hände arbeiten lassen, ohne einen Gedanken daran zu verschwenden, ob das Bild, das er gerade schuf, dem Pfarrer gefiel oder nicht. Den ganzen Tag hatte er sich darüber Gedanken gemacht, nur nicht aufzufallen und dem rachsüchtigen Manne keinen Angriffspunkt zu bieten und dann das? Warum hatte er gerade dieses Gesicht für seine Maria gewählt? Er hätte doch jedes andere nehmen können? So lange er noch mit dem Altar beschäftigt war, so lange war er noch geschützt. Der dicke Mann wollte sicher keinen halbfertigen Altar in seiner Kirche haben, aber danach waren seine Stunden sicher gezählt. Nach dieser Marienfigur konnte er schon fast die Hitze des Feuers spüren. Im Moment war es nur die Sonne, die von draußen in sein Gesicht schien und die ihn schwitzen ließ, aber in ein paar Wochen waren es sicher Flammenzungen, die nach ihm greifen würden.

Mit jedem Schlag des Hammers flogen die Späne zur Seite und gaben ein Kunstwerk frei, wie es wohl schöner nicht sein konnte. Da die Gesellen die Nacharbeiten machten, konnte sich Siegbert auf die wichtigen Figuren konzentrieren. Oft saß er bis spät in der Nacht, im Scheine von ein paar Kerzen, vor dem Altar und gestaltete seine Figuren. Manchmal schienen diese zu leben, wenn das flackernde Licht der Kerzen die Schatten dieser Gestalten an die Wand warf. Nach den Schnitzereien würde noch die Farbe kommen, aber die konnte er nicht in der Nacht auftragen, dafür würde er das Licht des Tages benötigen. Auch Blattgold würde zum Einsatz kommen. Diese Tätigkeiten konnten ebenfalls seine Gehilfen übernehmen.

Die Arbeiten gingen schneller voran, als er es erwartet hatte und schon eine Woche später war der Altar weitestgehend fertig. Nun war es höchste Zeit, sich um eine neue Kirchenbaustelle umzusehen. Ein Kaufmann aus Dresden erzählte ihm in einer Schänke, dass in dieser Stadt eine neue Kirche gebaut werden würde, und da wäre Siegbert vor dem Zugriff des Pfarrers sicher. Er wollte sich am Tag nach der Weihe des Altars dorthin auf den Weg machen, doch es sollte anders kommen. Der Abt des Dominikanerkloster St. Pauli in Leipzig bat Siegbert, nach dem Abschluss der noch anstehenden Arbeiten an dem Altar der Kirche, bei ihm in dem Kloster mit den Arbeiten zu beginnen. Damit stand Siegbert wieder unter dem Schutz der Kirche, denn der Pfarrer konnte ja schlecht dem Abt seines eigenen Ordens wiedersprechen. Auch konnte er damit in Leipzig bleiben.

Allerdings würde er sicher auch da unter der Beobachtung des Pfarrers bleiben. Seine Marienfigur war vielleicht zu übermütig gewesen. Oder war es einfach der Mut der Verzweiflung? Noch immer konnte er nicht sagen, wer ihm dabei die Hand geführt hatte. Er hatte es unwissend gemacht und vielleicht war es ja ein Engel gewesen, der zu diesem Gesicht geführt hatte. Doch sich den Pfarrer zum Feind zu machen, das war keine so gute Idee gewesen. Er dachte an seinen Sohn, den er zum Glück außerhalb der Reichweite dieses Mannes wusste. Doch hatten Kaufleute aus diesen Gegenden ihm berichtet, dass auch dort gegen Hexen vorgegangen wurde. Zum Teil sogar noch viel mehr, als das hier bei ihnen geschah.

Manchmal, wenn er in der Kirche alleine war, betete er für den Sohn und natürlich auch für sich selbst, dass alles gut werden würde. Dabei kam ihm auch der Gedanke, mit einem erworbenen Ablassbrief und der damit verbundenen Reue vor Gottes Stuhl für seine Zukunft und die seines Sohnes vorzubeugen. Durch das

Werk am Altar hatte er sich sicherlich schon ein Wohlwollen im Jenseits erworben, aber man konnte ja nicht zu viel tun, um dann wirklich in den Himmel zu kommen. Vielleicht konnte man sich dadurch dann auch den Flammen der Hinrichtung entziehen, denn es würde dem Pfarrer ungleich schwerer fallen, jemanden der Ketzerei zu bezichtigen, der immer in der Kirche ist, am Altar arbeitete und auch noch einen kirchlichen Ablassbrief besaß.

Als er dann im Kloster arbeitete, kam er darüber auch mit einigen Mönchen in ein Gespräch. Diese gelehrten Männer waren zum Teil für diese Briefe und zum Teil auch vehement dagegen. Er, als einfacher Handwerker, stand auf einmal mitten in einem Glaubensstreit der Mönche und verfolgte diese Gespräche mit wachsendem Misstrauen. Diese Mönche waren gleichzeitig Studenten der Universität und wurden dort zu Priestern ausgebildet. So, wie sie jetzt dazu standen, so würden sie sicher in der Zukunft in ihren jeweiligen Kirchen auch ihren Standpunkt vertreten. Doch eigentlich konnte Siegbert mit den Briefen ja nichts falsch machen, im Zweifelsfalle halfen sie nur nicht. Schaden konnten sie auf keinem Falle. Außer, dass sie viel Geld kosteten.

Für Siegbert war dieser kleine Zettel, mit dem päpstlichen Siegel darauf, auch ein Schutz vor den Nachstellungen des Pfarrers. Daher trug er ihn ständig bei sich. Man konnte ja nie wissen, wann man ihn brauchen würde. Viel größer als seine Furcht vor dem dicken Mann, war aber seine Furcht vor der ewigen Verdammnis. Darin machte es sicher bei ihm keinen Unterschied zu seinen Freunden und Bekannten. Der Glaube an die Hölle war einer der Beweggründe, diese Briefe zu erwerben und in die Kirche zu gehen, sowie ein gottesfürchtiges Leben zu leben. Doch wer definierte denn, was ein gottesfürchtiges Leben war? Der Pfarrer? Oder die Mönche, die sich selbst nicht einig wurden? Wie sollte er dabei, als wenig gebildeter Mann, ein Urteil fällen können, wenn es die Herren Studenten der Religion nicht konnten?

Er begann sich wieder in seine Arbeit zu stürzen und schob die unnützen Gedanken beiseite. Mit jedem abgehobenem Span setzte er seine Vorstellung in das Holz hinein. Der Abt hatte ihm genau beschrieben, was er haben wollte und Siegbert gestaltete zuerst als Umriss auf dem Holz diese Vorstellungen. An diesem Altar sollten die Menschen davor sehen können, wie Jesus gelebt hat. Die Predigt war in Latein, kaum einer konnte sie verstehen, aber die Bilder konnten die Menschen sehen. Mit dem Bild und den Figuren konnten sie sich in die Welt des Himmels hinein versetzen. Hier konnten sie die Verehrung der Heiligen vornehmen und hier würde sich ihr Glauben zeigen. All das machte Siegbert stolz, dass er daran mitarbeiten durfte.

7. Kapitel

Südwärts, soweit der Wagen fährt

Er saß auf dem Wagen und die Stadt blieb immer weiter hinter ihm zurück. Zu so früher Stunde war der Aufbruch geschehen, dass sie an dem Stadttor hatten warten müssen, um hinaus gelassen zu werden. Die Türme der Kirchen blieben zurück und zum Schluss sah er nur noch die Spitzen dieser Bauwerke über den Baumwipfeln stehen. Sein Vater hatte sicher Recht gehabt, ihn aus dem Weg zu nehmen. Mit dem Pfarrer war nicht zu Spaßen. Es war schön, so im Wagen zu sitzen, so musste er nicht laufen, wie die anderen Gesellen, die auf ihre Wanderschaft gingen, aber genau genommen war er ja noch kein Geselle. Der Vater hatte ihm viel beigebracht, was das Schnitzen und Malen anbelangte, aber nun würde er zu einem fremden Meister kommen, wo er andere Sachen lernen konnte.

Der Wagen eines Kaufmannes hatte seine Vorteile, aber auch den Nachteil, dass er für Räuber eine lohnende Beute war. Daher gingen vier bewaffnete Männer hinter dem Wagen her. Mit dem Kaufmann und dem Kutscher, die beide vorn saßen, waren sie damit zu siebent. Alle außer ihm waren bewaffnet. Er hatte nur sein Werkzeug bei sich, das er wie einen Schatz hütete. Es war ein sehr gutes Werkzeug, aus gutem Eisen. Einst hatte es dem Vater gehört, als der auf Wanderschaft gewesen war. Bis Italien war der Vater damals gereist und selbst heute noch glühten seine Augen, wenn er von dem südlichen Land erzählte. Von Venedig, Rom und Mailand. In allen Kirchen dort war er gewesen und einige der Figuren dort hatte seine Hand geschaffen.

Hans sollte nicht so weit reisen, zumindest vorerst nicht. In München, bei einem Freund des Vaters, sollte er noch mehr lernen.

34

Erst danach konnte er Geselle werden. Wohin ihn sein Weg dann führen würde, war noch ungewiss. Zuerst musste er dort hin, um Lehrling zu sein. Sein Werkzeug würde sein Ausweis sein. Er sollte es dort vorzeigen und damit würde er Einlass in die Werkstadt finden. Als sich der erste Tag dem Ende näherte hielt der Wagen auf einer Lichtung. Der Kutscher brachte die beiden Pferde zu einem kleinen Bach und die Männer sammelten Brennholz. Schnell brannte ein kleines Feuer und die vier Wachen teilten sich die Nacht ein. Immer zwei würden wach bleiben, man konnte ja nie zu wachsam sein.

Schließlich saßen sie alle am Feuer und ließen sich das mitgebrachte Brot schmecken. „Wir werden etwas mehr als eine Woche unterwegs sein." sagte der Kaufmann und hielt Hans ein Stück Wurst hin, dass er gern nahm. Sie unterhielten sich eine ganze Weile. Der Kaufmann war schon viel herum gekommen, während Hans bisher nur Leipzig gesehen hatte. Dies hier war seine erste große Reise. „Was habt ihr geladen?" fragte er und der Kaufmann zählte leise auf „Bernstein, Felle, Fisch und Messer." er sagte es besonders leise, so dass es außerhalb des Feuers niemand hören konnte. Trotzdem hatte Hans das Gefühl, dass der Kaufmann nicht alles erzählt hatte. Als dann der Mond über ihnen aufging, sagte der Kaufmann „Wir sollten schlafen. Morgen ist ein langer Tag."

Der Junge nickte und legte sich an das warme Feuer. Sein Werkzeug legte er in der Tasche unter seinen Kopf. Das war zwar nicht sehr bequem, aber so hatte er es immer in seiner Nähe. In der Wärme schlief er schließlich ein und schreckte durch ein Geräusch wieder auf. Es war aber noch mitten in der Nacht. Hans setzte sich zu der Wache an das Feuer und starrte in die Flammen. Was war das für ein Geräusch gewesen? Wenn es etwas Gefährliches gewesen wäre, dann hätte die Wache sicher schon die Waffe gezogen, doch der Mann war die Ruhe selbst. Wieder hörte Hans ein Geräusch und zuckte zusammen. „Das ist ein Käuzchen." sagte der Wachposten, der das Erschrecken des Jungen gesehen hatte. Hans nickte und drehte sich zu seinem Schlafplatz um, als er einen Schatten sah.

Noch bevor er fragen konnte, rannte der Schatten auf ihn zu. „Hilfe!" konnte er nur noch sagen, dann lag er auf dem Rücken und hatte ein Messer am Hals. Mit einem Knüppel, den er greifen konnte, schlug er zu und traf die dunkle Gestalt am Kopf. Der Andere zuckte zurück und Hans konnte das Messer greifen. Nun waren die Rollen vertauscht. Hans trat zu und kam auf die Füße. Zwei weitere Schatten sah er und schrie „Überfall!" nun kam Bewegung in das Lager. Es entbrannte ein kurzer Kampf, dann lagen die vier Räuber tot am Feuer. Einer der Wachleute war ebenfalls tot und einer verletzt. Immer noch starrte Hans auf das Messer in seiner Hand, das kurz zuvor noch an seinem Hals gelegen hatte. Er hatte unverletzt überlebt, wie durch ein Wunder.

Der Kaufmann schlug ihm auf die Schulter, dann setzten sich alle an das Feuer und für den Rest der Nacht war an Schlaf nicht mehr zu denken. Aber es dauerte noch eine ganze Weile, bis die Sonne endlich wieder aufging. Schließlich spannte der Kutscher die Pferde wieder an. „Was machen wir mit denen da?" fragte Hans und zeigte auf die Leichen. Der Kaufmann zuckte mit den Schultern und drehte sich zum Wagen um. „Sollten wir ihnen nicht ein christliches Begräbnis geben?" fragte Hans und der Kaufmann drehte sich wieder um. Dann nickte er und rief den Wachen zu, eine Grube auszuheben.

Sie legten die toten Körper hinein und Hans sprach ein Gebet, dann schlossen sie die Grube. Beim Aufsitzen auf den Wagen drückte der Kaufmann Hans ein Schwert in die Hand. Er legte sich die Waffe um und setzte sich zum Kutscher nach vorn. Nun saßen sie zu dritt vorn und drei Wachleute liefen hinter dem Wagen her. Weiter ging es in Richtung Süden.

Nach ewiger Zeit erreichten sie dann endlich München und dort verabschiedete sich Hans von dem Kaufmann. Dabei gab er ihm das Schwert zurück. „Ich werde es jetzt nicht mehr brauchen." sagte er und der Mann nickte. Sie gaben sich die Hand, dann ging Hans zu der Werkstatt, wo er bei dem Meister unterkam. Der Mann begrüßte ihn mit einem Handschlag und dem obligatorischen Schlag auf die Schulter. Damit nahm er ihn in seine Werkstatt auf. Ein neuer Abschnitt in seinem Leben begann. Nun war er Lehrling.

8. Kapitel

(K)ein Kinderspiel

Einige Wochen waren vergangen, in denen Johanna ihren Vater kaum zu Gesicht bekommen hatte. Nun war sie praktisch alleine in dem großen Haus, aber wollte sie das wirklich sein? Immer wieder hatte sie sich Gedanken darüber gemacht, was die Mutter wohl verbrochen hatte, um so einen grausamen Tod zu finden, doch es war ihr nichts eingefallen. Auch die Amme hatte keine Antwort gefunden, obwohl sie den Fragen des Mädchens immer wieder auszuweichen versuchte. Johanna hatte das wohl bemerkt und dennoch eine Antwort erhalten wollen. Doch anscheinend gab es da gar keine Antwort darauf. Dass die Mutter sich mit dem Teufel eingelassen hatte, das konnte sie sich immer noch nicht vorstellen und nach Schwefel hatte es im Haus auch nie gerochen.

All das, was der Pfarrer immer in seinen Gottesdiensten über die Hexen erzählte, konnte nicht auf ihre Mutter zutreffen. Oder doch? Nachts hatte Johanna meist geschlafen. Wer konnte da schon wissen, was die Mutter in den Vollmondnächten gemacht hatte! Die Bilder, die in der Kirche herum gereicht wurden, zeigten schreckliche Taten und Verfehlungen! Sie zeigten Frauen, die sich mit dem Teufel einließen. Beim Anblick der kleinen Papierblättchen bekam Johanna immer eine Gänsehaut. Frieder, der in der Kirche immer neben ihr saß, schien es genauso zu gehen und den anderen Menschen sicherlich auch, auch wenn diese es vielleicht nicht so offen zeigten.

Mit jedem Tag wich die Erinnerung an die Mutter immer mehr. Schließlich war es dann so weit, dass der Vater mit einer neuen Frau das Haus betrat. Bärmuth, wie die Frau hieß, war etwa sieben

Jahre älter als Johanna und vom ersten Moment waren sich die beiden Frauen des Hauses sympathisch. „Glück gehabt." sagte sich Johanna, es hätte auch schlimmer kommen können. Sie kannte einige Mädchen, die nach einer neuen Heirat ihrer Väter auf der Straße gelandet waren und sich nun als Bettlerinnen durch ihr Leben schlugen. Eigentlich war ihre Stiefmutter noch selbst ein Kind, zumindest verhielt sie sich oft noch so. Aber das durfte man mit noch nicht mal siebzehn Jahren vielleicht auch noch sein. Damit konnten sich die Beiden aber auch noch besser verstehen.

Bärmuth war die Tochter eines anderen Kaufmannes. Sie kam aus Dresden und war nun in dieser, für sie fremden Stadt, auf sich allein gestellt. Ohne Freunde und andere Bekannte war es für sie ganz gut, dass sich Johanna hier in der Stadt bestens auskannte. Allerdings unterschieden sich die Pflichten von Bärmuth als Ehefrau und von Johanna als Kind und Stieftochter doch schon erheblich. Die Mitgift, die Bärmuth mit in diese Ehe brachte, glich den Verlust des Vaters sicher wieder aus. Es gab einiges im Leben einer Ehefrau, was Bärmuth nicht ganz so gefiel, aber sie wurde ja nicht gefragt. Als Frau hatte sie keine Rechte und auch kein Mitspracherecht. Eigentlich war sie nur innerhalb des Hauses tätig und hatte auch dort nur das Recht Entscheidungen zu treffen. Auch dabei war sie ihrem Mann bei allem unterstellt und hatte bei allem zu fragen, ob er damit einverstanden war. Besonders die „ehelichen Pflichten" lagen ihr so gar nicht. Zumindest hatte Johanna dieses Gefühl, den fast jeden Morgen kam Bärmuth mit einem griesgrämigen Gesicht aus dem gemeinsamen Schlafzimmer.

All das beobachtete das Mädchen sorgsam. Schon vorher hatte sie ihre Mutter bei den täglichen Verrichtungen beobachtet, denn nur so konnte sie all die Dinge lernen, die sie später mal brauchen würde. Hauswirtschaft, Kinder und Kochen, das würden ihre Pflichten sein, nur wenige Frauen der höhergestellten Männer hatten auch noch eine repräsentative Aufgabe. Doch diese Frauen konnte man in der Stadt an einer Hand abzählen. Noch viel größer war der Anteil der Frauen, die aus den ganz armen Schichten kamen und die auch noch ihre tägliche Arbeit zur Ernährung der Familien nachgehen mussten. Auf dem Markt, auf den Feldern der Umgebung oder bei anderen schweren Arbeiten. Zum Glück würde sie davon als Kaufmannstochter verschont bleiben. Der Vater würde sie sicher standesgemäß vermählen. Vermutlich um einen Handelspartner an sich binden zu können. Doch das würde noch dauern, bis dahin hieß es Lernen.

Sie sah sich alles von Bärmuth ab, denn so würde es in ein paar Jahren sicher auch Johanna gehen. Noch hatte sie aber Zeit, sich auf ihre zukünftigen Pflichten im Haushalt vorzubereiten. Alles, was sie lernte, würde sie irgendwann mal brauchen. Auf die anderen Pflichten würde sie Bärmuth vorbereiten, aber bis dahin hatte es noch etwas Zeit. Noch war für sie alles irgendwie ein Kinderspiel. Oder etwa nicht? Johanna konnte es nicht richtig beurteilen. Sie nahm es erst einmal so hin, wie es kam, und es kam eine Überraschung auf sie zu. Eines Sonntags saß sie beim Gottesdienst ganz vorn. Direkt vor ihr war der neue Altar und die ganze Zeit musste sie auf eine Ecke starren. Sie wusste nicht warum. Nachdem alle aufgestanden waren, ging sie näher nach vorn und erstarrte. Da war das Bild ihrer Mutter zu sehen!

Die Mutter Maria hatte das Gesicht ihrer Mutter. Johanna bekreuzigte sich und schaute sich um, ob sie jemand gesehen hatte, doch alle anderen waren mit sich selbst beschäftigt. Wie kam das Bild dort hin? Wen konnte sie dazu fragen? Niemanden! Denn die Mutter war als Hexe gestorben, da konnte sie doch keine Heilige sein! Sicher war es nur ein Irrtum. Von nun an würde sie aber jeden Sonntag auf diesem Platz in der Kirche sitzen. Mit Bärmuth ging sie danach Hand in Hand wieder zu ihrem Hause zurück. Sie schaute die größere Freundin von der Seite aus an. Der Pfarrer hatte in der Predigt wieder von den Hexen erzählt, aber in der letzten Zeit hatte es keine Hinrichtungen mehr gegeben. Vielleicht hatten die schaurigen Schilderungen von der Hölle, in die alle Ketzer nach ihrem Tode wandern würden, dafür gesorgt, dass die Sünder wieder auf den rechten Weg gekommen waren. Aber wer konnte das schon Wissen. Von ihrer Mutter hätte das Johanna ja auch nicht geglaubt und doch musste es ja so gewesen sein.

Obwohl sie ja noch ein Kind war, war ihr tägliches Leben nun oft kein Kinderspiel mehr. Das Lernen war zunehmend in den Vordergrund getreten.

9. Kapitel

Mutter und Tochter

Nun war sie also sechzehn, Ehefrau und Mutter. Zumindest Stiefmutter. Aber wenn ihr Mann so weiter machen würde, so brauchte es kein Jahr, bis sie dann selbst Mutter sein würde. Ihr Mann war zwanzig Jahre älter als sie, aber das war noch nicht so schlimm. Das eigentlich Schlimme war, das er sie wie einen Besitz behandelte. Zwischen ihnen war keine Liebe. Bärmuth wusste nicht, ob es die Liebe wirklich gab. Von ihr gelesen hatte sie wohl. Zu ihrer Katze hatte sie so etwas wie Liebe gefühlt, aber die war in Dresden zurück geblieben. Vielleicht würde sie in der fremden Stadt eine neue finden.

Sie dachte an viele andere Mädchen, die in ihrem Alter schon lange verheiratet waren. Manche wurden schon mit dreizehn Jahren verheiratet, die meisten aber dann spätestens mit Sechzehn, so wie sie ja auch. Sie hatte schon gehört, dass die Hochzeit nur unter den Reichen stattfand. Die Ärmeren kannten das nicht. Eine Hochzeit hatte immer etwas mit Erben und Besitz zu tun. Aber sie hätte nie gedacht, dass sie nun der Besitz sein würde, um den es dabei ging. Und genauso wurde sie auch behandelt. Wie ein Gegenstand! Er wechselte kaum ein Wort mit ihr, außer wenn es für ihre Arbeit im Hause notwendig war, oder er ihr etwas erlauben oder verbieten wollte. Meist verbot er ihr mehr, als dass er etwas erlaubte!

Bärmuth fühlte sich irgendwie nutzlos. Sie war nur ein Beweis der Verbindung zwischen ihrem Vater und ihrem Mann. Die beiden hatten auch die Hochzeit ausgemacht, sie hatte keiner gefragt. Der Vater hatte sie mit einem Wagen von Dresden nach Leipzig geschickt. Nun war sie also hier und hatte mit der zehnjährigen Johanna eher eine Freundin, als eine Tochter gefunden. Sie war ja nur sechs Jahre älter als das Mädchen. Manchmal dachte sie daran, dass sie in demselben Bett lag, wie die Mutter dieses Mädchens. Sie hatte sie nie kennen gelernt, die Frau war vor ein paar Wochen gestorben. Als Hexe! Wie ihr das Mädchen nach der Hochzeit erzählt hatte.

Nun musste sie sich also mit all den Gegebenheiten in diesem Haus arrangieren. Im Gegensatz zu dem Haus ihres Vaters gab es hier kaum Dienstpersonal. Nur die alte Amme konnte ihr zur Hand gehen. So musste sie also ihre Stieftochter mit in die Hausarbeit einbeziehen. Johanna ging ihr aber meist gern zur Hand. Die Kleine hatte einen starken Willen, das hatte Bärmuth schon nach ein paar Augenblicken gemerkt. Sie waren sich viel zu ähnlich, als dass sie etwas voreinander verstecken konnten.

Johanna führte sie überall umher und erklärte geduldig alles, was es in Leipzig zu sehen gab. Nur um den Pfarrer machte sie einen großen Bogen, aber nach der Geschichte mit ihrer Mutter konnte man das auch verstehen. Allerdings gab es da noch etwas, was ihr missfiel: in das Kontor ihres Mannes durfte sie nicht! Als sie versuchte die Tür zu öffnen, verwies er sie in den Hof und schloss dann vor ihrer Nase ab. Man konnte fast Glauben, dass er darin irgendetwas Verbotenes tat, doch er wollte sicherlich nur die Frauen aus dem Kontor fernhalten. Da drin hatte sie also nichts verloren, das war seine eindeutige Aussage.

Schließlich wurde Bärmuth schwanger und so wie ihr Mann bisher nicht von ihr lassen konnte, so wollte er nun von ihr auf einmal im Bett nichts mehr wissen. Seine Aufgabe war scheinbar erfüllt und nun hatte sie die Aufgabe das Kind auszutragen. Sie hoffte, dass es ein Sohn werden würde, denn immer, wenn sie sah, mit welcher Kälte der Mann Johanna behandelte, fürchtete sie dasselbe für ihr Kind, wenn es nicht ein Junge sein würde.

Gerade jetzt, wo sie die Zuneigung ihres Mannes so dringend gebraucht hätte, zog dieser sich vollkommen von ihr zurück. Das ging so weit, dass er auch schon bald nicht mehr im Bett neben ihr schlief, sondern in einem anderen Zimmer, das eigentlich das Gästezimmer war. In so mancher Nacht weinte sie sich leise in den Schlaf. Das kannte sie doch gar nicht von sich. Vielleicht machte sie das Kind, das in ihr heranwuchs, so schwach und weinerlich. Anders konnte es gar nicht sein. Zum Glück schlich sich manchmal Johanna in ihr Zimmer und versuchte sie zu trösten. Es war schon irgendwie seltsam. Die Tochter tröstete die Stiefmutter, obwohl diese eigentlich die Tochter über den Verlust der richtigen Mutter hätte hinweg trösten müssen.

Auch in dem Moment, in dem die Wehen einsetzten, war sie ganz alleine. Mitten in der Nacht begannen die Schmerzen so groß zu werden, dass sie so laut schrie, das Johanna zu ihr gelaufen kam. Auch die Amme kam im Nachthemd zu ihr in das Zimmer. Nur ihr Mann ließ sich nicht blicken. Das hier war eine Weiberaufgabe, er hatte seinen Teil ja schon gemacht. So blieben sie für diese Nacht zu dritt und Bärmuth musste ohne Unterstützung durch ihren Mann durch diese Schmerzen gehen. Zum Glück war sie in den Hüften etwas breiter gebaut, aber es fühlte sich immer noch so an, als ob sie innerlich zerrissen würde.

Die Frau hatte jedes Zeitgefühl verloren und es schien ihr, als ob es tagelang gedauert hätte, aber als dann die Sonnen endlich aufging hörte sie ihr Kind schreien. Es war am Leben und scheinbar gesund. Sie hatte einen Sohn zur Welt gebracht, wie die Amme stolz verkündete. Nun fiel Bärmuth ein doppelter Stein vom Herzen, die Geburt war vorüber und es war auch noch der erhoffte Sohn und Erbe.

Erst jetzt tauchte auch ihr Mann im Zimmer auf. Er sah sich zuerst seinen Sohn an und dann gab er ihr einen Kuss auf die schweißnasse Stirn. Erschöpft schlief sie ein und wurde dann später von der Amme geweckt, als ihr Sohn Hunger bekam. So wie sie es erhofft, oder befürchtet hatte, war das Verhältnis zwischen ihrem Mann und ihrem Sohn von Anfang an ein ganz anderes, als das zwischen Johanna und ihrem Vater. Auch das Mädchen schien das zu bemerken. Aber was hätte man dagegen tun können? Jedenfalls war Bärmuth glücklich, dass es ein Junge geworden war und mit diesem kam auch die Zuneigung des Mannes zu ihr wieder zurück. Nun küsste er sie auch schon mal. Er spielte mit seinem Sohn und trug ihn schon nach ein paar Tagen durch sein Kontor, das er ihr nicht hatte zeigen wollen.

10. Kapitel

Gesellenjahre

Seine Gesellenzeit hatte ihn nun nach Würzburg geführt. Hier wollte er den Winter des Jahres 1483 zum folgenden Jahr bleiben. Im Herbst hatte er die große Stadt betreten und sich nach einem Meister umgesehen, bei dem er seine Arbeit aufnehmen konnte. Dabei traf er auf seinen Gesellenfreund Tilmann Riemenschneider, der ebenfalls die Stadt gerade erreicht hatte, dort aber bleiben wollte, da es ja seine Wahlheimatstadt war. Der Freund wäre sicher auch gern Meister dort geworden, doch ohne eine Werkstatt, die er von seinem Vater hätte übernehmen können, konnte er kein Meister werden. So blieben sie eben beide Gesellen und arbeiteten für einen anderen Meister.

Beide waren sie erfahrene Gesellen, auch wenn sein Freund um einiges besser in der Arbeit war. Sie schnitzten Heiligenfiguren aus Holz und machten auch Entwürfe, was aber der Meister nicht gern sah. Es war seine Werkstatt und da sollte nur das geschaffen werden, was er auch entworfen hatte. Für ihre Arbeit erhielten sie Unterkunft und Verpflegung, aber nur selten Lohn. So konnten sie auch nur dann in die nahe gelegene Schänke gehen, wenn sie der Meister oder einer seiner Kunden dorthin einlud. Was nicht sehr oft geschah. Sie waren beide Gesellen in der Sankt-Lucas-Gilde der Maler, Bildhauer und Glaser. Hans zumindest nur vorübergehend. Tillmann würde es wohl länger bleiben, denn er wollte ja in dieser Stadt sesshaft werden.

Auch in dieser Stadt wurde Hans von den Hexenverfolgungen eingeholt. Zum Glück betraf es ihn nicht, da er ja für die Kirchen der Stadt Heiligenbilder schnitzte, aber viele Frauen wurden in dieser Stadt gejagt und verbrannt. Es verging kaum ein Tag, an dem nicht mindestens eine Frau so grausam zu Tode kam. Waren es in seiner Heimatstadt nur wenige und auch nur alle paar Wochen mal eine, waren es hier so viele, dass es fast schon unnormal war, wenn es an einem Tag keine Hexe gab, die an den Brandpfählen vor der Stadt ihr Leben beendete.

Konnte es wirklich sein, dass es hier um so viel mehr Hexen gab, als in Leipzig? Waren hier die Richter strenger? Oder hatte der Bischof nur eine andere Vorstellung von einer Hexe. Eine Vorstellung, unter die fast jeder fallen konnte? Da hieß es nur: sehr vorsichtig mit den Äußerungen zu sein. Denn anders, als in Leipzig, wurden hier auch Männer als Zauberer und Hexer verfolgt. Mancher, der im Rausche des Weines in der Schänke zu große Worte geschwungen hatte, der fand sich am nächsten Tag schon vor Gericht wieder. Zwar wurde nicht jeder hingerichtet, aber auch die zur Haft im Kerker verurteilten, hatten nicht viel größere Überlebenschancen.

Fluchen, gottlose Reden und, unbedacht ausgesprochene, ketzerische Gedanken führten fast sofort zu einer Verhaftung. Auch aus dem Grund, da derjenige, der diese Untaten nicht anzeigte, ebenfalls im Kerker landen konnte. Auch das war ein Grund, dass Hans hier nicht zu lange bleiben wollte. Oft dachte er an die Heimatstadt zurück, die er ja nun schon so lange nicht gesehen hatte. An seinen Vater und auch an Johanna. Wie mochte es ihnen wohl ergangen sein? Mit dem beginnenden Schneefall hörten auch die Hexenverbrennungen auf, da das im Winter wohl nur schwer möglich war, die Verhaftungen und Prozesse wurden aber auch in dieser Jahreszeit weiter geführt. Die Verurteilten mussten allerdings bis zum Frühjahr warten, bevor das Urteil vollstreckt werden konnte. Viele würden das bei der schlechten Behandlung im Kerker allerdings wohl kaum erleben.

Durch die Folter geschwächt überlebten die meisten von ihnen keine Woche der Haft in dem kalten und zugigen Keller. All dies erfuhr Hans von den Wachen, die manchmal in der Schänke saßen und von ihren Taten erzählten, als ob es Heldentaten wären. Allerdings standen die Hexen außerhalb der Gesellschaft, die verurteilten erst recht. Mit dem Urteil waren ihnen alle Rechte aberkannt worden und egal was die Wachen mit ihnen anstellten, es würde ihnen nichts passieren und jeder der dies kritisieren würde, der würde sich einer Verfolgung aussetzen.

Also hörte Hans mit zusammengebissenen Zähnen zu. Er musste dabei immer an die Mutter seiner Freundin denken, was dieser wohl passiert war. War sie ähnlich behandelt worden?

Schließlich endete der Winter und noch bevor die erste Hexe verbrannt werden konnte, verabschiedete sich Hans von seinem Freund, schulterte sein Werkzeug und setzte seinen Weg fort. Wie es sich als Wandergeselle geziemte, erarbeitete er sich das Geld für seinen langen Weg mit den Arbeiten, die er entlang des Weges fand. Als Tischler, Zimmermann, Schnitzer und auch als Maler blieb er immer ein paar Tage, bis er weiter ziehen konnte. So kam er zwar langsam voran, aber er brauchte nie Hunger leiden. Arbeit gab es für ihn fast überall. Und überall gab es auch die Hexenverfolgungen. Der Geruch von verbrannten Fleisch lag über all den Städten und Dörfern. Mit brutaler Gewalt versuchte die Kirche die ketzerischen Gedanken aus den Köpfen der Menschen zu bekommen.

Hans schien es so, als ob es, je näher er an Sachsen kam, immer weniger wurden, die verurteilt wurden. Als er dann wieder auf sächsischen Boden war, war es für ihn ungewöhnlich durch Dörfer zu ziehen, in denen noch niemals eine Hexe gesehen worden war.

Das konnte doch aber nicht an den Ländern liegen? Hexen würden sich doch sicher nicht an Landesgrenzen orientieren und der Teufel bestimmt auch nicht. Was war also die Ursache dieser Hysterie, die er im Lande der Bayern mit einem solchen Erschrecken festgestellt hatte? Vielleicht waren es die Ansichten der Kirche? Oder die der Landesherren! Vielleicht hatte der Kurfürst Ernst von Sachsen einen positiven Einfluss auf das Geschehen. Hans konnte dies nicht beurteilen, aber es war schon sehr auffällig, das in Dörfern, die nur durch einen Fluss voneinander getrennt waren so unterschiedlich Recht gesprochen wurde.

Vielleicht war es auch in seiner Heimatstadt nun etwas ruhiger geworden und Johanna, sowie die anderen Frauen, waren dort nicht mehr in Gefahr. Immer weiter zog er nach Norden und immer schneller wurde er. Es ging auf den Sommer zu. Was würde ihn zu Hause erwarten? Vielleicht konnte er dort, in seiner Gilde, auch als Meister aufgenommen werden. Wenn sein Vater für ihn ein gutes Wort einlegte, dann sicher.

Frohen Mutes schritt er schneller der Stadt entgegen.

11. Kapitel

Der rechte Weg?

In der letzten Zeit waren es wieder weniger Hexen geworden, die er gefangen und verurteilt hatte. Kein Gericht brauchte er dazu anrufen, schon seine Verdächtigung reichte aus und unter der Folter gestanden sie alle. Die weltlichen Gerichte waren für Diebstähle und Morde zuständig, aber er war hier der Vertreter Gottes und machte sein eigenes Urteil. Nur die Hinrichtungen führten die Gerichte durch. Gezählt hatte er sie nicht, aber es mochten sicher schon hundert gewesen sein, seit er dieses Amt hier ausführte. Die Geschichten, die die Hexen erzählten, machten selbst ihm Angst und er benutzte sie für seine sonntäglichen Gottesdienste als mahnende Beispiele. Vielleicht sorgten diese plastischen Schilderungen dafür, dass es weniger Hexen in seiner Gemeinde wurden.

Bei den Andachten ließ er immer den Blick über die Anwesenden schweifen und konnte das Entsetzen in den Gesichtern lesen. Das gab ihm eine innere Zufriedenheit, denn dadurch konnte er sie vielleicht wieder auf den Pfad des rechten Glaubens zurück bringen. Dass er selbst manchmal etwas anderes tat, als er ihnen predigte, machte da für ihn keinen Unterschied. Wenn er die Keuschheit und Reinheit der Ehe vortrug und eigentlich mit zwei Frauen in Sünde lebte, so war dies etwas ganz anderes. Als er früher noch im Kloster gelebt hatte, da hatte er die Gebote seines Ordens sorgfältig befolgt, da hatte er ja auch keine andere Wahl gehabt. Aber schon damals hatte es der Abt anders gehalten und so machte er es ihm nun in diesem Amte hier nach.

Die Macht, die er hier hatte, kostete er vollständig aus. Jeder, der am Sonntag vor ihm saß, war ihm praktisch mit Gedeih und

Verderb ausgeliefert. Er brauchte bloß auf einen oder eine mit dem Finger zeigen und schon würde sich einer finden, der seinem Willen Folge leisten würde. Schon aus Angst davor, sonst selbst der nächste zu sein. Dieses Klima der Angst tat ihm gut und er hatte eine regelrechte Freude daran, es weiter zu schüren. Die plastischen Bilder in der Kirche, die die Höllenqualen der Sünder zeigten, taten da ein Übriges. Sie hingen rechts und links neben dem Altar und sollten einem jeden zeigen, was passierte, wenn man vom richtigen Weg abwich. Wenn dann so sein Blick über die anwesenden Frauen glitt, so wusste er, dass er jede von ihnen haben konnte. Wer sich wiedersetzen würde, der würde es bereuen.

Mit Wohlwollen stellte er fest, dass die kleine Johanna eine sehr schöne Frau geworden war. Zwar noch sehr jung, doch genau nach seinem Geschmack. Immer saß sie direkt vor ihm und hing praktisch mit ihren Augen an jedem Wort, dass er sagte. Dies gab ihm eine gewisse Überlegenheit und ansonsten war sie ja sowieso nur eine Frau. Was hatte sie schon zu sagen? Nicht viel. Eigentlich nur Ja! Irgendwie reizte sie ihn, wie sie dort saß. Andächtig im Gebet und unschuldig. Er musste sich etwas überlegen, wie er sie für sich gewinnen konnte. Doch da saß der Vater von Johanna immer in der Kirche neben ihr. Vielleicht konnte man ihn zuerst loswerden? Oder sie bei ihm in Ungnade fallen lassen? Er brauchte einen Plan. Allerdings würde sie sich bestimmt noch daran erinnern, dass er es gewesen war, der ihre Mutter auf den Scheiterhaufen gebracht hatte. Also würde sie sicherlich nicht freiwillig zu ihm kommen.

Welches Druckmittel konnte er gegen sie benutzen? Er brauchte mehr Informationen über sie. Nach dem Gottesdienst überlegte er, wer ihm diese Nachrichten geben konnte. Im Gedanken ging er alle Frauen durch, die ihm noch einen Gefallen schuldeten, oder gegen die er etwas in der Hand hatte. Dabei fiel ihm Gundel ein, die er beim Ernten von Kräutern gesehen hatte und die auch wusste, dass er sie gesehen hatte. An sich war da nichts daran, doch die Grenzen zur Hexerei waren da fließend. Mit ein bisschen guten Willen konnte man da schnell eine Anklage finden. Sein Gesicht verzog sich zu einer Grimasse, als er begann zu lächeln. Er beauftragte seine Wache, die Frau zu holen. Schon das alleine würde sie soweit einschüchtern, dass sie ihm bestimmt alles sagen würde, was er wissen wollte. Dann platzierte er sich so, dass sie zu ihm aufsehen musste, wenn sie in den Raum gebracht werden würde.

Eine ganze Weile später brachten die bewaffneten Männer die vor Angst schlotternde Frau zu ihm und schoben sie in den Raum. Der erste Teil hatte schon mal funktioniert und nun würde sie ihm alles erzählen, was er wissen wollte. Er begann mit einer Befragung zu den Kräutern und ließ dabei auch eine Anklage wegen Hexerei im Raume stehen. Daraufhin begann die alte Frau sogleich alles Mögliche vorzubringen. Nun musste er nur noch geschickt die Sprache auf die junge Frau lenken, wegen derer die andere hier bei ihm war. Eine Stunde später wusste er alles, was er brauchte und die Frau war froh, lebend den Raum wieder verlassen zu können.

Er stützte seinen Kopf in die Hand und überlegte. Da gab es eine Freundschaft zu Bärmuth, der Stiefmutter. Daraus konnte er nichts ableiten, höchstens das Mädchen zu irgendwas bringen, wenn er etwas gegen Bärmuth in der Hand hatte. Aber da gab es noch nichts. Dann gab es immer noch die Angst vor der Hölle, aber da konnte er auch keinen Hebel ansetzen. Die Sorge um die Seele der Mutter versprach da schon etwas mehr Glück, die konnte er mittels eines Ablassbriefes befriedigen, aber dazu brauchte sie ihn nicht. Er sah zum Fenster hinaus und überlegte weiter. Dabei sah er sie, wie sie zum Markt ging. Der Pfarrer erhob sich von seinem Platz und trat an das Fenster. Lange sah er dem Mädchen nach. Ein Plan begann in ihm zu reifen, der eines Pfarrers eher unwürdig war, aber wenn er funktionieren würde, so hätte er sie in der Hand.

Der Mann drehte sich um, rieb sich die Hände und rief dann nach den Wachen. Zwei Männer, mit Schwertern an der Seite und seinem Wappen auf der Brust, betraten den Raum. Er forderte sie auf, alle ihre Kameraden zu holen und wieder zu ihm zurück zu kommen. Dann drehte er sich zurück zum Fenster und sah zu ihr hinunter, wie sie von Stand zu Stand ging. Laut sagte er „Ich kriege dich!". Ein höllisches Lächeln zog über sein Gesicht.

12. Kapitel

Furcht

Mehr als fünf Jahre waren vergangen, seit Johanna ihre Mutter verloren hatte. Sie war inzwischen zu einem jüngeren Ebenbild ihrer Mutter und zu einer strahlenden Schönheit geworden. Anders als Bärmuth, die im Laufe der Zeit in die Breite gegangen war, aber wer konnte ihr das nach drei Geburten verdenken, war Johanna schlank und groß geworden. Jeder in der Stadt schaute ihr hinterher und sie spürte die Blicke der Männer in ihrem Rücken. Sie hatte nun, da nur zwei von Bärmuths Kindern überlebt hatten, einen vierjährigen Bruder und eine Schwester, die aber erst ein paar Wochen alt war. Daher hatten im Moment weder Bärmuth noch die Amme Zeit, sich um Johanna zu kümmern. Ihr war das ganz Recht und so versuchte sie schon mal als Hausherrin tätig zu sein.

In ein paar Wochen würde sie sechzehn Jahre alt werden und danach würde der Vater sie bestimmt verheiraten. Sicher hatte er sich auch schon jemanden überlegt und, da es ja nun auch noch ihren Bruder gab, bestand kein Grund mehr, sie im Hause zu behalten. Er hatte ja einen Erben für sein Geschäft. Auch wenn der erst ein paar Jahre alt war. Aber Sohn blieb nun mal Sohn. Und der war mehr Wert, als ein Mädchen. Allerdings gefielen ihr die Blicke der Männer, es hatte dann doch etwas, wenn man ein Mädchen war.

In ihrem schönsten, selbst genähten, Kleid ging sie mit einem Korb über den Markt und kaufte Obst sowie Gemüse ein. Die langen blonden Haare hatte sie zu einem Zopf zusammen gebunden, der immer wieder nach vorn fiel, wenn sie sich bückte, um das Obst in den Korb zu tun. Ein kleiner Junge in verschlissenen Sa-

54

chen näherte sich ihr und sie griff nach einen der gerade erst ge-
kauften Äpfel in dem Korb. Als sie ihn dem Jungen in die Hand
drücken wollte, riss dieser ihr den Geldbeutel vom Gürtel und lief
damit weg.

Johanna stieß den Korb um und rannte hinterher. Sie war
schnell, doch das lange Kleid behinderte sie beim Laufen. Der
Junge war kleiner, aber sehr schnell. Immer, wenn sie dachte, nun
hätten sie ihn, schlug er einen Haken und entwischte ihr wieder.
Immer weiter ging die Jagd, dabei achtete sie gar nicht auf ihre
Umgebung und als der Junge dann doch irgendwo vor ihr im Ge-
wimmel verschwunden war, blieb sie stehen und sah sich um. In
dieser Gegend war sie noch nie gewesen und sie hätte sich gewünscht, auch niemals hierhergekommen zu sein. Es war das Viertel der Ärmsten in der Stadt. Zerlumpte Gestalten und Bettler waren überall zu sehen. Nicht nur, dass ihre Münzen weg waren, was
sie dann später erst noch dem Vater erklären musste, sie stand nun
auch in ihrem leuchtenden Kleid zwischen all den dreckigen Gestalten. Eine Angst beschlich sie und sie versuchte so schnell wie
möglich wieder aus dieser Gegend heraus zu kommen.

Doch das war gar nicht so einfach. Zu auffällig war ihre Kleidung und sie trug auch noch Schmuck! Ein Kreis von Menschen
zog sich um sie herum immer enger. Männer und Frauen hatten sie
in ihre Mitte genommen und als erstes verschwand ihre goldene
Anstecknadel vom Gewand. Jemand strich ihr von hinten über die
Haare und als das Kleid in Fetzen ging machte sie sich mit Gewalt
Platz und lief los. Eine übermächtige Furcht gab ihr eine solche
Kraft, dass sie sich durch die Masse der Menschen hindurch drän-
gen konnte. Ohne Rücksicht schlug sie um sich, dann war sie frei.
Sie lief und lief und nach einer Weile war sie wieder auf dem
Markt.

Vollkommen außer Atem sah sie auf das zerrissene Kleid, wo schon das weiße Unterkleid hindurch schien. Viel hatte nicht mehr gefehlt und sie wäre da nicht mehr Lebend heraus gekommen. Wer weiß schon, was mit ihr passiert wäre. So hatte sie nur Geld und Schmuck verloren, jedoch ihre Ehre und das Leben behalten. Sie nahm den Korb auf, den die Bäuerin für sie aufbewahrt hatte, tat die Fragen der Frau nach ihrem Aussehen mit einer Handbewegung ab und ging wieder nach Hause. Erst unterwegs wurde sie sich der ganzen Tragweite ihres unbedachten Handelns bewusst und fing zu zittern an. Für ein paar Augenblicke musste sie sich an eine Hausecke setzen, bevor sie weiter gehen konnte.

Als sie dann die Küche betrat, kam ihr Bärmuth schon mit ihrer Tochter auf dem Arm entgegen. Johanna winkte wieder ab, sie wollte nicht über die Ereignisse reden, dann würde sie auch nicht mehr daran denken, doch die Angst war in ihr geblieben. Nur langsam würde sie wieder verschwinden und doch war ja eigentlich nichts passiert. Gemeinsam bereiteten sie das Essen zu, dann wechselte Johanna noch ihr Kleid. Aber schließlich musste sie ihrem Vater ja auch noch den Verlust des Geldes erklären und davor hatte sie im Moment die meiste Angst, sie war sogar größer als die, die sie in dem Viertel verspürt hatte. Was würde der strenge Mann sagen? Vielleicht konnte ein gutes Essen ihn gnädig stimmen und es waren ja, nach den schon bezahlten Einkäufen, auch nicht mehr ganz so viele Münzen im Geldbeutel gewesen.

Johanna zählte noch einmal in Gedanken zusammen, was sie schon bezahlt hatte und was demzufolge noch in dem Beutel gewesen war. Es waren nur noch ein paar kleine Münzen darin. Etwa den Gegenwert von drei Hühnern und das würde ihr der Vater vielleicht nicht so schlimm vorwerfen. Schließlich ging sie nach dem Essen zu ihm und erzählte die ganze Geschichte. Der Mann wurde sehr zornig, aber nicht wegen dem Geld, sondern wegen der unnötigen Gefahr, der sie sich ausgesetzt hatte. Beinahe hätte sie eine Ohrfeige bekommen und hatte sich schon schützend weggeduckt, doch der Vater ließ die zum Schlage erhobene Hand wieder sinken. Es war ja zum Glück nichts passiert, doch sie sollte in Zukunft vorsichtiger sein.

In der nun folgenden Nacht kamen im Traum die Bilder aus dem Viertel wieder hoch. Noch nie war sie dort gewesen, zwar hatte sie davon schon mal gehört gehabt, aber so direkt dort zu sein, war doch etwas ganz anderes gewesen. Erst heute hatte sie so richtig den Unterschied zwischen Arm und Reich gespürt. Sie schreckte aus dem Schlaf, als die Hände nach ihr griffen und sie wieder das Zerreißen des Stoffes hörte. Zum Glück war es nur ein Traum, doch die Angst war real gewesen.

13. Kapitel

Suchen und Finden

Seit ihre jüngste Tochter geboren war hatte sie kaum noch Zeit für Johanna. Und das in einer Zeit, in der diese sie nun wahrscheinlich dringend brauchte. Nicht so sehr als Mutter, sondern mehr als erfahrene Freundin und Frau. Es gab ja noch so vieles zu besprechen, was Johanna noch nicht wusste und was sie ihr erklären musste, bevor sie in ein paar Wochen verheiratet werden würde. Karl, ihr Mann, suchte anscheinend schon seit einer Weile einen Ehemann für Johanna. Nur so waren all die seltsamen Männer zu erklären, die in dem Hause immer wieder zu Besuch waren. Einige davon hatten schon graue Haare und die Tatsache, dass er Johanna immer mal kurz dazu bat, sprach schon für die Suche. Johanna war eine richtige Schönheit geworden. Die langen blonden Haare hatte sie zu einem Zopf zusammen gebunden, den sie oft kunstvoll als Ring um ihren Kopf legte. Das sah wie eine Krone aus.

Im Geheimen bewunderte sie die Tochter für diese Schönheit und Anmut, mit der sie sich bewegte, doch für Karl war das nur ein weiterer Pluspunkt, um einen möglichst guten Geschäftspartner mit ihr zu „belohnen". Bärmuth ließ der Tochter so viel Gelegenheit wie nur möglich, sich schon mal als Hausfrau zu bewähren. Lange konnte es ja nun nicht mehr dauern. Aber die Eile, mit der Karl einen Ehemann suchte, die machte ihr Angst. Ihre andere Tochter war noch keinen Monat auf der Welt und sie hatte schon vor Augen, was ihr in ein paar Jahren wohl auch passieren würde. Irgendwie war das Ungerecht. Söhne waren von Karl bevorzugt, Töchter nur Tauschobjekte für seinen Handel. Aber so war es vermutlich in allen Kaufmannsfamilien. Ihr war es ja nicht viel besser ergangen.

Doch das Wichtigste für Karl war, dass die Tochter rein und unberührt in die Ehe gehen würde. Umso mehr erschrocken war Bärmuth darüber, dass sich die Tochter so einfach in das Elendsviertel begeben hatte. Das waren die paar Münzen nicht wert, dass sie sich einer solchen Gefahr aussetzte. War sie als Mutter daran schuld? Mit Karl konnte sie darüber nicht reden, deshalb begab sie sich mit ihrer jüngsten Tochter auf dem Arm zur Kirche und setzte sich dort in eine der Bankreihen vor dem Altar. Eine ganze Weile hielt sie stille Zwiesprache mit Gott, als sich schließlich der Pfarrer neben sie setzte und Bärmuth ihm ihr Herz ausschüttete. Sie redete über die bevorstehende Hochzeit und die Gefahr, in der Johanna geschwebt hatte. Doch der ältere Mann konnte sie besänftigen. „Unser aller Leben liegt in Gottes Hand." sagte er und gab ihr damit wieder die Zuversicht, dass nicht sie etwas falsch gemacht hatte, sondern das Gott sie Beide immer beschützen würde. Dankbar verließ sie die Kirche wieder und ging zurück zu ihrem Hause, das nicht weit entfernt lag.

Karl hatte Johanna nicht mehr aus dem Haus gelassen. Er wollte sie sicher so lange dort drin verwahren, bis sie unter der Haube war. Aber wer sollte denn dann die Einkäufe machen? Die Amme war mit ihrem Sohn beschäftigt und sie mit ihrer jüngsten Tochter. Für Johanna blieb da keine Zeit und sie hatten auch keine Diener, keine Mägde, die auf den Markt gehen konnten. Der Not gehorchend gab Karl schließlich sein Einverständnis, dass Johanna zum Markttag das Haus verlassen durfte. Die anderen Tage verbot er ihr, auch nur in die Nähe der Haustür zu kommen. Nun war sie sozusagen eine Gefangene in den vier Wänden des Hauses. Damit blieb ihnen aber auch die Zeit, für die notwendigen Gespräche von Frau zu Frau, über all das, was nach der Hochzeit auf Johanna zukommen würde.

Vieles davon wusste Johanna schon, aber einiges durfte sie eigentlich bis zur Hochzeitsnacht nicht erfahren. Bärmuth erklärte es ihr aber, unter dem Versprechen der Verschwiegenheit, trotzdem. Wenn Karl sie dabei erwischt hätte, so wäre es ihnen sicher beiden schlecht ergangen. Doch sie fühlte sich verpflichtet der Tochter ein paar Informationen mit auf den Weg zu geben, so dass sie nicht genauso unwissend in die Ehe ging, wie sie damals. Und dafür hatten sie nun nicht mal mehr vier Wochen Zeit. Sicher würde Karl sie unmittelbar nach ihrem sechzehnten Geburtstag verheiraten. Also setzten sie sich jeden Tag in ihr Zimmer. Nach außen hin, um das Hochzeitskleid zu nähen, für sich selbst aber, um andere, wichtigere, Dinge zu besprechen. Manchmal kicherten sie dabei wie kleine Kinder und manchmal hatten sie auch beide rote Ohren.

Bärmuth versuchte auch, Einfluss auf die Suche nach einem Ehemann zu nehmen, doch davon wollte Karl nichts wissen. Beim ersten Mal tat er es noch mit einer Handbewegung ab, beim zweiten Versuch brüllte er sie regelrecht an, dass sie das nichts anging. Also schwieg sie, um ihn nicht weiter zu verärgern. Der nächste Markttag kam näher und Bärmuth versprach Johanna, sie auf dem Weg zum Einkauf zu begleiten. Doch dann ging es der jüngeren Tochter an diesem Tag schlecht. Am Tage zuvor war sie wieder in der Kirche gewesen und da war alles noch in Ordnung gewesen. Der Pfarrer hatte sie gesegnet und der Tochter eine Hostie gegeben, doch anscheinend hatte diese das Gebäck nicht so richtig vertragen. Die ganze Nacht hatte die Tochter sich erbrochen und daher war es für Bärmuth wichtig, bei ihr zu bleiben. Andererseits war auch nur an diesem Tag Markt. Wenn Johanna die Einkäufe nicht heute holen würde, so würden sie am Ende der Woche sicher hungern müssen.

Also ließ sie Johanna schweren Herzens ziehen. Bärmuth stand noch lange am Fenster und sah ihr nach, wie sie mit dem neuen Kleid und dem Tragekorb unter dem Arm das Haus und den Hof verließ, dann kümmerte sie sich wieder um die schreiende Tochter. Wohl war ihr dabei nicht, aber sie hatte Johanna eingeschärft, nur zum Markt und zurück zu gehen. Keine Umwege zu machen und auf dem Markt zu bleiben, egal was passierte. Wieder hatte Karl einen Bewerber um die Hand seiner Tochter in das Kontor geholt. Ein etwa sechzig Jahre alter Mann, der ein Handelspartner aus Magdeburg war. Wenn Johanna dorthin gehen würde, dann würden sie sich nie mehr wieder sehen können. Konnte es nicht jemand aus Leipzig sein, der Johannas Hand bekommen sollte?

14. Kapitel

Schimpf und Schande

Und wieder war Johanna auf dem Weg zum Markt. Der Vater hatte sie ein paar Tage nicht aus dem Hause gelassen, doch was sollte er tun? Schließlich war sie die einzige Frau im Haus, die momentan die Einkäufe machen konnte. Doch sie sollte und wollte sich vorsehen. Keine Münze war das eingegangene Risiko wert. Das Kleid war etwas schlichter gewählt und schließlich begann sie mit den Einkäufen. Bei derselben Bäuerin, bei der sie eine Woche zuvor überfallen worden war, begann sie mit den Äpfeln. Immer wieder schaute sie sich vorsichtig um.

Das Obst fand seinen Weg in den Korb und danach wechselte Johanna zum nächsten Stand. Am anderen Ende des Marktes kamen zwei Männer vor einer Schänke in einen lautstarken Streit. Es war mehr als zwanzig Schritte von Johanna entfernt und daher machte sie sich keine Gedanken darum, sondern setzte die Einkäufe fort. Der Streit wurde immer lauter. Anscheinend feuerten mehrere Freunde die beiden kämpfenden Männer an. Ein Kreis von Männer und Frauen bildete sich um sie. Streit war eigentlich auf dem Markt nichts Ungewöhnliches und so setzte Johanna ihren Weg fort. Von Stand zu Stand ging sie und der Korb füllte sich immer mehr.

Dann hatte Johanna alles eingekauft und wollte den Markt gerade verlassen, als einer der Beiden plötzlich loslief und offensichtlich vor dem Anderen floh. Der große, kräftige Mann lief genau in Johannas Richtung, die für einen Moment nicht wusste, ob sie nach links oder rechts ausweichen sollte. Unschlüssig stand sie dem Mann im Weg und ein Schlag traf sie Mitten in ihr Gesicht. Sie kippte um, der Korb flog zur Seite und die Äpfel rollten davon.

Die Frau fiel auf den harten Boden zwischen den Marktständen und alles wurde schwarz vor ihren Augen.

Als sie die Augen wieder aufschlug, sah sie über sich den Rüssel eines Schweines. Es quickte und sie setzte sich auf. Sie hatte in einem Schweinegatter in der Nähe des Marktes gelegen. Sie war nackt, Blut war an ihren Beinen und überall hatte sie blaue Flecken. Alles tat ihr weh, aber was noch schlimmer war: sie war entehrt und geschändet worden. Sie hob die Hände zum Kopf und hielt sich die Augen zu. War das alles ein Traum? Das Schwein stupste sie in den Rücken. Sie nahm die Hände weg und sah auf das Gatter. Es konnte kein schlimmer Traum gewesen sein. Nein sie war wirklich wach! Mühsam erhob sie sich und sah sich um. Nirgendwo war etwas zum überstreifen, aber zwei Frauen zeigten mit den Fingern auf sie. Nun war alles aus!

Die ersten Tränen liefen über ihr Gesicht, es würde nicht lange dauern, bis es jeder in der Stadt wissen würde. Die beiden Frauen würden schon dafür sorgen. Langsam ging sie vom Platz. Sie hatte in der Schweinegülle gelegen und die klebte noch an ihrem Rücken und in den Haaren. Am Durchgang zum Markt hing eine zerfetzte Decke, die aus mehr Löchern, als aus Stoff bestand. Aber es war besser, als nackt über den Markt zu laufen. Sie senkte den Blick, warf sich den löchrigen Umhang über und ging durch die Menge der Marktbesucher hindurch. Sie spürte die Blicke der Menschen auf ihren blutverschmierten Beinen und sie wusste, was ein jeder von ihnen dachte. Schließlich rannte sie los und war kurze Zeit später wieder in ihrem Zuhause. Dort erst brach sie wirklich zusammen. Im Hof saß sie auf einem Stück Holz und begann ihren Schmerz hinaus zu schreien.

Bärmuth kam zu ihr hinaus und sie begann stockend von den Erlebnissen auf dem Markt zu erzählen. Die Freundin brachte sie in das Haus und bereitete warmes Wasser vor, damit Johanna den Gestank der Schweine und das Blut von ihrem Körper waschen konnte. Nach einer Weile hatte sie wieder ein Kleid an und die Haare waren wieder sauber. Doch wie sollte es weiter gehen? Sie musste es dem Vater sagen, nur wie? Erfahren würde er es sowieso! Immer noch wusste sie nicht, was wirklich passiert war. Nur das es passiert war. Das Blut und die Schmerzen waren ein eindeutiges Zeichen dafür, irgendjemand hatte sich an ihr Vergangen, als sie ohne Bewusstsein gewesen war. Nur warum? Waren die Männer einfach betrunken über sie hergefallen? Oder war es einfach so passiert, weil sie sich ja nicht wehren konnte? Alle diese Gedanken jagten durch ihren Kopf und alle zielten auf die Frage ab: was nun?

Es ging auf den späten Nachmittag zu, als der Vater den Hof betrat. Johanna konnte ihn durch das Fenster sehen und ging langsam zur Tür. Als sie in den Hof trat stand der Vater direkt vor ihr. Sie hatte noch nicht einmal die Gelegenheit zu erklären, was passiert war, denn er wusste es offensichtlich schon. Er schrie sie an „Was hast du getan?" Johanna wusste es selbst nicht und wollte gerade zu einer Erklärung ansetzen, doch er ließ ihr gar keine Zeit zu einer Antwort, denn er setzte sofort dazu „Verlasse mein Haus, du Dirne! Und lasse dich hier nie wieder sehen!" dann schob er sie zur Seite und ging an ihr vorbei.

„Vater" rief sie ihm hinterher, doch er drehte sich nicht um. Er ging einfach weiter und sie stand draußen. Von drinnen hörte sie, wie Bärmuth versuchte den Vater umzustimmen. Doch der sagte kein Wort. Wenig später kam die Amme mit einem Bündel heraus und drückte es Johanna in die Hand. Ungläubig stand sie da und schaute auf das, was ihr die Frau da gerade gegeben hatte. Ein paar

Kleider und ein Beutel mit Münzen. Das war alles, was sie nun noch hatte. Die Amme umarmte sie kurz und dann kam Bärmuth heraus. „Ich konnte ihn nicht umstimmen!" sagte sie leise und traurig. Johanna nickte „Mit Schimpf und Schande davongejagt!" sagte sie leise. Die Freundinnen umarmten sich und dann machte sich Johanna auf den Weg, der sie aus dem Haus, über den Hof zur Straße führen sollte. Dort blieb sie stehen. „Wohin nun?" jagte es durch ihren Kopf.

Sie hatte keine Ahnung, wie es weiter gehen sollte. Bis vor ein paar Augenblicken hatte sie sich um ihre Zukunft keine Gedanken gemacht. Alles war klar gewesen und nun? Nun stand sie mit einer Handvoll kleiner Münzen auf der Straße und wusste nicht, wie sie den nächsten Tag überleben sollte. Wieder schossen ihr die Tränen in die Augen. Diesmal nicht die des Schmerzes, sondern die der Verzweiflung. Was nun? Das Elendsviertel der Bettler kam ihr in den Sinn. Würde sie dort enden?

15. Kapitel

Ein dunkles Geheimnis

Der Pfarrer stand an seinem Fenster und sah zum Markt hinunter. Er hatte den Plan perfekt eingefädelt und er hatte auch die Ausführung seines Planes von hier aus überwacht. Er sah zu dem Mädchen hinüber, das gerade in dem Schweinegatter aufstand. Der erste Teil hatte funktioniert. Sie war nun entehrt, gedemütigt und somit außerhalb der Gesellschaft. Jetzt würde sie nicht mehr heiraten können und er musste nur noch warten, bis sie ihm vollständig gehören würde, doch dazu musste er ihren Willen noch brechen. Der war sehr stark, wie er schon bemerkt hatte. Er sah ihr weiter nach, als sie über den Markt rannte und ging dann zu seinem Stuhl zurück. In Gedanken blickte er zurück auf den Beginn des Tages. Er hatte seine Leute einen Streit anfangen lassen und danach hatten sie die Bewusstlose auf Umwegen zu ihm gebracht, so dass es niemand sehen konnte.

Noch einmal kostete er jeden Moment im Gedanken aus. Wie sie ihm das Mädchen gebracht hatten. Wie er ihr die Kleider vom Leib gerissen hatte. Vorsichtshalber hatten sie ihr die Augen verbunden, doch sie war noch vollkommen abwesend, als er ihren schönen Körper betrachtete, der nun unverhüllt vor ihm gelegen hatte. Dann hatte er sich an ihr vergangen, doch es war viel zu schnell vorbei gewesen, zu aufgeregt war er gewesen. So hatte er die Momente gar nicht richtig genießen können, doch er hatte sie gehabt. Eine unschuldige, reine Jungfrau. Das Objekt seiner sonntäglichen Begierde! Er hatte sich umgedreht und zu den Männern gesagt „Sie gehört nun euch. Aber lasst sie am Leben!" er hatte noch eine Weile zugesehen, wie die Männer über den schlaffen Körper des Mädchens hergefallen waren, dann hatte er das Zimmer verlassen und war an das Fenster gegangen.

Von dort aus hatte er dann gesehen, wie einer seiner Männer den nackten Körper in das Gatter der Schweine warf. Wenn er den Vater richtig einschätzte, so würde er sie aus dem Haus werfen. Zu verheiraten würde sie nun zumindest nicht mehr sein. Jeder in der Stadt hatte sie dort unten gesehen. Er rieb sich die Hände, dann begann er zu überlegen, wie er sie weiter unter der Kontrolle haben konnte, aber dabei nicht auffallen würde. Er musste ihren Willen brechen! Die Sicherheit der elterlichen Wohnung und den Schutz des Vaters hatte er ihr nun schon genommen. Wie nun weiter?

Er rief nach seinem Diener und schickte ihn auf den Markt hinunter. Wenig später kam der Diener mit einer der Bäuerinnen zurück. Die alte Frau machte eine tiefe Verbeugung und blieb einfach vor dem Mann auf den Knien. „Du hast gesehen, was heute auf dem Markt passiert ist?" fragte der Pfarrer und die Bäuerin nickte „Ich will, dass du dich um das Mädchen kümmerst!" sagte er weiter und wieder nickte die Bäuerin. „Sie wird dir sicher gute Dienste leisten und du tust ein gottgefälliges Werk." setzte der Pfarrer fort „Aber sage ihr nicht, dass du diesen Auftrag von mir hast. Sonst wirst du es bitter bereuen!" fügte er weiter hinzu und schickte die Frau mit einer Handbewegung aus dem Zimmer. Er kannte die alte Frau und wusste, dass sie es nicht dulden würde, dass eine solche Sünderin bei ihr ein gutes Leben haben würde. Die harte Arbeit bei ihr würde das Mädchen sicher in seine Hände treiben. Die Not machte die Menschen immer offen für Gott und damit für ihn, als den Vermittler zu ihm.

Wieder begann er sich an das Mädchen zu erinnern. Zu ähnlich war sie ihrer Mutter geworden. Das hatte ihn von Anfang an gereizt. Es klopfte und ein Diener erschien. Er hatte das zerrissene Kleid des Mädchens in der Hand und fragte „Was soll damit geschehen?" er winkte den Mann zu sich und nahm ihm das Stoffstück ab, dann schickte er ihn wieder hinaus. Die Kleidung hatte noch den Geruch des Mädchens. In der Erinnerung des Momentes, als er es ihr vom Körper gerissen hatte, steckte er seine Nase in den Stoff. Tief saugte der den Geruch in sich hinein. Ein Duft nach Unschuld und Schönheit. Er erhob sich von seinem Stuhl und ging zu dem Schrank, der in der Ecke stand. Der Pfarrer zog ein Schubfach auf und griff nach einem anderen Stück Stoff, das darin lag. Auch dieses war ein zerrissenes Kleid, in einer anderen Farbe und einer anderen Größe. Er entfaltete den Stoff und hielt ihn hoch, dann legte er beide Kleider fein säuberlich zusammen und räumte sie in das Fach hinein. Sorgfältig verschloss er das Fach wieder und zog den Schlüssel, der die ganze Zeit gesteckt hatte, ab. Dann steckte er ihn sich ein und ging zum Fenster zurück.

Von dort aus schaute er wieder auf das geschäftige Treiben des Markttages. Sein Blick ging über die Bäuerinnen an den Ständen und über die Kundinnen mit ihren Körben. Es waren keine fünfzig Schritte bis zur Mitte des Platzes und aus seiner erhöhten Position konnte er alles gut verfolgen. Er hätte sogar die Äpfel an dem ihn am nächsten stehenden Stand nachzählen können, so nahe war die Frau unter ihm. Noch war sie alleine, aber sicher würde sie bald das Mädchen aufsuchen, oder das Mädchen die Frau. Er hatte Zeit und wartete, seine Falle war gestellt und er musste sich nur in Geduld üben.

Nach einer ganzen Weile sah er am anderen Ende des Platzes das Mädchen mit einem Beutel wieder auf den Markt kommen. Er hatte sie gut eingeschätzt, keine andere Frau wäre nach diesem Erlebnis wieder auf diesen Platz gekommen, sie aber schon. Ein Grinsen zog über sein Gesicht. „Du bist so leicht zu durchschauen und zu beeinflussen!" sagte er laut zu sich selbst. Er sah, wie die Bäuerin auf das Mädchen zuging und diese nickte. Dann standen sie zusammen an dem Stand. Wenn er das Fenster aufgemacht hätte, so hätte er die Unterhaltung der beiden Frauen bestimmt hören können. Doch er konnte auch in der Körperhaltung der Beiden lesen. Die Bäuerin als Herrin und das Mädchen geduckt, als Dienerin. Noch ein paar Tage zuvor wäre es genau anders herum gewesen. Vielleicht sogar noch vor ein paar Stunden. Nun waren die Rollen vertauscht und es konnte losgehen.

16. Kapitel

Sünde und Sühne

Eigentlich wollte sie mit solchem Gesindel nichts zu tun haben, aber wenn es der Wunsch des Pfarrers war, so wollte sie diesem nachgeben. Wiederwillig zwar, aber sie machte es. Auf der Treppe, nach unten, zu ihrem Stand, dachte sie nach. Am Morgen hatte sie der jungen Frau noch Äpfel verkauft. Direkt vor ihrem Marktstand war sie umgefallen und dann hatte sie sich von dem Manne wegtragen lassen, ohne sich zu wehren. Das war Sünde und Gott hatte sie für ihr Tun bestraft. Aber der Wunsch des Mannes war auch ein Wunsch Gottes.

Vielleicht sollte die Frau durch schwere Arbeit für ihre Sünde büßen? Also würde sie ihr eine schwere Arbeit geben! Aber würde sie überhaupt zurückkommen? Die Bäuerin glaubte es nicht, aber der Pfarrer war sich da sicher gewesen, sonst hätte er sie wohl kaum zu sich gerufen. Sie trat zu ihrer Auslage und schickte die Magd zurück zum Karren, um noch weiteres Obst heran zu holen. Nach einer ganzen Weile sah sie die junge Frau am anderen Ende des Platzes. Schnell ging sie hin und stellte sich vor die Sünderin. Die junge Frau hielt ihrem Blick nicht stand und sah zu Boden.

„Was willst du tun?" fragte sie, und bekam keine Antwort. „Wenn du arbeiten kannst, dann kannst du bei mir für Unterkunft und Essen arbeiten." sagte sie weiter und die junge Frau nickte zaghaft. „Na dann los. Barbara wird dir alles erklären!" sagte sie und zeigte auf die Magd, dann wendete sie sich wieder dem Marktstand zu, an dem gerade eine vornehme Frau heran trat und die schönsten Äpfel suchte. Die beiden jungen Frauen ignorierte sie im Moment, behielt sie aber im Augenwinkel.

70

Nachdem alles verkauft war musste der Stand verladen werden und so trieb sie die beiden Mädchen zur Eile an. Dann zogen sie mit ihrem Karren los, oder besser, die beiden jungen Frauen zogen und sie schob. Nachdem sie die Stadt verlassen hatten schlugen sie den Weg zu ihrem Dorf ein. Dort entluden sie den Karren vor der Scheune. „Dort drin wirst du schlafen." sagte sie zu der Sünderin und ging dann mit der Magd in das Haus zurück. Ihr Mann wartete schon auf sie und schnell erzählte sie von dem Mädchen. „Sie wird für ihre Sünde bei uns Buße tun." sagte sie, verschwieg aber, dass der Pfarrer sie damit beauftragt hatte.

So wirklich wohl war ihr nicht dabei, eine solche Sünderin in der Nähe zu haben. Wenn sie schon einmal gegen Gottes Gebote verstoßen hatte, wer hinderte sie dann daran, weiter zu sündigen? Das Abendgebet fiel daher etwas länger aus, bevor sie in ihr Bett gingen. Am nächsten Tag würde wieder genug Arbeit auf sie alle warten. Auch wenn sie jetzt zwei Hände mehr hatten. Zum Glück lebte die andere Frau nicht mit unter ihrem Dach, sondern in der Scheune, also mehr beim Vieh im Stall. Da war ihr richtiger Platz. Sollte sie dort sehen, wie es war Buße zu tun! Sie schloss die Augen und schlief fast sofort ein.

In dieser Nacht hatte sie einen Traum, den sie als Eingabe und Auftrag Gottes verstand. Als sie aufwachte machte sie sich sofort auf den Weg zum Zimmermann und schilderte ihm, was sie geträumt hatte. Der Mann verstand sie und zeigte ihr eine Bank, die er für den Kerker in Leipzig angefertigt hatte. Gegen ein paar Münzen übergab er ihr den Bock und die Bäuerin schleppte ihn mühsam zurück zu ihrem Bauernhof. Dort angekommen stellte sie das Holzgestell vor ihre Scheune und rief das Mädchen heraus. „Gott hat mir den Auftrag gegeben, dass du für deine Sünde Buße tun sollst. Auf diesem Gestell soll ich dich jeden Abend züchtigen." dabei zeigte sie auf den Prügelbock. Die vor Angst aufgerissenen Augen des Mädchens hatte sie wohl gesehen.

„Doch nun: Auf zur Arbeit! Barbara wird dir alles erklären. Ab morgen musst du es selbst können. Für jeden Fehler wirst du bestraft." dabei zeigte sie wieder auf das Holzgestell. Zusammen mit der Magd stellte sie das Gestell in die Scheune hinein und dann gingen alle ihrer Arbeit nach. Es gab viel zu tun, wie jeden Tag in dem Dorf. Kaum ein Augenblick der Ruhe blieb. Auch die beiden Mädchen musste sie im Blick haben. Manchmal musste sie Barbara auch antreiben, weil diese mal wieder herumtrödelte. Die Magd sollte dem anderen Mädchen ja erklären, wie die Arbeit ging und nicht, wie man sich ausruhte.

Zum Abend fanden sich alle in der kleinen Küche des Hauses ein. Sie saß mit ihrem Mann am Tisch, die beiden anderen auf der Bank am Offen. Es gab den alltäglichen Getreidebrei. Stille war im Raum und als der Bauer sich vom Tisch erhob, nahm sie den beiden Mädchen die noch nicht leeren Schüsseln weg. „Wer langsamer isst als der Hausherr, der bleibt hungrig." sagte sie, als sie den fragenden Blick des Mädchens sah. „Nun zu uns!" sagte sie weiter, drückte Barbara die Schüsseln in die Hand, ergriff die Sünderin am Arm und zog sie hinter sich zur Scheune. „Lege dich darüber." sagte sie und das Mädchen tat, was sie ihr geheißen hatte.

Mit den angebrachten Lederriemen band die Bäuerin Hände und Füße des Mädchens fest. Dann holte sie einen Riemen und stellte sich neben sie. „Ich werde dich schlagen, so lange du das Vaterunser sprichst. Versprichst du dich, musst du neu von vorn beginnen. Hast du mich verstanden?" fragte sie und das Mädchen nickte. Das war so ziemlich das einzige, was sie gefesselt machen konnte. Die Bäuerin trat neben sie schlug die Röcke bei dem Mädchen hoch und sagte „Fang an." mit dem ersten Wort sauste der Riemen auf den nackten Hintern des Mädchen herunter. Ein Klatschen vermischte sich mit dem Gebet.

Zum Abschluss rief die Bäuerin „Im Namen des Vaters" dann Schlug sie zu „des Sohnes" wieder traf ein Schlag den Hintern „und des Heiligen Geistes." dabei traf der letzte Schlag. Mit einem „Ahmen" hängte sie den Riemen weg und machte das Mädchen los. Mühsam erhob sie sich. Die Bäuerin sagte zu dem Mädchen „Und damit du nicht auf dumme Gedanken kommst ..." dabei legte sie ihr die Kette des alten Hofhundes um den Hals. Diese war nur dreißig Schritte lang und würde die Sünderin am Weglaufen hindern. Der Verschluss war auf der Rückseite ihres Halses und den würde sie so nicht aufbekommen. Sorgsam prüfte sie den Sitz des eisernen Bandes, das so eng saß, dass es kaum zu bewegen war.

17. Kapitel

Meisterschule

Endlich war Hans wieder in Leipzig. So lange war er unterwegs gewesen und nun war seine Lehrlings- und Gesellenzeit zu Ende. Er war froh gewesen, den Vater gesund und munter zu sehen. Bei seiner Abreise hätte er auf das Leben des Vaters keine Münze verwettet. Doch zum Glück hatte der Pfarrer keine Möglichkeit gefunden, sich an dem alten Mann dafür zu rächen, dass er ihn weggeschickt hatte. In all den Jahren hatte der Vater in den meisten Kirchen in Leipzig gearbeitet und davon gab es sehr viele. Damit stand er immer unter dem Schutz der Kirche und war damit vor der Wut des Kirchenmannes geschützt. Es war ja auch schlecht möglich, jemanden als Ketzer zu bezeichnen, der den ganzen Tag Altäre und Heiligenfiguren schnitzte.

Von nun an sollte Hans mit in der Werkstatt des Vaters arbeiten. Sie einigten sich darauf, dass er das Malen und Zeichnen übernahm, während der Vater die Schnitzarbeiten durchführte. So würde es Hans in einiger Zeit möglich sein, Meister in der gemeinsamen Werkstatt zu werden. Normalerweise gab es ja immer nur einen Meister, aber da sie sich die Arbeiten so teilten, konnte es damit auch zwei geben. Er stürzte sich sofort in seine Arbeit hinein und bemerkte daher auch nicht sofort, dass er Johanna noch nicht wieder gesehen hatte. Schließlich hörte er an einem Markttag ein Gerücht, dass ihn erschreckte. Ungläubig hörte er zu, wie sich zwei Marktfrauen darüber austauschten, was vor einiger Zeit auf dem Markt passiert war. Die beiden Frauen redeten so laut, dass es jeder der Umstehenden hören musste. Und so vernahm er, dass es Johanna wohl mit zehn Männern gleichzeitig getrieben haben sollte.

Er konnte sich das gar nicht vorstellen und ging sofort zu Johannas Elternhaus, doch dort traf er sie nicht an. Ein eisiges Schweigen schlug ihm nur entgegen. Niemand erzählte ihm, was da wohl passiert war und wie es der Freundin aus Kindertagen wohl jetzt ging. War sie noch in der Stadt und lebte sie überhaupt noch? Er zog sich von dem Hause zurück und wartete in einer Seitenstraße auf die Amme, die sicher zum Markt gehen würde. Als die Frau an ihm vorbei ging, zog er sich schnell zur Seite. Die ältere Frau schrie erschrocken auf, aber beruhigte sich sofort wieder, als sie Hans erkannte. Schließlich kannte sie ihn so lange er lebte. Zumindest fast so lange. Sie erzählte ihm alles, was sie wusste, aber sie konnte ihm nicht sagen, wo sich Johanna im Moment befand. Nur das der Vater sie aus dem Hause gejagt hatte und das seit dem jede Spur von ihr fehlte. Hans bedankte sich für die Informationen und ging in Gedanken vertieft zurück zu seinem Vater in die Werkstatt.

Würde er die Freundin jemals wieder sehen? Und hatte sie wirklich getan, was man ihr vorwarf? Es waren mehr als fünf Jahre vergangen, seit sie sich das letzte Mal gesehen hatten und in dieser Zeit konnte man sich schon verändern, aber diese Geschichte traute er ihr wirklich nicht zu. Da musste etwas anderes passiert sein. Doch nun begann erst einmal seine Arbeit und davon durfte er sich nicht ablenken lassen. Ein Marienbild sollte für eine Kirche gemalt werden und die Staffelei stand schon da. Ohne sich weiter ablenken zu lassen, begann er die Farben zu mischen, so wie er es in der Fremde gelernt hatte. Der Pinsel ließ eine schwarze Spur auf der Leinwand zurück und immer deutlicher wurde das Bild. Von Zeit zu Zeit schaute der Vater herein, aber immer wieder deckte Hans schnell das Bild ab, so lange es nicht fertig war, so lange durfte es auch keiner sehen. Nicht mal der Vater.

Hans zeichnete eine ganze Nacht durch. Dabei hatte er sich eine Kerze an seinem Hut vorn angebracht, die für das nötige Licht bei der Arbeit sorgte. Immer deutlicher wurde das Bild, das am Anfang nur aus einem Strich bestanden hatte. Hans hatte kein Model, sondern er zeichnete einfach aus dem Gedächtnis. Noch war ihm nicht klar, wen er da wirklich zeichnete. Noch zu undeutlich waren die Gesichtszüge, doch als die Sonne aufging und er einen Schritt zurück machte stockte ihm fast der Atem. Er hatte Johannas Mutter gezeichnet. Für einen Moment wollte er das Bild mit einem Messer zerschneiden. Wer würde schon eine Hexe in seiner Kirche zur Schau stellen, doch dann überlegte er, dass es ja schon fünf Jahre her war, dass die Frau als Hexe verbrannt worden war. Und wer würde sich nach dieser Zeit schon noch daran erinnern? Also legte er das Messer wieder beiseite und deckte das Bild zu. Am Nachmittag würde der Abt des Klosters kommen und sich das Bild ansehen. Bis dahin sollte die Farbe trocknen.

Als der Gottesmann ein paar Stunden später eintraf, um sich das Bild anzusehen, wich diesem das Blut aus dem Gesicht. „Wie kannst du es wagen, diese Sünderin auf das Bild zu bringen?" fragte der Mann zornig. Hans zuckte zusammen. „Was meinen sie?" fragte er so nach, als wüsste er nicht, was der Priester meinte. „Das Bild ist ja schön gemalt." lenkte der Priester ein „Aber die Jungfrau Maria als eine Frau zu malen, die es mit zehn Männern gleichzeitig getrieben hat, das ist zumindest eine Frechheit, wenn nicht sogar Blasphemie!" setzte er hinzu. „Zeichnen sie es mit einem anderen Gesicht neu!" sagte der Priester und drehte sich zum Ausgang des Raumes.

Erst jetzt hatte Hans begriffen, dass er Johanna gezeichnet hatte, vermutlich war sie ihrer Mutter in der Zeit seiner Abwesenheit sehr ähnlich geworden. Der Priester kannte nicht die Geschichte der Mutter, aber die der Tochter war ihm sicher als Gerücht zu Ohren gekommen.

Schließlich erzählte die ganze Stadt im Moment davon. Nur er hatte es nicht begriffen. Hätte er den Vater gefragt, oder ihm das Bild gezeigt, so hätte dieser sicher schnell eine Antwort geben können. Aber er behielt das Bild und stellte es in die Ecke der Werkstatt. Hans holte sich eine neue, leere Leinewand auf seine Staffelei. Doch wen sollte er nun malen? Jetzt brauchte er wirklich ein Model. Aber wen? Dann fiel ihm die Frau ein, die in Johannas Haus, mit einem Kind auf dem Arm, gestanden hatte und ihm nichts zu Johanna sagen konnte oder durfte. Aus der Erinnerung begann er sie zu zeichnen.

18. Kapitel

Am Ende?

arum war sie eigentlich mitgegangen? Johanna wusste es nicht, doch ihre Möglichkeiten waren nicht so groß gewesen. Eventuell wäre sie in dem Armenviertel gelandet und hätte sich mit betteln am Leben halten müssen. Doch dort wollte sie eigentlich nicht hin. Unbewusst war sie auf den Markt gegangen. Sie war also mit der Bäuerin mitgegangen und würde nun bei ihr arbeiten. Die erste Nacht in der Scheune war nicht so schön gewesen, nicht, dass es im Stroh nicht gut gewesen war, sondern es lag daran, dass sie in der Ruhe der Nacht an alles denken musste. Alles tat ihr noch weh, das hatte die Angst ums Überleben am Tag noch verdrängt, aber nun kam es zurück. Die Schmerzen waren übermächtig und ließen die Tränen in ihre Augen schießen.

Auch das Nachdenken über ihr Schicksal machte es nicht besser. Was war nur passiert? Sie konnte sich an nichts erinnern. Nur das Gesicht des Mannes, das sie gesehen hatte, als er sie schlug. Danach das Schwein und dazwischen? Was war da passiert? Alles Grübeln brachte nichts. Sie musste sich damit abfinden, dass sie wohl nie erfahren würde, was in dieser Zeit mit ihr geschehen war, doch beim Blick auf ihren geschundenen Körper und bei all den Schmerzen war es eigentlich klar gewesen. Nun saß sie also hier auf einem Bauernhof, nicht weit entfernt von Leipzig. Entehrt, geschändet und alleine!

Am Tag zuvor noch gut versorgte Kaufmannstochter, war sie nun eine einfache Magd. Die Münzen hatte sie in einer Ecke der Scheune vergraben. Vielleicht würde sie die später ja noch mal brauchen. Die Magd mit Namen Barbara hatte sich ihr gegenüber distanziert, aber freundlich verhalten. Sie waren etwa gleichalt und würden vielleicht noch Freundinnen werden. Die gemeinsame Arbeit würde sie sicher näher bringen. Am zweiten Abend begann ihre Herrin mit den Bestrafungen. Zum Glück für Johanna nahm sie dazu einen breiten Riemen.

Johanna hatte auf dem Markt mal eine Bestrafung gesehen, bei der ein Mann ausgepeitscht worden war. Da hatten sie ganz schmale Lederstreifen genommen und nach ein paar Schlägen war schon die Haut aufgeplatzt. Die Bäuerin nahm den anderen Riemen. Der tat zwar höllisch weh, aber die Haut blieb unverletzt. Nun erhielt sie also jeden Abend so um die fünfzehn Hiebe, wenn sie sich versprach ein paar mehr. Aber es war auszuhalten. Die Kette, die sie nachts tragen musste, die war eigentlich unnötig. Wohin hätte sie gehen können? Eine Frau hatte alleine keine Möglichkeiten. Nur Männer durften auf Wanderschaft gehen. So schlief sie nun in der Nacht auf dem Bauch in der Scheune.

Die Arbeit war wirklich hart. Stall, Feld und Apfelbäume forderten alles von ihr ab. Meist schlief sie sofort ein. Die Arbeit ging vom ersten Licht am Morgen bis zum letzten Sonnenstrahl am Abend. Es war Sommer und daher lange hell. Sehr lange! Arbeit war sie ja durchaus gewohnt, aber das hier war eine schwere und für sie ungewohnte Tätigkeit. Doch sie war erst einmal versorgt und nur das zählte im Moment. Am Sonntag würden sie dann nach Leipzig zum Gottesdienst in die Kirche gehen. Das war nur etwa eine halbe Stunde zu Fuß. Darauf freute sie sich die ganze Zeit. Dort traf sie dann auf die Amme und Bärmuth. Der Vater sah einfach durch sie hindurch.

Am Abend des Sonntags wollte der Bauer die Bestrafung übernehmen. Johanna hatte dabei etwas Angst, schließlich war der

Mann viel stärker, aber er war der Hausherr und alle waren ihm untertan. Wiederspruch würde nur zu einer weiteren Bestrafung führen. Also fügte sie sich in ihr Schicksal. Nachdem er sie über dem Bock festgebunden hatte nahm er den Riemen von dem Haken und lies ihn knallen. Unwillkürlich zuckte sie zusammen, doch so, an Händen und Füßen gefesselt, konnte sie sowieso nicht weg. Der Bauer trat an ihre Seite und schlug ihr die Röcke hoch, so wie es auch die Bäuerin immer machte, doch dann war etwas anders.

Anstatt sie nun zum Beten aufzufordern schaute er auf sie herab. Die letzten Sonnenstrahlen des Tages trafen ihren entblößten Hintern. Sie fühlte, wie der Bauer über ihr Hinterteil strich. Nur aus den Augenwinkel heraus konnte sie ihn sehen. Was machte er? Dann hängte er den Riemen zurück an den Haken. Wollte er sie mit der Hand schlagen? Er stellte sich hinter sie und griff ihr an die Hüften. „Und nun bete!" brüllte er sie an. Bei den ersten Worten des Gebetes rammte er sich in sie hinein und ihr blieb die Luft weg. „Bete weiter!" schrie er sie an und sie setzte trotz der Schmerzen fort. Drei Mal musste sie das Gebet wiederholen, dann blieb er mit den Worten „Im Namen des Vaters, des Sohnes und des Heiligen Geistes." zuckend in ihr und bei „Ahmen." zog er sich aus ihr zurück.

Er machte die Seile los und legte ihr die Kette wieder an, während sie noch dort kniete, wo er sich an ihr vergangen hatte. Die Tränen schossen ihr in die Augen. Das war eine Sünde gewesen, aber von ihm! Ein Gebet dafür zu missbrauchen! Sie erhob sich, als er weggegangen war und die Röcke rutschten von ihrem Rücken über ihren geschundenen Hintern. Das war Unrecht gewesen, doch was konnte sie tun? Nichts! Der Bauer hatte jedes Recht, mit ihr alles zu tun, was er wollte, so lange sie am Leben blieb. Er war ihr Herr! Sie setzte sich in das Stroh und weinte einfach weiter.

Die Schmerzen ihres Körpers waren heute nicht so groß gewesen wie sonst, aber ihre Seele hatte Schmerzen zu erdulden gehabt.

Sie fühlte sich benutzt und beschmutzt. Beim letzten Mal hatte sie ja nichts davon mitbekommen, weil sie da nicht bei Bewusstsein gewesen war, aber dieses Mal hatte sie die Schmerzen nur zu deutlich gespürt! Da war ihr der Riemen der Bäuerin noch lieber gewesen. Diese Schmerzen konnte sie aushalten. Aber der Schaden an ihrer Seele würde sicher nicht so schnell heilen!

War das nun ihr Leben? Irgendwie war sie am Ende angekommen. Was konnte nun noch passieren, was noch schlimmer sein konnte, als das, was der Bauer gerade mit ihr gemacht hatte? Sie zog die Kette zu sich. Wenn sie die nicht um den Hals gehabt hätte, so wäre sie nun sicher weggelaufen. Missmutig rüttelte sie an dem Halsband, das aber eng anlag. Johanna stand auf und stieg die Leiter zum Boden hinauf. Dort ließ sie sich in das Stroh fallen und blickte zum Mond, der gerade aufging. Dann weinte sie sich in den Schlaf.

19. Kapitel

Recht oder Unrecht?

arum hatte sie nicht besser auf die Tochter aufgepasst? Und warum hatte sie sie nicht verteidigt, als Karl sie aus dem Haus werfen wollte? Sie hatte nur unschlüssig daneben gestanden und zugesehen, wie die Tochter das Haus mit dem kleinen Beutel für immer verließ. Es war unrecht gewesen, aber sie hatte es nicht ändern können. Karl war der Mann im Haus und alle waren ihm untergeben. Was er sagte, war Gesetzt, daran konnte keiner vorbei. Nicht einmal sie als Ehefrau und wenn er beschließen würde, sie aus dem Haus zu werfen, was Gott verhüten möge, so konnte sie rein gar nichts dagegen tun. Nicht einmal die Kinder würde sie dann mitnehmen dürfen. Denn vor dem Gesetz gehörten sie dem Manne und nicht ihr.

Aber was war eigentlich passiert? War Johanna nur ein zufälliges Opfer von ein paar betrunkenen Streithähnen gewesen, so wie das Mädchen vermutet hatte? Oder steckte da etwas anderes dahinter? Sie konnte sich eigentlich nicht vorstellen, dass da ein paar Männer einfach so über eine Frau herfielen, noch dazu eine, die sich nicht wehren konnte. Doch wer konnte schon in so ein paar Männerköpfe hineinsehen, die sich auch noch in Rage geprügelt hatten. Vielleicht war sie ja wirklich nur zum falschen Zeitpunkt am falschen Ort gewesen. Nachdem das Mädchen weg war, war sie am folgenden Morgen in die Kirche gegangen, um dort zu beten.

Der Pfarrer war auch schon dort anwesend und sprach sie einfach darauf an. Der Mann wollte alles ganz genau wissen und sie erzählte ihm alles, was vorgefallen war. Es tat so gut, mit jemanden darüber zu reden. Mit Karl konnte sie das leider nicht. Für ihn war die Tochter gestorben. Trotz der schweren Anschuldigungen versuchte der Pfarrer sie zu beruhigen. Er sprach sie auch von jeder Schuld frei. Aber dennoch blieb Johanna auch für ihn eine Sünderin. Daran ließ er keinen Zweifel. Auch das Argument, dass sie Bewusstlos gewesen war, ließ der Pfarrer nicht gelten. Die Schuld würde bei dem Mädchen liegen und nur durch Buße konnte sie einen Teil der Schuld wieder abarbeiten. Dann erhob sich der Mann und ging zu einer anderen Frau. Sie sah ihm noch eine Weile nach und dachte an das gerade eben von ihm gesagte.

Bärmuth verließ die Kirche wieder und ging nachdenklich zurück nach Hause. Es fühlte sich falsch an, was der Pfarrer gesagt hatte. Warum war eine Frau eigentlich immer Schuld, egal was mit ihr passiert war? Hätte sich Johanna denn bei Bewusstsein gegen die zehn Männer wehren können? Wohl eher kaum! Trotzdem waren nicht die Männer schuld, sondern sie, das Opfer!

Als sie das Haus wieder betrat, fuhr ihr Mann sie an „Wo warst du?" „In der Kirche." antwortete sie und darauf erwiderte er „Habe ich dir das erlaubt?" sie hörte wohl den drohenden Unterton in der Stimme und senkte daraufhin ihren Blick. Aber der Versuch einer Entschuldigung endete mit einer Ohrfeige, die sie bekam. Noch Stunden später brannte ihre Wange von dem Schlag. Im Moment war es ziemlich gefährlich, nicht das zu tun, was der Mann sagte. Vermutlich war er gerade verärgert, dass er seinem Geschäftspartner nicht die versprochene Braut übergeben konnte. Das würde ihm sicher eine hübsche Summe an Münzen kosten. Von nun an versuchte sie ihm aus dem Weg zu gehen, wo auch immer ihr das möglich war. Doch immer ging das natürlich nicht. Dazu war das Haus einfach nicht groß genug. Also hieß es nur, ihn so wenig wie möglich zu reizen. Die Ohrfeige war schon Warnung genug für sie gewesen.

Da ihre Tochter ja erst knapp einen Monat alt war, hatte sie gehofft, vor den Nachstellungen ihres Mannes noch ein paar Wochen verschont zu bleiben, aber dieses Glück schien ihr nicht vergönnt zu sein. Mag es nun aus Ärger über die verstoßene Tochter oder über ihren nicht genehmigten Kirchbesuch gewesen sein, jedenfalls zog Karl sie am Abend in das Schlafzimmer und warf sie auf das Bett. Still und unbeweglich erduldete sie, was nun kam. Das ärgerte ihn vermutlich nur noch mehr, doch was hatte er erwartet? Schließlich ließ er von ihr ab und ging aus dem Zimmer. Sie rollte sich weinend in ihrem Bett zusammen und hörte, wie Karl das Haus verließ. Zu so später Stunde konnte er nur entweder in die Schänke oder zu den Hübschlerinnen, den Dirnen, gehen. Vielleicht war ihr das Zweite lieber gewesen, denn wenn er betrunken nach Haus kam, würde er vielleicht wieder gewalttätig ihr gegenüber werden.

Sie horchte auf jeden Laut im Haus, aber alles war still. Nur der Wind fuhr durch die Fensteröffnungen und säuselte durch das Haus. Ein Geräusch ließ sie zusammen fahren. Irgendetwas war vor ihrem Fenster umgefallen und dann sprang eine dunkle Gestalt durch das Fenster direkt in ihr Bett. Bärmuth schrie auf und sprang heraus. Wenig später kam die Amme mit einem Licht herein und nun sahen die beiden Frauen in zwei funkelnde Augen. „Es ist eine Katze." sagte Bärmuth erleichtert und ging zum Bett zurück. Der kleine pelzige Geselle begann zu schnurren und ließ sich von ihr streicheln. Die Amme zog sich wieder zurück und Bärmuth stieg wieder in ihr Bett. Mit dem schnurrenden Kätzchen im Arm schlief sie schließlich schnell ein.

Ein paar Stunden später wachte sie durch ein neues Geräusch wieder auf. Jemand ging durch das Haus und das konnte nur Karl sein. Er war leise, also war er nicht betrunken. Sie sah das kleine Kätzchen an und fragte leise „Warum ist es bei uns Menschen so viel anders, als bei euch? Bei euch Katzen entscheidet nicht der Kater sondern die Kätzin. Nur bei uns Menschen ist das anders. Wir Frauen müssen alles erdulden. Ist das gerecht?" das kleine Kätzchen schüttelte den Kopf, so als hätte es die Frau verstanden. Schließlich schliefen sie beide wieder ein.

20. Kapitel

Freundinnen oder Leidensgenossinnen?

Die Frau war ihr von Anfang an sympathisch gewesen. Doch das durfte Barbara nicht zeigen. Die Bäuerin würde sie dafür sicher bestrafen. So verhielt sie sich vorerst neutral. Beim Ziehen des Karrens nach Hause liefen sie nebeneinander her. Noch hatte sie nicht richtig verstanden, warum der Vater das andere Mädchen aus dem Haus geworfen hatte. So lange die Bäuerin dabei war, wollte sie auch nicht fragen. „Sünderin." hatte die Bäuerin zu ihr gesagt, aber wie hatte sie gesündigt? Natürlich hatte Barbara die Gerüchte gehört, dass sie sich zehn Männern hingegeben hatte und dabei auch noch Spaß gehabt haben sollte, doch das konnte sie sich nicht vorstellen. Sie hatte gesehen, wie ein Mann das Mädchen auf seinen Armen weggetragen hatte und einige Männer ihm johlend gefolgt waren.

Irgendwie sah das nicht so aus, als ob sie aus freien Stücken mit den Männern mitgegangen war, aber die Bäuerin war ja in der Nähe gewesen und hatte es genau gesehen. Sie selbst war da gerade am Karren gewesen, um neue Äpfel zu holen. Später war das Mädchen in der Scheune untergebracht und sie in ihrem Zimmer, so war wieder kein Gespräch möglich gewesen. Erst am folgenden Tag hatte sie etwas Zeit gehabt, mit ihr zu reden. Die Darstellung von Johanna wich natürlich erheblich von der der Bäuerin ab. Welche war die richtige? Barbara glaubte Johanna mehr! Sie standen den ganzen Tag unter der Beobachtung der Bäuerin. Sie hatte ja angedroht, dass sie Johanna bestrafen würde, wenn diese etwas falsch machen würde. Direkt in der Sonne, in der offenen Tür der Scheune, stand das Holzgestell, das die Bäuerin am Morgen angeschleppt gebracht hatte. Es sah irgendwie bedrohlich aus und ließ nichts Gutes für Johanna hoffen.

Das andere Mädchen stellte sich gar nicht so ungeschickt an, wie sie es von einer Kaufmannstochter erwartet hatte. Vermutlich hatte sie auch dort schon arbeiten müssen. Während des ganzen Tages machte sich Barbara Gedanken über die Andere. Was war daran so falsch gewesen, dass sie von zu Hause verstoßen wurde? Auf dem Lande war es normal, dass man als Knecht sich eine Magd suchte und mit der zusammen war. Auch bei ihr würde es, wenn der Herr es erlauben würde, irgendwann einmal so sein. Da gab es keine Hochzeit und keine Jungfernschaft. Auf dem Lande blieb man zusammen, so lange es ging, oder trennte sich wieder. Nur die Bauern mit einem Besitz, die einen Hof ihr Eigen nannten, die heirateten. Alle anderen lagen nur beieinander und wenn daraus ein Kind entstand, dann war es auch gut. Ihre Mutter hatte es so gemacht und deren Mutter zuvor genauso.

Was war also in der Stadt so anderes? Was war die Sünde? Dass es Johanna mit zehn Männer gemacht hatte, statt mit nur Einem? Aber wenn sie wirklich nicht bei Bewusstsein gewesen war, wie sie erzählt hatte, dann war es noch viel weniger eine Sünde. Barbara konnte nicht verstehen, dass so ein kleines Stückchen Haut einen solchen Unterschied machte. Und überhaupt! Bei den Männern war es keine Sünde! Oft hörte sie die Bauernjungen, auf dem Weg von der Schänke nach Hause, welcher unter ihrem Fenster entlang führte, die da mit ihren Eroberungen prahlten. Da war es ganz normal, mit so vielen Mädchen wie möglich geschlafen zu haben, aber wenn das bei einer Frau passierte, dann war sie gleich eine Dirne und Sünderin.

Am Abend führte die Bäuerin dann Johanna in die Scheune zurück und Barbara folgte ihnen. Durch eine Spalte in der Wand konnte sie mit ansehen, wie die Bäuerin Johanna schlug. Irgendwie trafen sie diese Schläge selbst, denn sie zuckte bei jedem zusammen. Das Klatschen war sehr laut, aber Johanna machte mit dem

Gebet einfach weiter. Barbara wusste nicht, ob sie so mutig gewesen wäre, andererseits, was hatte Johanna für eine Wahl? Man konnte als Frau nicht irgendwohin gehen und sich eine Arbeit suchen! Man wurde vom Vater oder einem Onkel vermittelt und dann gebracht! So wie es bei ihr geschehen war. Ein Bier in der Schänke, ein Handschlag und schon ist man Magd auf einem anderen Hof. Doch wehe, man versuchte es selbst oder lief sogar von dem Hof weg! Dann wurde man wie eine Diebin gejagt, denn schließlich war man ja nun das Eigentum des Bauern. Der Herr hatte über einen zu entscheiden und zu richten. Was er sagte, das war Gesetz und er würde vor jedem Gericht immer Recht bekommen, egal was er machte. Vorsichtig schlich sich Barbara von der Scheune zurück in ihr Zimmer, nicht das die Bäuerin, oder noch Schlimmer, der Bauer, sie dort draußen sehen würde.

Noch lange lag sie in dieser Nacht in ihrem Bett wach und schaute zu der Wand, hinter der, nur ein paar Schritte entfernt, Johanna in der Scheune schlief. Oder war sie noch wach? Wenn sie gekonnt hätte, so wäre sie nun hinüber geschlichen, doch dann hätte sie durch das Schlafzimmer des Bauern gemusst und der hätte sie sicher zur Rede gestellt. Noch zu deutlich hatte sie die Schläge der Bäuerin im Ohr, und das wollte sie nicht erleben. Aber sie freute sich darüber, dass Johanna da war. Nun würde für sie etwas weniger Arbeit bleiben. Bisher war sie als einzige Magd den ganzen Tag immer schwer beschäftigt gewesen. Nun würde das vielleicht etwas leichter für sie werden. Mit dieser Hoffnung schlief sie ein und erwachte wieder. Jetzt musste Johanna zeigen, dass sie etwas bei ihr gelernt hatte. Den Tag über hatte Barbara immer ein Auge auf die Tätigkeiten der Freundin, aber diese hatte es sich gut gemerkt, was sie ihr am Vortag gezeigt hatte. Der Umgang mit den Tieren und die Arbeit im Stall schienen ihr zu liegen, auch die Apfelernte ging zu zweit viel schneller.

Beim pflücken des Obstes konnten sie sogar ein wenig miteinander sprechen, ohne das die Arbeit darunter leiden würde. Und
die Bäuerin war so weit entfernt, dass sie sie nicht hören konnte.
Barbara erzählte von ihrem Leben hier auf dem Hof und Johanna
vom Leben in der Stadt, das schon so weit weg schien, obwohl
man das Läuten der Kirchenglocken bis hierher hören konnte.

Barbara war einfach froh, jemanden in ihrem Alter zum Reden
zu haben. Doch die Vorsicht vor der Bäuerin blieb immer dabei.

21. Kapitel

Lass ab!

un hatte es kaum noch Hexen gegeben, das hatte seine finanziellen Mittel etwas zusammen schrumpfen lassen. Nicht, dass er nun arm wäre, nein, er war nur ein kleines bisschen weniger reich, als vorher. Das war ein so einträgliches Geschäft gewesen. Die Hälfte jeder Hexe für ihn, der Rest für die Kirche. Na ja, nicht wirklich die Hälfte der Hexe, sondern deren Vermögen, dass er einzog. Sozusagen als Wiedergutmachung. Daher traf es in seinem Bereich auch eher die reicheren Frauen und Männer und nicht so sehr die armen Gestalten aus den Elendsvierteln. Um seinen Stand zu halten, musste er sich nun etwas Neues ausdenken, wie er wieder zu ein paar zusätzlichen Münzen gelangen konnte. Er stand am Fenster und schaute auf den freien Platz hinab. Untern auf dem Markt ging gerade der Schnitzer Siegbert entlang und so ließ er ihn von einer seiner Wachen zu sich nach oben bringen. Da war doch sicher etwas zu holen!

Als der Mann dann vor ihm stand, sah er den Trotz in dessen Augen. Schließlich zog er einen Ablassbrief heraus und zeigte ihn vor. Mit diesem Stück Papier waren alle seine vergangenen Sünden gesühnt. Nur zukünftige waren nicht davon betroffen. Mit knirschenden Zähnen musste er den Schnitzer gehen lassen und sah ihm noch lange nach. „Warum kann ich nicht auch diese Ablassbriefe verkaufen?" fragte sich der Pfarrer schließlich laut und stand von seinem Sitz auf. Er ließ sich von seinem Diener den Mantel bringen und brach dann in das Kloster auf, um sich dort Rat beim Abt zu holen. Wenig später erreichte er die Pforte des Dominikanerklosters St. Pauli, in dem er früher selbst gelebt hatte. Er grüßte den Mönch am Tor und betrat das Gelände.

Die nächste Person, die er traf, war die eher leicht bekleidete Ursula, die Geliebte des Abtes, bei der er auch schon einmal geweilt hatte. Er grüßte die Frau und diese nickte ihm zu. Dabei rutschte ihr Kleid zur Seite und gab einen Teil ihres Oberkörpers frei, doch das schien sie nicht zu stören. Ungehindert ging sie weiter. Es war nicht wirklich etwas Ungewöhnliches, eine fast nackte Frau in einem Kloster zu treffen. Niemand machte sich darüber Gedanken, dass dies eigentlich gegen das Keuschheitsgelübde der Mönche verstieß. Er hatte am Anfang seines Klosterlebens, wie lange mochte das schon her sein, noch darüber nachgedacht. Heute kam ihm dieser Gedanke nur noch höchst selten in den Kopf. Es war eben so. Ein Mann musste tun, was Gott von ihm verlangt hatte. „Seid fruchtbar und mehret euch." stand in der Bibel und da waren Mönche nicht wirklich davon ausgenommen. Zu mindestens inoffiziell.

Der Pfarrer ging in die Räume des Abtes und ihm war sofort klar, dass dieser erst vor wenigen Augenblicken sein Bett verlassen hatte. Der ältere Mann trug noch sein Nachtgewand und das Bett war so zerwühlt, dass deutlich zu sehen war, was er mit Ursula vermutlich gerade eben noch gemacht hatte. Ohne weiter darauf einzugehen setzten sich die beiden Männer an den Tisch und begann zu überlegen, wie man wohl wieder zu einer kleinen Spende kommen konnte. Er kam auf den Ablassbrief zu sprechen, als es an der Tür klopfte und ein junger Mönch eintrat. Der Abt stellte ihn als Bruder Johann vor und bat ihn, sich zu ihnen zu setzen.

Weiter ging die Diskussion, in die sich nun auch der junge Mönch mit einbrachte. Bruder Johann, oder Johann Tetzel, wie er mit bürgerlichen Namen hieß, war schon seit zwei Jahren bei seinem Theologiestudium hier in dem Kloster in Leipzig und arbeitete auch schon als Prediger in einer Gemeinde. Er war mit seinen 24 Jahren gerade mal halb so alt wie die beiden anderen Männer, hatte sich aber auch schon damit befasst. Der Verkauf von Ablassbriefen schien ein sehr lukratives Geschäft zu sein, allerdings war der Kreis der Kundschaft für einen niedergelassenen Pfarrer eher klein. Doch trotzdem konnte man die Hälfte des Geldes behalten. Je mehr Briefe man also verkaufte, desto mehr verdiente man, und umso höher waren die Einkünfte auch für die Kirche. Da stieg dann auch das Ansehen des Verkäufers und je besser er war, desto höher war seine Reputation. Dann kam Bruder Johann auf den Gedanken, als Wandermönch durch die Lande zu ziehen und damit diese Ablassschreiben an die Sünder zu bringen. Für ihn als jungen Mann mochte das sicher angehen, für den Abt und den Pfarrer war dies aber nichts mehr. Sie liebten die Bequemlichkeit ihrer Betten und die Geliebten waren sicher auch nicht dazu zu bewegen, mit auf Wanderschaft zu gehen. Doch die Idee behielt ein jeder der drei im Gedanken. Nach einer langen Zeit des Redens brachte Ursula den dreien ein paar Biere. Noch immer hatte sie den eher durchsichtigen Kittel an, in dem er sie am Vormittag gesehen hatte. Vermutlich hatte sie nichts anderes.

Die drei Männer prosteten sich zu und dachten schon an all die Münzen, die ihnen das Geschäft mit den Sündern einbringen würde. Die einzige Aufgabe, die sie nun noch hatten war, den Menschen in den jeweiligen Gottesdiensten eine solche Angst mit dem Fegefeuer zu machen, dass diese gar nicht schnell genug ihre Geldkatzen ziehen und die Briefe bezahlen würden. Und da kannte er sich ja nun sehr gut aus. Während Bruder Johann mit Ursula das Zimmer verließ, tranken die beiden alten Männer weiter auf ihren Erfolg.

Erst spät am Abend traf der Pfarrer wieder in seiner Kirche ein. Er setzte sich vor den Altar und sah sich die beiden Bilder an, die neben dem Kreuz zu beiden Seiten des Altars hingen. Dann schickte er seinen Diener los, um den Schnitzer zu holen. Als der

Mann eintraf, brachte er seinen Sohn mit, der ein begnadeter Maler sein sollte. Der Pfarrer entwarf ein Szenario, wie es genauso in Dantes „Göttlicher Komödie" stand. Ein Inferno aus Feuer, Teufeln, Schmerzen, Qualen und Leid. In möglichst knalligen Farben mit möglichst viel Grausamkeiten darauf. Die beiden neuen Bilder sollten die alten ersetzen und die Gläubigen noch näher an die Kirche bringen. Das würde dann seinen Geldbeutel sicher schön füllen. Als die beiden Männer gegangen waren, rieb sich der Pfarrer vor Vorfreude die Hände. Am kommenden Sonntag wollte er schon mal beginnen, auch wenn die beiden Bilder da sicher noch nicht fertig waren.

Die Predigt musste nur sehr plastisch die Höllenqualen beschreiben. Jeder, der hier in der Kirche war, fürchtete sich vor dem Fegefeuer. Der größte Teil der Predigt war ja in Latein, nur die Schilderungen der ewigen Verdammnis führte er immer in Deutsch aus.

22. Kapitel

Erntemond

Der Sommer war zu Ende und der Herbst hatte angefangen. Nun kam die schwere Arbeit der Ernte auf Johanna zu. Obwohl sie nicht allzu viel zu Essen bekam und auch noch eine schwere Arbeit jeden Tag verrichten musste, wuchs ihr ein kleines Bäuchlein. Schon bald hatte sie begriffen, was da mit ihr geschah und um den zusätzlichen Schlägen auszuweichen versuchte sie es zu verstecken, so lange wie das nur ging. Ihr Kleid war zum Glück so groß geschnitten, das die Rundungen nicht so auffielen. Doch irgendwann konnte sie sich nicht mehr richtig auf den Bock legen, um die allabendliche Buße tun zu können. Der Bauch störte zu sehr dabei. Auf die Fragen der Bäuerin hin wich sie aus, doch die Frau hatte ihre Schlüsse schon gezogen. Sie drückte Johanna auf das Holz nieder und sagte dann „Ab heute wirst du zwei Gebete sprechen. Eines für dich und eines für dein Balg!" und so wurde es gemacht. Nun erhielt sie also jeden Abend die doppelte Anzahl von Schlägen, aber noch viel schlimmer war, dass sie so über den Bock gezogen wurde, dass dieser gegen ihren Bauch drückte.

Auch der Bauer ließ nicht von ihr ab. So wie bisher jeden Sonntag, und manchmal auch dazwischen, verging er sich weiter an ihr. Keiner der Beiden nahm Rücksicht auf sie und Schonung konnte sie auch nicht erwarten. Die Arbeit blieb dieselbe. Aber das war sicherlich auf dem Lande normal, hier wurde auf Schwangerschaften keine Rücksicht genommen. Man bekam das Kind und gut. Barbara hatte ihr erzählt, dass sie auf dem Feld geboren worden war. Ihre Mutter hatte sie zwischen dem hacken von zwei Reihen Rüben bekommen. Einfach so. Sie dachte an Bärmuth zurück. In der Stadt war das alles ganz anders gewesen. Da wurde wenigstens noch ein bisschen Rücksicht genommen. Aber Johanna durfte sich keinerlei Ausnahmen hingeben. Jeder Fehler wurde bestraft. Je dicker der Bauch wurde, desto schwerer war das Bücken und arbeiten auf dem Feld, doch sie musste weiter machen. Die Ernte musste in die Scheune!

Über den Vater des Kindes hatte sie sich auch Gedanken gemacht, entweder war es der Bauer gewesen, oder einer der Männer, die sich an ihr in der Stadt vergangen hatten. In jedem Falle war es ein Kind der Gewalt! Und sie wollte es eigentlich gar nicht. Doch sie musste es austragen! Was würde jedoch werden, wenn es auf der Welt war? Darüber wollte sie sich im Moment keine Gedanken machen, aber die kamen mit jedem Tag immer wieder zu ihr zurück. Mittlerweile konnte sie weder auf dem Rücken noch auf dem Bauch schlafen. Bei dem einem tat ihr der Hintern weh und bei dem anderen störte der Bauch, also musste sie notgedrungen auf der Seite im Stroh schlafen. Jeden Abend stieg sie, nachdem sie die Bäuerin wieder vom Bock losgemacht hatte, die Leiter hinauf, um sich in das Stroh auf dem Boden der Scheune zu legen. Unter sich hatte sie dann immer das Folterinstrument stehen und am Hals die lange Kette, die bei jeder Bewegung klirrte. Nun wurden die Tage aber langsam wieder kürzer und damit auch die Arbeitsstunden weniger.

Im Moment wusste sie noch nicht, wie es dann wohl im Winter aussehen würde. Es war nicht zu erwarten, dass die Bäuerin sie in der kalten Jahreszeit in das Haus lassen würde. Also würde sie es sich in der Scheune bequem machen müssen. Schon jetzt war es in mancher Nacht etwas zugig, aber am Tage schien noch die Sonne auf das Dach, so dass es beim Einschlafen noch angenehm warm war. Beim Aufwachen war es dann manchmal schon etwas frisch. Daher wühlte sie sich schon jetzt eine Höhle in das Stroh hinein, in die sie sich dann verkriechen konnte, wenn es in ein paar Wochen dann etwas frischer werden würde. Der Platz war so gewählt, dass sie von dieser Position aus durch das immer offen stehende Tor nach draußen sehen konnte. Manchmal schien der Mond zu ihr herein und gab ihr etwas Licht.

Eines Nachts, es war gerade Vollmond und die Fläche vor der Scheune lag in silbernes Licht getaucht vor ihr, sah sie eine Gestalt über die Fläche laufen. Durch ein Geräusch war Johanna aufgeschreckt worden und dann sah sie die Gestalt. Wer konnte das sein, so mitten in der Nacht? Es war eine Frau, soviel hatte sie schon an den Bewegungen erkannt. Vorsichtig stieg sie die Leiter hinab, ohne ein Geräusch zu machen. Sie schlich zur Tür und sah hinaus. Die Gestalt kniete keine zehn Schritte entfernt an der Scheunenwand mit dem Rücken zu ihr. „Was machst du hier?" fragte Johanna laut. Die Gestalt zuckte zusammen und fuhr herum. Es war Barbara. „Bitte verrate mich nicht. Ich will nicht sterben!" bettelte sie, dann stand sie auf. „Warum solltest du sterben, wenn ich etwas sage?" fragte Johanna, nun etwas leiser, da kam die Freundin auf sie zu.

Barbara hatte eine Pflanze in der Hand, die seltsam aussah. „Es ist eine Alraune. Die muss man bei Vollmond ernten, da hat sie die meiste Kraft!" sagte sie und hielt Johanna eine Wurzel hin, die fast wie ein Mensch aussah. Johanna zuckte zurück „Bist du eine Hexe?" fragte sie entsetzt und nun zuckte auch Barbara zusammen. Das Wort konnte ein Todesurteil sein. So wie sie hier stand, nachts und mit der Wurzel in der Hand, hätte sie der Pfarrer vermutlich sofort auf den Scheiterhaufen gebracht. „Nein. Ich sammle nur Wurzeln und Kräuter. So wie auch meine Mutter es getan hatte." erklärte Barbara und verstaute die Wurzel unter ihrem Kleid. „Sei vorsichtig und las dich nicht von der Bäuerin erwischen. Sonst …" dabei zeigte Johanna auf das im Mondlicht gut zu sehende Folter-

96

instrument hinter sich. Barbara nickte und schlich sich wieder zum Haus zurück.

Johanna sah der Freundin noch eine Weile hinterher. Schon viel hatte sie von dieser Pflanze gehört. Sie sollte sehr mächtig sein, aber war Barbara deswegen eine Hexe? Vielleicht war ihrer Mutter damals dasselbe passiert? „Vielleicht hatte sie einfach eine falsche Pflanze gesammelt und war dann von meinem Vater verraten worden?" dachte Johanna. Möglich war es. Würde sie so etwas ihrem Vater zutrauen? Sicher! So wie er sie selbst behandelt hatte. Sie kletterte wieder hinauf auf ihre Leiter und legte sich in das Stroh, doch an Schlaf war nun nicht mehr zu denken. Die Gedanken an die Mutter kreisten durch ihren Kopf.

23. Kapitel

Teufelstanz

Der Pfarrer hatte ihm vollkommen freie Hand gelassen bei der Gestaltung der Bilder. Sie sollten nur schaurig und angsteinflößend sein. Um den Vorstellungen gerecht zu werden setzte sich Hans in die Gottesdienste der verschiedenen Kirchen in Leipzig und hörte bei den Predigten zu. Meist ging es gerade um die Teufel, die jeden andersgläubigen in der Nacht in die Hölle holen würden. Dort mussten die Seelen dann bis in alle Ewigkeit im Feuer schmoren. Dabei zog er die Gefühle dazu, die er gehabt harte, als unterwegs in vielen Städten die Hexen gebrannte hatten. So ähnlich musste es doch auch den Seelen gehen, nur dass das Ende für diese nicht so schnell kam, wie es für die verbrannten Frauen war.

Dort unten brannte man ewig! Doch wie konnte man diese Angst auf die Leinwand bringen? Er konnte ja schlecht einen Teufel bitten, für ihn als Model zu posieren. Und wie sah so ein Teufel überhaupt aus? Was stand darüber in der Bibel? Das konnte er schlecht nachschlagen, denn die war ja in Latein und das konnte er nicht so gut. Hans versuchte alles zusammen zu tragen, was er über Teufel finden konnte. Er ging in das Kloster und befragte die Mönche dort, aber außer, dass er immer argwöhnischer angesehen wurde, erweiterte dies sein Wissen in keinster Weise. Es musste einen anderen Weg geben, um etwas darüber zu erfahren und das ging nur mit einer Person, die den Teufel wirklich schon einmal gesehen hatte. Da blieb nur, eine Hexe zu befragen. Aber es musste eine sein, die noch nicht gefangen worden war, denn im Kerker wurden die Beschreibungen immer alle gleich. Dort waren die Teufel genauso, wie sie im Gottesdienst beschrieben worden waren.

Es blieb ihm also nur, in den Wald hinaus zu gehen, um dort nach einer Hexe zu suchen. Ganz wohl war ihm bei dem Gedanken nicht, aber wenn das Bild etwas werden sollte, dann musste er sich dieser Gefahr aussetzen. Wohin sollte er sich denn nun wenden? Er konnte ja schlecht jemanden danach fragen, wo man eine Hexe finden konnte. Der nächste Pfarrer würde ihn sofort auf den Scheiterhaufen bringen. Hans hatte gehört, dass es im Harz, einige Tagesmärsche nordwestlich von Leipzig, noch viele Hexen geben sollte. Alles waren sicher nur Gerüchte, aber vielleicht war ja auch ein Fünkchen Wahrheit mit dabei. Also verabschiedete er sich von seinem Vater, sagte ihm aber nicht, was er vorhatte. Der alte Mann hätte ihn sicher zurück gehalten, wenn er das Ziel des Weges auch nur geahnt hätte.

In den Wäldern färbten sich schon die ersten Blätter bunt und eigentlich war es nicht die beste Zeit, um hinaus in den Wald zu ziehen. Er musste vor dem Winter wieder zurück in Leipzig sein, oder er würde draußen irgendwo erfrieren. Daher schritt er schnell voran. Nach einer Woche erreichte er Quedlinburg und ging dort erst einmal in die Kirche, um sich noch einmal des Beistandes Gottes für sein gewagtes Vorhaben zu versichern. Am nächsten Morgen brach er in den Wald auf. Doch damit begann seine Suche erst so richtig. Dieser Wald war dunkel und tief. Wo sollte er die Hexen, wen es sie hier wirklich gab, finden? Die würden ja nicht einfach so durch den Wald laufen und vor sich her rufen, dass sie Hexen waren. Wer außer Hexen und Teufeln konnte überhaupt in diesem Wald hier leben?

Vielleicht musste er nur in der Nacht nach einem Licht suchen, denn dort wo dieses Licht sein würde, da lebten ja Menschen, oder in diesem Falle, die Hexen. Hans beschloss am Tage zu Ruhen und dafür nachts umher zu streifen. Damit wurde er selbst zu einem Geschöpf der Finsternis. Die Geräusche und Laute im Wald konnten einen ehrlichen Christenmenschen schon das Fürchten lehren, aber sein Bild konnte ja keine Geräusche festhalten. Er brauchte Bilder! Nachdem er fünf Nächte durch den Wald geirrt war, sah er ein kleines Licht zwischen zwei Bäumen und ging darauf los. Es tauchte immer wieder auf und verschwand, wie ein Truglicht in einem Moor. Schon viel hatte er von diesen Moorgeistern gehört, welche die Wanderer in die Tiefen der Sümpfe zogen. Mit einer Gänsehaut lief er immer weiter in die Richtung des schwachen Scheins.

Erst als die Sonne am Morgen wieder aufging erreichte er eine verfallene Hütte, vor der ein altes Mütterchen von schwer zu schätzendem Alter saß. Sicherlich hatte sie die Achtzig schon weit überschritten. Sie saß einfach da und schaute den Mann an, als ob es das normalste der Welt sei, dass ein zerzauster, und mittlerweile vollkommen verdreckter, Mann aus dem Unterholz stolperte und sich vor sie hin stellte. „Setzt dich Söhnchen." sagte sie und zeigte auf den Baustumpf neben sich. Sie sah ihn durchdringend an und schien ihn zu fragen, was er wolle und Hans begann ihr den Grund seiner Reise zu schildern. „Eine Hexe bin ich nicht. Ich kenne mich nur mit Kräutern aus. Doch wenn es dein Begehr ist, einen Teufel zu sehen, so will ich dir die Möglichkeit dazu geben." sagte sie und schaute ihn an. Hans nickte und schluckte. Er war dem Ziel seiner Reise sehr nahe.

Die Frau stand auf, ohne ein Geräusch zu machen, dann ging sie in die Hütte hinein und kam nach wenigen Augenblicken mit einem Becher zurück. Sie drückte den Becher in seine Hand und sagte „Trink das, und du wirst auf eine Reise gehen, die dich an dein Ziel bringen wird. Doch bedenke gut, auf was du dich damit einlässt!" Zweifelnd sah er auf die schillernde Oberfläche des Getränks herab. Wollte die alte Frau ihn vergiften? Er blickte auf, sah sie von der Seite aus an, doch da war keine Falschheit.

Schließlich setzte er den Becher an und trank das Gebräu aus. Kaum hatte die Flüssigkeit seine Kehle berührt, kippte er nach hinten um und alles begann sich vor seinen Augen zu drehen. Wilde Kreaturen, Teufel, Drachen und Hexen stürzten auf ihn ein. Von allen Seiten kamen sie und er versuchte ihnen auszuweichen, doch es ging nicht. Er schlug um sich, doch die Gestalten der Hölle ließen sich damit nicht vertreiben. Wollten sie ihn mit sich ziehen? Hatte das die alte Frau gemeint? Gab es ein entkommen?

Als er wenig später wieder aufwachte, befand er sich am Waldrand und sah die Kirche von Quedlinburg wieder vor sich. Er hatte gesehen, was er gesucht hatte und brach wieder auf, um nach Leipzig zurück zu kommen.

Dort bannte er die Bilder auf die Leinwand und schuf so das Bild des Grauens, das sich der Pfarrer von ihm gewünscht hatte.

24. Kapitel

Mandragora

rwischt! Warum hatte sie sich nicht vorsichtiger bewegt? Warum hatte sie ausgerechnet vor der Scheune graben müssen? Sie musste doch gewusst haben, dass Johanna sie bemerken würde? Aber diese Pflanze wuchs nun mal nur dort. Vor Jahren war ein Mann an dieser Stelle aufgehängt worden und wo sein letzter Samen auf die Erde gefallen war, dort hatte diese Pflanze nun gestanden. Schon ein paar Tage lang hatte sie danach geschaut und bis zum Vollmond gewartet. Zum Glück hatte die Bäuerin nichts gemerkt, weder davon, dass sie sich an ihrem Bett vorbei zur Tür geschlichen hatte, noch davon, dass Johanna sie so laut angesprochen hatte. Fast wäre ihr Herz stehen geblieben, als sie sich ertappt gesehen hatte. Was würde geschehen? Würde Johanna sie verraten, um eine geringere Strafe zu erhalten? Eigentlich waren sie in den letzten Monaten Freundinnen geworden, doch man konnte nie wissen.

Barbara hatte sich einen Strick unter dem Kleid um die Hüften gebunden und dort die Alraune direkt am Körper verwahrt. Warum sie das gemacht hatte, wurde ihr erst bewusst, als sie wieder zurück in ihr Bett wollte und die Bäuerin mit einem Talglicht auf sie wartete „Wo warst du?" fragte sie leise, um den Bauern nicht zu wecken. „Auf der Latrine." sagte Barbara und versuchte an der Frau vorbei in ihr Zimmer zu kommen, doch die alte Frau wollte erst sehen, was Barbara in den Händen hatte. Da war zum Glück nichts und die Wurzel war gut verborgen. Schließlich ließ die Frau die Magd durch, schaute ihr aber argwöhnisch hinterher. Nachts im dunklen zur Latrine! Da konnte was nicht stimmen! Nachts wurde geschlafen!

Hatte die Bäuerin das Gespräch zwischen ihr und Johanna gehört? Sehr wohl möglich, aber dann wäre sie nicht so einfach an ihr vorbei in ihr Zimmer gekommen. Als sie die Tür hinter sich geschlossen hatte, zog sie die Wurzel schnell unter dem Kleid hervor und verbarg sie unter einem losen Dielenbrett. Gerade als sie wieder aufstand, öffnete sich die Tür und die Bäuerin kam in das Zimmer herein. Sie sah sich im Lichte der kleinen Lampe überall um, aber so groß war der Raum ja nicht. Drei mal Drei Schritte und nur ein Bett. „Schlaf jetzt!" wies sie Barbara zurecht und ging wieder, nachdem die Magd sich auf ihren Strohsack gelegt hatte und mit dem schnell ausgezogenen Kleid zudeckte. Der Strick war zum Glück unter dem Unterkleid und fiel daher nicht auf.

Da hatte sie ja noch einmal Glück gehabt. Wäre sie erwischt worden, so hätte sie wohl vor oder nach Johanna ihre abendliche Buße tun können. Sie konnte den Riemen der Bäuerin auf ihrem Hintern schon spüren, aber es war nur der Strick, der nach unten gerutscht war. Schnell löste sie den Knoten und zog das Seil hervor. Dann legte sie es unter ihren Strohsack. Vielleicht kam die Bäuerin ja noch einmal zur Kontrolle. Aber nun musste Barbara viel vorsichtiger werden. Noch so ein Fehler und sie würde in der Scheune knien. Die Bäuerin würde sicher keinen Augenblick zögern. Der Mond schien in das Zimmer herein und damit genau in ihr Gesicht. Er schien sie für ihre Feigheit zu verhöhnen, aber sie wollte nicht sterben. Barbara begann ein leises Gebet, als sie merkte, dass sie das Vaterunser betete stoppte sie kurz und betete danach lieber zu Maria, um die Vergebung ihrer Sünden.

Als sie dann schließlich eingeschlafen war, träumte sie von einem Teufel, der aus der versteckten Wurzel kam und zu ihr in das Bett kletterte. Sie konnte sich nicht bewegen und musste mit weit aufgerissenen Augen zusehen, wie der Teufel ihr das Kleid zurückschlug und über ihren Schoß in sie hinein kletterte. Dann erst wachte sie auf und war Schweißgebadet. Zum Glück hatte sie nicht geschrien, sonst wäre die Bäuerin sicher wach geworden. Sie setzte sich auf und sah zu der Ecke, in der sie die Wurzel versteckt hatte. Das Brett war ein Stück verrutscht, obwohl sie geschworen hätte, dass es in der Nacht ganz zu gewesen war. Leise schlich sie dort hin und drückte den Spalt zu. Barbara setzte sich in das Bett. Hatte sie zu viel riskiert? Diese Wurzel war sehr mächtig und ein Teufel sollte in jeder von ihnen wohnen.

„Mandragora, Mandragora, bringe mir Liebe und Glück." murmelte sie leise, so dass die Bäuerin im Nebenzimmer sie nicht hören konnte. Die Mutter hatte ihr diesen Spruch einmal beigebracht. Doch hatte sie es richtig gemacht? Oder war alles falsch gewesen? Langsam zeigte sich der erste rote Streifen am Horizont und Barbara stand auf. Gleich würde die Arbeit beginnen und sie musste sich zuvor noch waschen. Leise ging sie, das Kleid im Arm, aus dem Zimmer nach draußen und verließ das Haus. Im ersten Sonnenlicht stellte sie sich an den Brunnen und zog sich einen Eimer Wasser nach oben, dann streifte sie das Unterkleid ab, legte es zu dem Kleid auf den Brunnenrand, sah an sich herunter und erstarrte. Auf ihrem Bauch waren die Umrisse eines Teufels zu sehen! Über ihrem Schoß, genau auf der Stelle, an der sie die Wurzel vor der Bäuerin versteckt hatte und an welcher im Traum der Teufel in sie geklettert war.

Sie rieb sich schnell mit etwas Sand die verräterische Verfärbung vom Bauch, doch ein dunkles Gefühl von Gefahr blieb zurück. Mit viel Wasser wusch sie sich dann die Stelle ganz sauber und gerade als sie fertig war, kam die Bäuerin aus der Hütte, gefolgt vom Bauern. Barbara zog sich schnell ihr Unterkleid über den Kopf und danach das Kleid. Hatte die Bäuerin etwas bemerkt?

Vorsichtig sah Barbara zu ihr hinüber, aber alles schien wie immer. Auch Johanna, die gerade von ihrer Kette befreit worden war, war wie immer. Alles schien in Ordnung, doch was hatte der Traum zu bedeuten? Oder war es etwa kein Traum gewesen? War nun ein Teufel in ihr? Sie erschauderte. Hatte sie den Spruch zu spät gesagt? Ihre Mutter hätte es gewusst, doch die konnte sie nicht fragen! Ihr Bauch krampfte sich zusammen und sie musste sich an einem Baum übergeben.

25. Kapitel

Doppelte Strafe

Diese Magd wurde auch immer seltsamer. Nachts, im Vollmondschein, auf die Latrine! Sie konnte doch am Tag dorthin gehen, wie alle anderen auch! Da steckte sicher dieses andere Mädchen dahinter. Es war ein Fehler gewesen, diese Sünderin zu beherbergen. Die verdarb alles um sich her. Sicher war die Magd in der Nacht bei ihr gewesen, um weiß Gott was mit ihr zu machen. Oder hatte sich die Magd im Mondlicht mit dem Teufel getroffen? Die Bäuerin zuckte bei dem Gedanken zusammen und bekreuzigte sich. Aber sie hatte es dem Pfarrer versprochen und so konnte sie das Mädchen eben nicht von der Kette lassen und davon jagen. Doch diese Magd konnte sie sich vornehmen. Vielleicht war bei ihr noch nicht alles verdorben. Als die Bäuerin am Morgen aufstand, weckte sie den Bauern und sagte zu ihm „Ich werde ab heute auch der Magd dieselbe Buße auferlegen, wie der Sünderin." der Bauer kratzte sich am Kopf, nickte und grunzte dazu. Damit war es beschlossen.

Als sie beide die Hütte verließen, wusch sich die Magd am Brunnen und zog sich schnell wieder an, so als ob sie etwas verstecken wollte. Die Bäuerin sah ihren Mann an und der runzelte die Stirn. Etwas war ihm also auch seltsam an der Magd aufgefallen. Er ging zum Brunnen, während sie zur Scheune ging und die Kette am Halsband des anderen Mädchens löste. Dann begann die Arbeit. Zuerst die Tiere versorgen und danach ging es auf das nahe liegende Feld. Bis zum späten Nachmittag wurde die Ernte von diesem Feld geholt und in die Scheune getragen, dann nahm sie die Magd zur Seite und schaute ihr in die Augen. Doch die junge Frau wich ihrem Blick aus. Also doch! Sie hatte etwas zu verbergen.

„Ich gebe dir ab heute die Gelegenheit, für deine Sünden Buße zu tun." sagte sie und sah, wie die Magd zusammen zuckte. Ihr Blick ging zur nahe stehenden Scheune. „Möchtest du als Erste?" fragte die Bäuerin und die Magd antwortete „Ich habe doch gar nichts gemacht!" „Doch! Du wirst schon wissen, was du gemacht hast. Und wenn du es nicht weißt, Gott weiß es!" sagte die alte Frau und zog die Magd einfach am Arm hinter sich her. Das Mädchen wehrte sich zwar, doch die Bauersfrau war einfach stärker. Die Andere kam einfach stumm hinter ihnen her, anscheinend hatte sie sich mit ihrem täglichen Schicksal abgefunden. Je näher sie dem Gestell kamen, umso mehr musste sie die Magd ziehen, aber es half ihr nichts. Schließlich waren sie in der Scheune und sie sah die weit aufgerissenen Augen der Magd.

„Wer nachts im Mondlicht zur Latrine geht, der kann auch jetzt dem Mond seinen Hintern zeigen!" sagte sie und drückte das Mädchen in die Knie. Die beiden Mädchen waren gleich groß und so brauchte sie den Bock nicht zu verstellen. Schnell hatte sie das Mädchen darauf fest gebunden und nahm den Riemen vom Haken. Sie drehte sich zu der Anderen um, die nun hinter ihr stand und fragte „Wie waren noch einmal die Regeln für die Buße?" „Das Vaterunser laut aufsagen und wenn man sich verspricht, muss man von vorn anfangen." antwortete die Sünderin „Genauso ist es. Hast du es verstanden?" fragte sie nun die Magd, die mit einem kläglichen „Ja" antwortete. Dann schlug sie der Magd die Röcke hoch und begann mit der täglichen Prozedur. Danach war die Andere dran, während die Magd zur Hütte zurück ging und sich das schmerzende Hinterteil hielt.

Eine Stunde später ging die Bäuerin in das Zimmer der Magd. Die lag in ihrem Bett auf dem Bauch und sah sie zornig an. „Willst du mir jetzt sagen, was du gemacht hast?" fragte sie die Magd, doch die antwortete nur „Nichts." mit Tränen in der Stimme.

„Dann wirst du ab heute jeden Tag Buße tun!" antwortete sie und ging wieder aus dem Zimmer hinaus. Irgendetwas stimmte da wirklich nicht und sie würde schon noch heraus bekommen, was es war. Sie beschloss in der Nacht wach zu bleiben und nur so zu tun, als ob sie schlafen würde. Vielleicht würde die Magd ja auch in dieser Nacht ihr Zimmer verlassen und dann könnte sie schauen, ob sie wirklich nur zur Latrine ging, oder doch zur Scheune hinüber.

Es dauerte eine ganze Weile, in der Ruhe in dem Raum nebenan war. Dann hörte sie leise Schritte. Die Magd schlich dort drin herum. Doch noch hatte sie das Zimmer nicht verlassen. Die Tür war immer noch zu. Von draußen schien der Vollmond durch das große Loch, das als Fenster diente. Gerade wollte sie aufstehen, um nachzusehen, was das Mädchen dort drin machte, als sich die Tür ganz leise öffnete. Auf Zehenspitzen schlich die Magd auf Armlänge an ihr vorbei. Also doch! So lief niemand, der nur mal auf die Latrine musste! Als die Magd aus der Hütte gegangen war stand sie auf und ging ihr leise hinterher.

Sie blieb in der Tür stehen und sah, wie die Magd den Platz vor der Hütte überquerte und zur Scheune hinüber ging. Das war wirklich nicht der Weg, den die junge Frau in der Nacht zuvor gegangen sein wollte. Direkt neben der Scheune kniete sie sich hin und machte irgendetwas direkt an der Tür des Gebäudes. Was es war konnte sie nicht erkennen und näher heran konnte sie auch nicht, da hätte sie der helle Mond sicher sofort verraten. Doch sie hatte ja nun genug gesehen und wusste nun, dass die Buße nicht umsonst gewesen war. Wenn sie zuvor noch Zweifel gehabt hätte, so war sie sich nun vollkommen sicher, dass sie die richtige Entscheidung getroffen hatte.

Doch was hatte die Magd in ihrem Zimmer gemacht, bevor sie heraus gekommen war? Der direkte Weg vom Bett zur Tür war es sicher nicht gewesen, da hätten zwei Schritte genügt und sie war sicher ein paar Mal hin und her gelaufen. Nur was hatte sie gemacht? Da gab es ja nichts darin, außer dem Bett. Die Bäuerin ging zurück und sah in das Zimmer hinein, doch sie konnte darin nichts Auffälliges sehen. War die Magd einfach nur zwischen Bett und Fenster hin und her gegangen? Das machte doch aber gar keinen Sinn!

Damit sie nicht erwischt werden würde ging die Bäuerin schnell in ihr Bett. Gerade noch rechtzeitig, bevor die Magd wieder an ihr vorbei auf Zehenspitzen in das Zimmer zurück schlich. „Egal was du auch gemacht hast, deine Strafe bekommst du morgen." dachte sich die Bäuerin und schloss die Augen.

26. Kapitel

Das Ende einer Jungfrau

Nun wurden sie also jeden Abend beide bestraft. Oder taten Buße, wie es die Bäuerin so schön umschrieb. Manchmal Johanna zuerst und manchmal Barbara, je nachdem, wie die Bäuerin am jeweiligen Tag entschied. Das Ende der Woche kam immer näher und damit auch die Frage, was wohl am Sonntag passieren würde. Zur Messe und zum Gottesdienst durfte Johanna schon so lange nicht mehr mitgehen, wie der Bauch nicht mehr unter dem Kleid zu verstecken war. So blieb sie also angekettet in der Scheune sitzen und schauten den anderen dreien nach, die sich auf den Weg in die Stadt machten. So gerne wäre sie mitgegangen. Wie es wohl Bärmuth ging? Nur in der Kirche hatten sie sich mal kurz sehen können, aber auch das war ihr nun verwehrt. Eine ledige Schwangere in der Kirche? Das durfte nach der Ansicht der Bäuerin nicht sein. Und damit hatte sie vermutlich Recht. Johanna wäre sicher dafür gesteinigt worden.

Erst weit nach dem Mittag kamen die Drei wieder zurück, trotzdem blieb die Kette an Johannas Hals und so saß sie an diesem Tag nur in der Scheune und wartete. Erst zum Abendessen wurde sie wieder los gemacht und in die Hütte geholt. Beim Essen, das diesmal sehr lange dauerte, saßen die beiden Mädchen wieder auf ihrer Bank, während der Bauer ihnen am Tisch genau gegenüber saß. Mit gesenktem Blick, durch die Wimpern hindurch, konnte Johanna sehen, wie der Blick des Mannes die ganze Zeit von einer zur anderen ging. Was hatte er vor? Er nahm sich heute besonders lange Zeit zum Essen und so schaffte es Johanna sogar, eine zweite Schüssel mit dem Getreidebrei zu essen, doch dann stand der Mann auf und das Essen war zu Ende. „Ich werde heute wieder die Züchtigung übernehmen." sagte er und daran war für

Johanna nichts Neues. Doch er sagte nicht „Komm mit!" wie sonst immer, sondern „Kommt beide mit!" dann zog er die beiden Mädchen von der Bank und ging mit ihnen, jede am Arm gepackt, zur Scheune hinüber.

Dort in dem Raum sagte er zu Barbara „Knie dich hin." und die Freundin zog ihren Rock hoch, wie sie es sonst auch machte, setzte die nackten Knie hinter das Holz und lies sich die Beine von dem Mann daran fesseln. Dann drückte er ihren Oberkörper nach vorn und band die Hände an der anderen Seite fest. Noch war für Barbara alles so, wie sie es seit ein paar Tagen gewohnt war. Der Mann ging zu Johanna und führte sie an eine Stelle, die seitlich von Barbara war, dort drückte er auf ihre Schultern und sagte „Knie dich hier hin." Für einen Moment wusste Johanna nicht, was das Ganze sollte, doch sie gab dem Drücken des Mannes nach und hatte nun den Hintern von Barbara direkt vor sich. Der Bauer ging nach vorn und schlug den Rock und den Unterrock der Freundin hoch, dann legte er beides auf Barbaras Rücken ab. Noch immer gab es für diese keinen Unterschied zu sonst. Wusste Barbara, was sie nun erwarten würde? Vermutlich nicht, weder Johanna noch der Mann hatten ihr gesagt, was hier in der Scheune jeden Sonntag passierte.

Der Mann ließ seine Hose fallen und platzierte sich kniend hinter Barbara. Die Freundin schaute auf den Balken mit dem immer noch daran hängenden Riemen und verstand sicher noch nicht, was hier passierte. Fast liebevoll strich der Mann über den Hintern der vor ihm knienden Frau. Johanna sah auf den nackten Unterkörper des Mannes. Sie sah seine wachsende Erregung. Vor Monaten, in einem anderen Leben, hatte Johanna darüber mit Bärmuth gesprochen, aber nun war sie auf Armlänge davor und würde dabei zusehen müssen. Worauf wartete der Mann? Dann sah er Johanna an und sagte „Bete, aber laut!" Da Barbara nicht wusste, dass er Johanna gemeint hatte, begannen die beiden Frauen zugleich mit dem Gebet, aber Barbara brach sofort mit einem Schrei ab. Nun betet nur noch Johanna. „Lauter!" fuhr der Mann sie gepresst an, damit sie die Schreie der Freundin mit ihrem Gebet übertönen sollte. Doch die waren mittlerweile einem Röcheln und Stöhnen gewichen. Direkt vor sich sah Johanna, was der Mann all die Monate mit ihr gemacht hatte. Sie sah die Bewegungen des Mannes und den Schmerz im Gesicht der Freundin, dass ihr zugewandt war.

War sie nun froh, dass sie diesmal verschont geblieben war? Oder traurig, dass es die Freundin getroffen hatte? Das Gefühl schwankte bei ihr zwischen diesen beiden Extremen hin und her. Dabei musste sie sich auch noch auf das laute Gebet konzentrieren, dass sie mittlerweile aber schon auswendig konnte. Nach all den Schmerzen der vergangenen Monate war es aber nicht mehr mit sehr viel Gutem behaftete. Es blieb eigentlich nur der Schmerz dabei zurück.

Nach zwei Gebeten war er fertig, griff in das Stroh, wischte sich damit ab, stand auf und zog sich die Hose wieder hoch. Er machte die Kette an Johannas Hals fest und sagte „Nun kannst du sie wieder losmachen. Und nächste Woche bist du wieder dran." Dann ging er aus der Scheune zurück zur Hütte. Johanna erhob sich und löste zuerst die Beine der Freundin und ging dann nach vorn, um die Hände zu befreien. „Bleibe bitte noch so." sagte sie und ging wieder nach hinten. Sie kniete sich neben die Freundin und riss sich ein Stück vom Unterkleid ab. Sie tupfte das Blut vom Körper der Freundin, doch egal wie behutsam sie auch vorging, Barbara zuckte bei jeder Berührung zusammen. Schließlich half Johanna ihr wieder auf die Beine. „Warum hast du nichts darüber gesagt?" fragte Barbara weinend „Ich habe mich so geschämt." antwortete Johanna und blickte zum Boden.

Nun weinten beide und lagen sich in den Armen. „Du warst noch Jungfrau? Oder?" fragte Johanna und Barbara nickte schluchzend. Sie stand noch etwas unsicher auf den Füßen. „Ich kann dich noch ein Stück begleiten, aber meine Kette reicht nicht bis zur Hütte hinüber." erklärte Johanna und sie setzten sich beide in Bewegung. Mitten auf dem Weg zur Hütte musste Johanna dann anhalten und die Freundin alleine gehen lassen. Schwankend näherte sich Barbara der Hüttentür und trat dann ein.

Johanna sah ihr noch eine Weile nach und ging dann zurück zur Scheune. Weinend gab sie dem Gestell einen Tritt und setzte sich danach in das Stroh.

27. Kapitel

Ein kleiner Tod

Barbara schaute auf den Becher mit der schillernden Flüssigkeit in ihrer Hand. Im Moment bewegte sie sich auf verdammt dünnem Eis. Die Alraune auszugraben und in ihrem Zimmer zu verstecken, das konnte man bei viel Wohlwollen vor Gericht noch als Mädchenstreich durchgehen lassen, doch dieses Gebräu zu trinken, das war viel gefährlicher. Nur indirekt für sie, zumindest solange sie nicht dabei erwischt wurde. Sie hatte die Kräuter am Tage überall gesucht und während der Arbeit in den Beutel an ihrem Gürtel gesteckt. Beim Abendessen hatte sie dann den Becher „verschwinden" lassen und nun wusste sie nicht, ob sie diesen Trank zu sich nehmen sollte oder lieber nicht. Die Zutaten hatte ihr einst die Mutter erklärt und auch die Wirkung.

Dieser Trank wurde zur Geburtenkontrolle verwendet. Man konnte damit dafür sorgen, dass die Kinder nicht im Winter geboren wurden, wo ihre Überlebenschancen nicht so groß waren, wie eben im Frühjahr oder Sommer. Doch es blieb eine Art von Mord! Der Bauer hatte jedes Recht der Welt, sie zu schwängern, wann und wo es ihm beliebte und sie hatte nur das Recht, dass Kind von ihm zu empfangen und für ihn auszutragen. Nicht mehr und nicht weniger. Sie hatte sich von der Alraune Glück und Liebe gewünscht, aber beides war nicht eingetroffen. Sie hatte seither nur Pech gehabt. Wenn der Bauer einen Knecht gehabt hätte, so wäre es ganz natürlich gewesen, dass sie als Magd in der Nacht bei ihm gelegen hätte. Doch der Bauer hatte keinen Knecht! Er hatte auch keine Kinder. Damit wäre ihr Kind, wenn es ein Sohn wäre, auch erbberechtigt gewesen. Aber wollte sie das?

Sie hatte ja bei Johanna gesehen, wie der Bauer sie behandelte. Dass es sein Kind war, das die Freundin unter ihrem Herzen austrug, das war durchaus möglich. Aber es konnte auch von einem der zehn Männer sein, die sie an jenem Tag missbraucht hatten. Wer konnte es sagen? Barbaras Blick ging durch das Fenster zu der Scheune hinüber, die sie in der Dämmerung gerade noch sehen konnte. Sie war dabei gewesen, als die Bäuerin die Freundin trotz des Bauches auf den Prügelbock gezwungen hatte. So wollte sie nicht auch noch enden!

Unschlüssig schwenkte sie den Becher und dann trank sie die bittere Flüssigkeit mit einem Zug aus. Nun war es sowieso zu späte für irgendwelche Reue. Sie kniete sich in die Ecke und versteckte den Becher unter dem Dielenbrett bei der Alraune. Dann legte sie sich in ihr Bett und wenig später krampfte sich ihr Bauch zusammen. Ihr wurde richtig schlecht, doch die Flüssigkeit musste drin bleiben. Mit Ekel hielt sie das Gebräu in ihrem Magen. Alles um sie herum schien sich zu drehen. Dieses bittere Zeug würde sie nun jede Woche trinken müssen, doch was würde in ein paar Wochen sein, wenn es diese Kräuter dann nicht mehr gab? Für den Winter würde sie ein paar davon trocknen müssen und auch noch verstecken, so dass die Bäuerin sie nicht finden konnte. Die alte Frau war sowieso schon misstrauisch und wenn sie nun noch ein grünes Blatt hier im Zimmer finden würde, dann würde eine Frage die Nächste geben.

Wieder musste sie schlucken. Dass das Zeug so grauenhaft schmeckte, das hatte ihr die Mutter damals nicht gesagt! Bisher hatte sie es auch noch nicht gebraucht. Nun schon! Sie begann im Bett zu zittern, dann wurde es schwarz vor ihren Augen. Bunte Lichter begannen auf sie zu zufliegen. Sie hielt sich nun den Mund zu, nur nicht diese kostbare Flüssigkeit wieder aus dem Leib lassen. Das Würgen in ihrem Hals wurde immer schlimmer und sie konnte nichts mehr sehen. Hatte sie sich mit einer der Zutaten vertan? Es war ja immerhin mehr als sechs Jahre her, dass sie sich das Rezept hatte merken müssen. Oder war die Dosis zu hoch gewesen? Im Moment war ihr eher, als ob ihre Seele ihren Körper verlassen wollte und nicht ein eventuell vorhandenes ungeborenes Kind. Sie sah den Teufel wieder, der sich in ihr versteckt hatte. Er sprang auf ihrem Bauch herum und lachte. Schließlich konnte sie nicht mehr anders. Sie sprang aus dem Bett auf und lief, immer noch blind, zum Fenster. Dort übergab sie sich einfach nach draußen, bis nichts mehr in ihr drin war. Sie wischte sich mit der Hand über den Mund und langsam kam das Licht zurück, auch wenn es nur der letzte Lichtschimmer des Tages war. Aber sie konnte wieder etwas sehen. „Mist. Nun muss ich es noch einmal versuchen." murmelte sie vor sich hin und ging in die Ecke zurück. Sie setzte sich an die Wand, zog die Beine an und wartete einen Augenblick, als sich die Tür direkt vor ihr öffnete und die Bäuerin mit einem Talglicht in den Raum kam.

Der helle Schein brannte in ihren Augen und sie musste die Hand vor die Augen ziehen. „Was ist?" fragte die alte Frau, die sicherlich gehört hatte, wie sie sich übergeben musste. Schließlich lagen die Räume nebeneinander und die Fenster trennten gerade einmal drei Schritte. „Nichts. Alles gut." antwortete Barbara schwach und stützte sich wieder auf. Für einen Moment war es ihr auch egal gewesen, das ihr Hintern noch wie Feuer brannte, als sie sich gerade eben auf die Dielen gesetzt hatte, doch nun musste sie wieder aufstehen. Mit dem Licht kam auch ihr Körpergefühl zurück. Die Tür schloss sich wieder und sie war im Dunkeln alleine. Sie kniete sich in die Ecke und holte den Becher hervor. Schnell zerrieb sie ein paar der Kräuter und füllte etwas Wasser auf, dass sie in einem Krug neben dem Bett stehen hatte. Würde es diesmal besser gehen? Es waren weniger Kräuter als zuvor. Würden sie aber für die gewünschte Wirkung ausreichen?

116

Barbara hielt sich die Nase zu und kippte das Getränk hinunter. Auch diesmal würgte es sie im Hals, aber es war auszuhalten. Als sie dann endlich im Bett lag, spürte sie, wie das Getränk heiß durch ihren Körper lief und alles herausholte, was da nicht hinein gehörte. Sie spürte den kleinen Tod in sich und für einen Augenblick überkam sie eine Traurigkeit, doch dann wurde es besser. Mit einem Lächeln auf den Lippen schlief sie schließlich ein.

28. Kapitel

Aufschlussreiche Post

Schon seit einigen Monaten pflegte er einen regen Austausch mit dem Dominikanermönch Heinrich Kramer, der ja im selben Mönchsorden war, wie er selbst, und als Inquisitor im Lande unterwegs war, um die Hexen und Zauberer zu bekämpfen, wo immer er ihrer habhaft werden konnte. Auf seinen Streifzügen traf er immer wieder auf die schädlichen Auswirkungen, die diese Männer und Frauen verursacht hatten. Er schrieb über seine Prozesse und der Pfarrer über die seinigen. Ihre Ansichten und Einstellungen glichen sich fast überall, außer in einem Punkt: während bei Bruder Heinrich Kramer die geistliche Seite weit vorn stand, war es bei ihm meist eher die finanzielle Seite. Das machte dann natürlich auch einen Unterschied bei der Auswahl der Hexen. Seine waren eher wohlhabend und die des Bruders Heinrich meist mittellose Frauen.

Ihnen beiden war aber eines mit Gewissheit klar, die Frauen waren die Hexen! Nur selten gab es einen Mann und auch nur dann, wenn er von einem Weibe umgarnt worden war. In vielen Briefen schrieben sie sich darüber, warum das wohl so war und Bruder Heinrich bezeichnete die Weiber immer nur als Einfallstore des Teufels. Ihr Leib war wie dafür geschaffen, um mit dem Teufel in Buhlschaft zu gehen. Einem Manne war das nicht möglich.

Einem seiner Briefe hatte Bruder Heinrich eine Abschrift einer vom Papst Innozenz dem Achten im Vorjahr unterzeichnete Bulle beigelegt. Darin ermächtigt der Papst die beiden Inquisitoren, Heinrich Kramer und Jacob Sprenger, gegen die Hexen auch gerichtlich vorzugehen. Nach der Aussage des Papstes war Widerstand gegen dieses Vorgehen Ketzerei und konnte damit verfolgt werden. Nun hatte der Pfarrer also sogar ein Schreiben des Papstes, mit dem er sein Vorgehen überall rechtfertigen konnte. Ketzerei war noch viel schlimmer als Hexerei. Als Hexe konnte man, wenn man Reue zeigte, noch mit dem Leben davon kommen, was bei ihm seltsamerweise noch nie vorgekommen war, doch Ketzer konnte keine Reue zeigen. Das war vollkommen ausgeschlossen und wer erst einmal als Ketzer überführt war, der war schon tot.

Damit konnte man also schlussfolgern: wer einen Hexenprozess verhindern wollte, oder eine Hexe in Schutz nahm, der war ein Ketzer und musste sterben! Mit diesem Schreiben hatte der Pfarrer nun etwas in der Hand, um die weltlichen Gerichte auf seine Ansichten einzuschwören. Manchmal hatten diese seine Urteile wieder aufgehoben. Mancher Richter bezweifelte sogar, dass es überhaupt Hexen gab. Mit dieser Bulle war diese Ansicht nun Ketzerei und damit konnte er den Richter selbst auf den Scheiterhaufen bringen. Weil aber diese Richter seine Urteile bestätigen mussten, da sie ja auch für die darauf folgenden Hinrichtungen zuständig waren, konnte er nun viel leichter das Recht der Kirche durchsetzen.

Da ja jetzt im Winter meist keine Hexenprozesse geführt wurden, konnte er sich in aller Ruhe mit dem fernen Freund austauschen. Auch wenn die Briefe eine Weile brauchten. Meist waren zwei oder drei unterwegs, bevor er auf den ersten davon eine Antwort erhielt und manchmal enthielt einer eine Antwort auf eine Frage, die den Briefpartner noch gar nicht erreicht haben konnte. Nur für diese Briefe hatte er einen Boten, der mit seinem Pferd dann immer am nächsten Morgen bereitstand, wenn er in der Nacht einen Brief geschrieben hatte und an seinem Ziel bekam er dann immer eine Antwort, manchmal auch schon zwei Briefe, um diese dann zurück zum Pfarrer nach Leipzig zu bringen.

Abends am Feuer dachte er aber an manchen Tagen auch an Johanna und was diese wohl gerade machen würde. Er verfolgte das, was da in dem Dorfe passierte, nur passiv durch die Beichten der Bäuerin. Die ihm jeden Sonntag nach dem Gottesdienst erzählte, was in der jeweiligen Woche passiert war. Sie erzählte ihm von der Buße, die sie dem Mädchen täglich auferlegte und von der Kette, mit der sie sie an die Scheune angekettet hatte. Nur in der Kirche war Johanna leider schon eine ganze Weile nicht mehr gewesen. Wenn er dann aus seinem warmen Zimmer in den Schnee hinaus schaute, fragte er sich, ob es nicht besser gewesen wäre, sie in der Stadt zu lassen, wo er sie immer wieder sehen konnte. Doch die Entfernung entfachte nur seine Leidenschaft mit noch mehr Feuer. Dann stand er aus seinem Stuhl auf und holte sich das zerrissene Kleid. Der Duft war schon lange verflogen, aber die Erinnerung machte es für ihn nur noch schöner und stärkte die Zuversicht, dass so ein kalter Winter und die tägliche Buße sicherlich ihren Willen brechen würden. Vielleicht konnte er im Frühjahr schon zum nächsten Schritt übergehen.

Jetzt konnte er in Ruhe einen Plan machen und sich die nächsten Schritte überlegen. Aber meist legte er sich nur mit dem Kleid in sein Bett und träumte von den paar Augenblicken, die sie zusammen hatten. Seine dann aufsteigende Erregung konnte er dann an einer seiner beiden Mägde abreagieren, die ihm zu Diensten sein mussten. Dabei dachte er dann, dass Johanna ihn wohl in ihren Bann gezogen hatte. War das etwa Hexerei? Sie war die Tochter einer Hexe! Da war es mehr als wahrscheinlich, dass sie daher einen Einfluss auf ihn ausüben konnte. Er hätte schon auf diesen bloßen Verdacht hin sofort einschreiten können, aber irgendetwas hielt ihn zurück.

Vielleicht war es die Tatsache, dass er sie verlieren würde, wenn er sie der Ketzerei oder Hexerei beschuldigen würde. Dann hätte er sie für immer verloren, jetzt war sie einfach nur woanders. Und er wusste auch nicht, ob seine Leidenschaft ihn nicht übermannen würde, wenn er ihr gegenüber stand.

Er dachte zurück an die Gottesdienste, in denen sie direkt vor ihm gesessen hatte und er zum Glück hinter dem Altartisch stehen konnte, der ihm bis zur Hüfte ging. So konnte das Möbelstück seine Erregung verbergen. Doch so von Mann zu Frau? Er hatte sich schon immer zusammen reißen müssen, wenn er zum Ende des Gottesdiensts ihr die Hostie geben musste. Einmal hatte er unbeabsichtigt ihre Hand berührt. Heute noch bekam er bei dem Gedanken daran eine Gänsehaut. Er setzte sich zurück an seinen Schreibtisch und verfasste einen neuen Brief an Bruder Heinrich. Der Titel „Der weibliche Schoß, das Einfallstor des Teufels!"

29. Kapitel

Einem Bild gefolgt

Immer wenn Hans in der Werkstatt stand, fühlte er sich beobachtet und immer wenn er sich dann umdrehte, sah er in die Augen des Bildes, dass er gemalt und in die Ecke gestellt hatte. Seit seiner Rückkehr hatte er Johanna nicht mehr gesehen. Manchmal schaute er das Bild an und ging in eine innere Zwiesprache mit der jungen Frau, die er vor mehr als fünf Jahren noch auf seinen Armen getragen hatte. Wenn er ehrlich war, so war er auch wegen ihr hierher zurückgekommen. Arbeit hätte er überall finden können. Mit dem, was er konnte, hätte er bei einem Meister in einer anderen Stadt sicher ein gutes Auskommen gehabt und danach vielleicht die Tochter des Meisters heiraten können. Vielleicht wäre er dann jetzt schon Meister mit einer eigenen Werkstatt, denn nur so wurden die begehrten Meisterbetriebe weiter gegeben. Kein Auswärtiger konnte einfach so in eine Stadt kommen und sagen „Hier bin ich. Ich bin ein Meister!" Nein, man musste jemanden kennen und noch besser, die Tochter eines Meisters finden, der keinen Sohn hatte.

Gerade jetzt im Winter hatte er viel Zeit zum Überlegen. Er fragte sich, wo sie war und ob es ihr dort gut ging. Gern hätte er nach ihr gesucht, nur wo? Wer konnte es wissen? Vielleicht die Stiefmutter von Johanna? Doch würde er dort, in dem Hause, nicht auch auf Karl treffen, der ja nicht so gut auf seine Tochter zu sprechen war? Hans stellte sich vor das Bild und sah in die Augen der Frau „Wo bist du?" fragte er laut in den Raum hinein, aber selbstverständlich antwortete das Bild nicht auf seine Frage. Genau in diesem Moment öffnete sich die Tür und sein Vater betrat den Raum. Schnell zog Hans ein Tuch über das Bild, dass er extra dazu in der Nähe abgelegt hatte, doch Siegbert hatte schon gesehen, was sein Sohn da gerade gemacht hatte. Auch er konnte die Reaktion von Karl nicht verstehen, aber er hatte ja auch nur einen Sohn, an den er jetzt heran trat.

„Wo könnte ich sie finden?" fragte Hans und Siegbert dachte einen Moment nach, dann antwortete er, so als ob er die vorherigen Gedanken seines Sohnes erraten hätte, „Ich gehe dann mit Karl in die Schänke. Vielleicht erfährst du etwas bei ihm zu Hause." „Danke dir." antwortete Hans und sah seinem Vater hinterher, der gerade wieder die Werkstatt verließ. Jetzt im Winter war nicht allzu viel zu tun, so dass er bereits kurz vor dem Mittag in die Schänke gehen konnte. Die paar Arbeiten, die momentan anstanden, erledigten die Gesellen und so hatte Siegbert dafür Zeit. Anscheinend ging es Karl genauso.

Hans griff sich den Mantel, den er neben dem Eingang zur Werkstatt abgelegt hatte und wartete noch einen Moment, er sah zurück zu dem, nun sicher mit dem weißen Tuch verhüllten, Bild. Er wollte sie finden, seine Liebe aus Kindertagen. Was er dann machen wollte, wenn er sie erst mal gefunden hatte, das war ihm noch nicht klar, aber das würde er schon sehen, wenn er in ihre Augen sehen konnte und sie ihm eine Antwort gab. Der Mann verließ den Raum, zog die Tür sorgfältig in das Schloss und machte sich auf den kurzen Weg, den er als Kind schon oft gelaufen war. Es waren ja nur ein paar Häuser, bis zum Hof des Kontors, in dem sie als Kinder fast jeden Tag miteinander gespielt hatten. Kurz musste er in einem Hauseingang verschwinden, weil sein Vater ihm mit Karl entgegenkam. Aber die Beiden hatten ihn nicht bemerkt.

Wenig später war er dann an der altvertrauten Tür. So vieles hier war ihm noch vertraut. Zögerlich klopfte er an und kurz danach wurde ihm geöffnet. Johannas Stiefmutter stand, mit ihrer jüngsten Tochter auf dem Arm, in der offenen Tür. Für einen Moment wusste er nicht, ob er wirklich fragen wollte, oder schnell wieder gehen sollte. „Mein Mann ist nicht da." sagte die Frau, denn es war ja eher untypisch, wenn nicht sogar verwerflich, wenn ein Mann das Haus betrat, kurz nachdem der Ehemann es verlassen hatte. Wenn eine Nachbarin dies sehen würde, so wäre das Gerücht in der Welt und damit konnte es gefährlich für die Ehefrau werden.

Hans schüttelte den Kopf, aber bevor er etwas sagen konnte, kam die Amme an die Tür und bat ihn in das Haus. Im Haus setzte er sich in die Küche und die beiden Frauen blieben in dem Raum. „Wisst ihr etwas von Johanna?" fragte er und die Amme schüttelte den Kopf. Johannas Stiefmutter überlegte kurz, vermutlich ob sie antworten sollte, dann begann sie „Ich habe sie im Herbst das letzte Mal gesehen. Sie lebt bei einem Bauern, außerhalb Leipzigs, als Magd. Wo, das wollte sie mir nicht sagen. Ich hoffe es geht ihr gut. Ich konnte nichts für sie tun. Karl ..." ihre Stimme stockte, aber Hans hatte schon verstanden. Er nickte und bedankte sich.

„Ich habe ein Bild von ihr gemalt und erst später gemerkt, dass ich sie gemalt habe." sagte Hans und stand auf „Darf ich es sehen?" fragte die Stiefmutter und Hans nickte. „Es steht in meiner Werkstatt." sagte Hans und die Amme antwortete „Ich weiß wo das ist und zum Markttag kommen wir bei dir vorbei." Er nickte und sagte „Danke." „Ich bringe dich zur Tür." sagte die Amme und begleitete ihn durch die Räume nach draußen. Es waren auch hier altbekannte Wege. Wie oft hatte ihm die Amme hier in der Küche ein Stück Brot gegeben? Auch wenn er fünf Jahre älter als Johanna gewesen war, so hatte er sie doch schon sein Leben lang gern gehabt. Das wusste er nun erst wirklich.

Die Amme trat an den Eingang und legte die Hand auf die Klinke. Sie nickten sich beide zu und dann schob sie die Tür auf. Demonstrativ kam sie mit Hans auf den Hof vor das Haus, so dass eventuell nachsehende Nachbarinnen nur sie verdächtigen würden und nicht Johannas Stiefmutter. Hans machte sich auf den Weg zu seiner Werkstatt und zog dort das Tuch vom Bild „Wo bist du?" fragte er wieder, aber darauf hatte er an diesem Tag keine erschöpfende Antwort erhalten.

30. Kapitel

Schneegedanken

Sie hockte zitternd in ihrer Scheune. Die Arme um die Schultern geschlungen, saß Johanna in dem Dämmerlicht dieses eher bescheidenen Baues. Nach draußen hätte sie zwar gekonnt, die Kette reichte ja ein paar Schritte vor die Tür, aber was sollte sie dort? Zu arbeiten gab es für sie nichts und nur im Schnee herum zu stehen, das war auch nicht so eben eine schöne Angelegenheit. Zumal sie auch keine Schuhe mehr hatte. Ihre Alten waren kaputt gegangen und die Bäuerin hatte es als Verschwendung angesehen, ihr ein paar neue zu überlassen. Schließlich konnte Johanna ja höchstens bis zum Brunnen oder zur Latrine neben der Scheune gehen. Der Umkreis von maximal dreißig Schritten war nun ihre Welt.

Im Herbst hatte sie sich oben eine Höhle gegraben und eingerichtet. Dumm nur, dass sie nun im Januar, im sechsten Monat schwanger, nicht mehr in der Lage war, die Leiter nach ober zu bewältigen. Seit zwei Wochen schlief sie nun unten. Es war ein trostloses Leben, nichts zu tun und den ganzen Tag nur darüber nachgrübeln, was gewesen war und was hätte sein können. Sie hatte sich im vergangenen Jahr öfters darüber Gedanken gemacht, sich einfach mit der Kette in der Scheune zu erhängen. Einfach irgendwo von oben herab springen und gut. Aber selbst dazu war sie nun nicht mehr in der Lage. Stattdessen saß sie hier unten im Stroh und fror sich die Seele aus dem Leib. Wenn da überhaupt noch eine war.

Ein Gutes hatte der Winter allerdings: der Bauer ließ sie in Ruhe. Seit Schnee lag und es so kalt war in der Scheune, ließ er lieber die Hosen an. Nun übernahm die Bäuerin jeden Tag die Buße, aber das machte ihr schon gar nichts mehr aus. Sechs Monate, jeden Tag den Hintern grün und blau geschlagen zu bekommen, das hatte die Haut auf ihrem Hinterteil fast zu Leder, und damit beinahe unempfindlich für die Schläge, werden lassen. Was natürlich die Bäuerin nicht so glücklich machte, denn nach ihrer Vorstellung musste eine Buße auch wehtun. Sonst konnte sie nicht wirken. Die Bäuerin hatte ja nun in ihrem Haus auch Zeit, sich für das kommende Jahr etwas zu überlegen, was sie ihr als neue Buße auferlegen konnte.

Auch Barbara ließ sich nur selten in der Scheune sehen. Eigentlich nur, um Stroh für die paar Kühe zu holen, oder abends zur Bestrafung zu kommen. In beiden Situationen stand der Magd nicht der Sinn nach Unterhaltung. Johanna fühlte sich immer mehr ausgegrenzt und von allem ausgeschlossen. Sie genoss die paar Augenblicke, wenn sie abends zum Essen in die geheizte Hütte durfte. Nur kurz aufwärmen, um sich dann wieder in das Stroh zu wühlen, wie all die Mäuse, die sie rings um sich manchmal piepsen hörte. Oft sprach sie mit den kleinen Nagern und diese schienen ihr zuzuhören. So hörte sie wenigstens den Klang ihrer Stimme nicht nur bei ihrem Gebet auf dem Prügelbock.

All das ließ die Kälte in ihre Seele hinein und es gab nur wenig Trost für sie. Warum war sie noch am Leben? Und schon wieder diese unnützen Gedanken. Vielleicht sollte sie sich einfach nach draußen in den Schnee legen? Einfach einschlafen, erfrieren und gut? Aber etwas hielt sie in der Scheune und im etwas wärmeren Stroh, aber das war nicht die Kette, sondern ein kleiner Funken, der tief in ihr glühte und sie am Leben zu erhalten versuchte. Derselbe Funke, der sie im Herbst daran gehindert hatte, von oben herab in den Tod zu springen.

Das Kind in ihr wuchs auch langsam heran, aber sie hatte dazu gar keinen Bezug. Es kam ihr wie ein Fremdkörper vor, der da in ihr steckte. Was würde im Frühling sein, wenn es auf der Welt war? Würden sie dann beide hier drin in der Scheune an der Kette hängen? Sie wusste es nicht und es war ihr eigentlich egal. Wenn es nur erst einmal aus ihr raus war! Aber was dann? Vielleicht würde sich die Bäuerin darum kümmern, oder Barbara. Ihr war es egal. Nur diese Schmerzen endlich loswerden, denn jeden Tag auf dem Bock drückte der Bauch gegen das Holz und die Bäuerin bestand darauf sie festzubinden. Johanna hätte es gereicht, wenn sie sich nur darauf abstützen würde, aber das ging eben nicht. Tränen hatte sie schon lange nicht mehr. Die hatte sie im ersten Monat ihrer Verbannung in diese Scheune restlos verbraucht.

Eigentlich wollte sie nicht mehr darüber nachdenken, was damals passiert war und dabei war nachdenken das Einzige, was sie noch machen konnte. Den ganzen Tag konnte sie hier sitzen, oder liegen, und nachdenken. Ihre Gedanken jagten immer nur im Kreis um sie herum. Was wäre gewesen wenn? Was wäre gewesen, wenn sie einfach ein paar Augenblicke früher den Markt verlassen hätte? Oder zur Seite gegangen wäre? Wäre sie dann jetzt noch zu Hause? Wohl eher nicht! Sie wäre verheiratet und die Ehefrau eines anderen Kaufmannes gewesen. Wahrscheinlich in einem anderen Haus gefangen, aber da wäre es sicher im Winter warm gewesen.

Sie wickelte sich fester in die alte zerlumpte Decke, die ihr die Bäuerin gegeben hatte und die nun ihr wertvollster Besitz war. Eingehüllt vom Stroh sah sie den Wasserkrug vor sich, der manchmal in der Nacht, nur zwei Schritte entfernt von ihr, einfror. Barbara brachte ihr abends immer das Wasser aus der Hütte mit, so dass sie etwas in der Nacht zu trinken hatte, aber meist war das Wasser schon gefroren, bevor es draußen richtig dunkel geworden war. Eine Mahlzeit am Tage musste ihr reichen und manchmal brach sie sich ein Stück Eis aus dem Krug, um es langsam im Mund wieder auftauen zu lassen.

Alles auf der Welt war besser als das hier! Wenn ihr jemand die Hand gereicht hätte und zu ihr gesagt hätte „Komm mit!" sie hätte nicht gefragt wohin, sie wäre mitgegangen. Schlimmer konnte es nicht mehr werden. Selbst der Tod wäre eine Erlösung gewesen. Und schon wieder dieselben Gedanken. Sie legte sich zur Seite und versuchte zu schlafen, doch wenn man den ganzen Tag nur ausruhte, so kam auch nachts nicht der erlösende Schlaf, sondern die Gedanken drehten sich weiter. Tiefer wühlte sie sich in das Stroh, bis sie vollkommen davon bedeckt war. Konnte das nicht alles enden?

31. Kapitel

Ketzerische Gedanken

Es war ein ganz schön kalter Winter. Die Fensterläden hatten sie Ende des Herbstes vernagelt und mit Stroh abgepolstert. Erst im Frühjahr würde wieder frische Luft herein kommen können. So konnte sie natürlich auch die Scheune nicht sehen. Die Tage waren kurz, Arbeit gab es nur wenig für Barbara und so ging sie nur in diese Scheune hinüber, wenn sie es musste. Am Tag um Stroh zu holen und abends um Buße zu tun, die ihr immer noch täglich auferlegt wurde. Dabei traf sie immer auf Johanna, die sich dort drin in das Stroh eingewühlt hatte. Es war verdammt kalt in dem zugigen Strohlager. In ihrer Großzügigkeit hatte die Bäuerin Johanna eine alte, löchrige Decke gegeben, in die sich die Freundin wickelte, wenn sie ihre Höhle mal verlassen musste.

Jetzt war die Zeit, in der sie früher bei ihrer Mutter am Feuer gesessen hatte und den Geschichten zugehört hatte. Die Frau hatte ihr viele Kräuter erklärt. Der Bauer, bei dem sie damals gelebt hatten, war gütig und nicht so streng gläubig gewesen, wie der jetzige. Dort hatten alle zusammen in der Küche gesessen und Wirkungen von Trunken ausgetauscht. Hier traute sie sich nicht einmal, die Blätter zu zeigen, die sie im Herbst in ihrem Versteck verwahrt hatte. Um den Geruch der, langsam unter dem Dielenbrett trocknenden, Blätter zu überdecken, hatte sie einen alten stinkenden Käse in ihr Zimmer gelegt, das hatte einigermaßen geholfen, war aber nicht wirklich eine gute Idee gewesen. Innerlich fluchte sie darüber, dass sie bei diesen beiden Leuten hier gelandet war und nicht bei jemanden, mit dem sie sich austauschen konnte.

Seit draußen Schnee lag, hatte sich der Bauer auch in der Scheune nicht mehr an ihr vergangen, aber er kam nun nachts in ihr Zimmer. Es störte ihn offensichtlich nicht, dass seine Frau im Nebenzimmer lag und alles mit anhören musste. Aber was hätte sie tun können? Der Mann hätte sogar das Recht gehabt, vorausgesetzt, dass die Magd schwanger geworden wäre, die kinderlose Frau von heute auf morgen vor die Tür zu setzen. Schließlich ging es bei einer Heirat nur um Kinder und Erben. Keine Kinder, keine Ehe! So einfach. Es hätte keinen Richter bedarf und wenn doch, so hätte jeder zu Gunsten des Mannes entschieden.

Barbara wollte es nicht, aber was konnte sie dagegen tun? Wenn selbst seine Ehefrau kein Recht gehabt hätte, ihn zu stoppen, so war es ihr als Magd gänzlich unmöglich, sich ihm zu entziehen. Unter seinem Dach war er ein kleiner König. Alle anderen hatten zu gehorchen. Und schweigend zu dulden. Das Oberhaupt der Familie! Jeden Sonntag rannte er in die Kirche und danach stieg er zur Magd in das Bett. Aber das war normal. Im umgekehrten Falle hätte er seine Frau steinigen, oder aus dem Haus werfen können. Was den Männern ihr Recht war, das verwehrten sie den Frauen. Der Pfarrer sprach zwar jeden Sonntag von Sünde und Buße, aber Barbara hatte gesehen, dass in der hintersten Reihe der Kirche seine beiden Geliebten saßen. Jeder wusste es, alle tuschelten darüber, aber niemand wagte es, dies offen anzusprechen. Hätte es was genützt? Vermutlich nicht, oder man wäre einfach wegen Ketzerei zum Tode verurteilt worden. Obwohl man ja nur die Wahrheit gesagt hatte.

Sie schlief dementsprechend schlecht, denn sie hörte in der Nacht immer auf das leise quietschen der Tür zu ihrem Zimmer. Jeden Sonntag, obwohl es da eigentlich verboten war, am Tag des Herrn bei den Frauen zu weilen, aber der Bauer störte sich da kaum daran, und in einigen Nächten zwischen den Sonntagen auch noch, kam er zu ihr herüber. In der ersten Nacht hatte sie noch versucht sich zu wehren, schließlich war sie ja hier im Bett nicht festgebunden, wie sie es sonst in der Scheune gewesen war, doch der Mann war viel stärker als sie. All ihr strampeln hatte es nur noch schlimmer für sie gemacht und darum hatte sie es einfach aufgegeben und ihn machen lassen. Doch tief in ihr machte sich eine Wut breit, die sie in der Scheune nicht gespürt hatte. Irgendwie war das seltsam. Vielleicht, weil sie ihn dort nicht ansehen musste? Oder was war der Grund dafür? Die Gewalt und die Tat war doch dieselbe. Am Anfang hatte sie sich noch dafür geschämt, so wie es sicher auch Johanna gegangen war, darum hatte sie ihr damals auch nichts von der sonntäglichen „Buße" erzählt, doch dann, hier im Winter, war dieses Gefühl der Scham einfach der Wut gewichen.

Die Magd konnte aber auch verstehen, dass die Bäuerin ihre Wut nicht an ihrem Mann ausließ, sondern an ihr. Sie spürte es jeden Abend in der Scheune, dass die Frau in diesen Momenten nicht sie, sondern ihren Mann vor sich sah. Sie konnte es verstehen, aber weh tat es trotzdem. Nicht er musste seinen Hintern hinhalten, sondern sie. Und das auch noch im doppelten Sinne. Aber das war nun mal in manchen Höfen das Los der Mägde. Knechte hatten es da wesentlich besser. Frauen waren nichts Wert, Mägde schon viel weniger und die drüben in der Scheune frierende Johanna gleich gar nicht. Die Freundin stand ganz unten auf der untersten Stufe des Systems. Da waren dem Bauern seine Kühe noch mehr wert, als Johanna.

Als Barbara eines Nachmittages mit der Bäuerin beim Flicken der Sachen in der Küche saß, dachte sie an Johanna und merkte dabei, um wieviel besser es ihr hier in der Hütte ging, auch wenn sie hier dem Bauern immer ausgeliefert war. Sie musste sich vorsehen, damit sie nicht mit einer Kette um den Hals bei der Freundin nebenan in der Kälte saß. Aber war ihr das die Sache wert? Vielleicht sollte sie weglaufen? Nur wohin? Und dann noch mitten im Winter. Der Bauer kam gerade aus dem Stall und ging an das Feuer, um sich zu wärmen. Er rieb sich die klammen Hände über dem Feuer. Barbara sah zu ihm auf. Sicherlich machte er sich keinen einzigen Gedanken darüber, wie es wohl Johanna in der Scheune ging. Ihm ging es hauptsächlich um sein eigenes Wohlergehen und da gehörten die drei Frauen einfach dazu.

Er drehte sich zu ihr um und sah sie an. Dann hob er seine Hand und zeigte wortlos auf sie und dann auf die Tür zu ihrem Zimmer. Was er wollte, das war ihr sofort klar. Er wollte sie. Barbara legte das Kleidungsstück zurück auf den Tisch und schob den Hocker zurück. Langsam erhob sie sich und verließ den Raum, er folgte ihr. Sie sah zurück und blickte in die zornerfüllten Augen der Bäuerin. Dann fiel die Tür hinter dem Bauern in das Schloss.

32. Kapitel

Zwei oder drei Todsünden?

Und wieder ballte sie die Fäuste zusammen. Sie lag im Bett und hörte, wie ihr Mann zur Magd in das Nachbarzimmer ging. Er machte das noch nicht einmal leise, sondern es war ihm egal, was sie darüber dachte. Wenn man sich eine Sünderin unter sein Dach holte, so war die Sünde nicht weit. Ihr Mann gab sich gerade der Todsünde der Wollust hin, wie sie aus dem Zimmer der Magd hören musste, und bei ihr stieg der Jähzorn hoch. Was sollte sie tun? Konnte sie etwas tun? Sie war nun achtunddreißig Jahre alt und war in ihrer zwanzig Jahre dauernden Ehe kinderlos geblieben. Schon alleine das konnte dazu führen, dass ihr Mann sie aus dem Haus warf. Es würde sogar dazu reichen, sie als Hexe auf den Scheiterhaufen zu bringen, wenn der Mann es geschickt anstellen würde. Da die beiden Mägde noch nicht so lange da waren, konnte sie auch keiner der Beiden die Schuld dafür in die Schuhe schieben.

Sie spürte, wie ihr die Tränen über die Wangen liefen, aber es waren nicht Tränen der Trauer oder Angst, sondern welche des Zornes. Die Wut und die Hilflosigkeit fraßen sich durch ihren Körper. Sie lag nur da und musste mit anhören, wie er sich lautstark an der Magd verging. Noch nicht mal das Zuhalten der Ohren half ihr dabei. Machte er das etwa absichtlich, um sie noch weiter zu demütigen? Wann war er das letzte Mal ihr so nahe gewesen? Sie konnte sich nicht mehr daran erinnern und dann sollte sie schwanger werden? Vermutlich würde die Magd ihm im nächsten Jahr ein Kind zur Welt bringen und dann war es für sie vorbei. Dann wäre sie die Magd und die Magd die Bäuerin!

Kam nun auch noch Neid dazu? Neid darauf, dass die Magd erhielt, was ihr Mann ihr schon so lange vorenthielt? In der Kirche hatte sie immer im Gottesdienst gehört, dass es die sieben Todsünden gab. Hochmut, Geiz, Wollust, Jähzorn, Völlerei, Neid und Faulheit. Zwei davon hatte sie gerade festgestellt. Oder waren es nun schon drei? Bevor sie diese Frau da drüben in der Scheune aufgenommen hatten, war alles noch in Ordnung gewesen. War es etwa eine Prüfung des Pfarrers gewesen, ob sie stark im Glauben waren? Oder ob sie sich von der jungen Frau beeinflussen ließen? Wenn es eine Prüfung gewesen war, dann hatten sie sicher versagt! Wie sollten sie wieder auf den rechten Weg zurückfinden? Auf den Weg des Glaubens? Die Tür öffnete sich und ihr Mann kam zurück in das Bett. Wenige Augenblicke später schnarchte er neben ihr und sie grübelte weiter, was zu tun sei. Vielleicht hatte der Pfarrer eine Antwort? Schließlich hatte er sie in diese Situation gebracht. Am übernächsten Tag war wieder Sonntag und da würde sie ihn einfach nach der Beichte danach fragen. Sie schloss die Augen und schlief ebenfalls ein.

In der Kirche betrat sie die kleine Kabine „Vergib mir Vater ich habe gesündigt." begann sie und erzählte von ihrem Zorn. Der Pfarrer hörte geduldig zu, wie sie ihm alles erklärte und dann begann er sie weiter zu befragen. Doch sie wollte keine Antworten geben, sie wollte welche hören! Daher erzählte sie nur das Nötigste und auch nicht von ihrem Mann und der Magd. Auch die Schwangerschaft der Sünderin verschwieg sie. Notgedrungen begann der Pfarrer ihr zu erklären, wie sie mit Buße zurück auf den rechten Weg kommen konnte und dass auch ein Ablassbrief helfen konnte. Oder besser zwei, einen für sie und einen für ihren Mann, sonst würden sie beide für ihre Sünden in der Hölle schmoren. Die Frau zuckte zusammen. Die schrecklichen Bilder neben dem Altar hatten ihr einen solchen Schrecken eingejagt, als sie diese zum ersten Mal gesehen hatte. Da wollte sie niemals hin!

„Wieviel muss ich für einen solchen Brief bezahlen?" fragte sie „Wieviel ist dir die Erlösung aus der ewigen Verdammnis wert?" fragte der Pfarrer zurück und sie schwieg. Sie wollte nicht von einem Teufel bei lebendigen Leibe gefressen werden oder in kochendes Blei getaucht werden und das immer und immer wieder, bis an das Ende aller Tage.

„Für dein Vergehen musst du 30 Kreuzer zahlen, für das deines Mannes auch. Dafür würde euch die ewige Verdammnis erspart bleiben." erklärte der Pfarrer, nachdem er eine Weile geschwiegen hatte. „Das ist ja ein ganzer Gulden für uns beide zusammen. So viel Geld!" brach es aus ihr heraus. „Ist dir deine Seele dieses kleine Opfer nicht wert?" fragte der Pfarrer und sie ging in sich „Ich werde mit meinem Mann sprechen." sagte sie zum Schluss und verließ die kleine Kabine wieder.

Wie sollte sie das ihrem Mann erklären? Ein ganzer Gulden! Dafür bekam man zwei Dutzend Hühner und behielt sogar noch etwas zurück! Da sie ja kein Geld besaß, sondern alles ihrem Mann gehörte, musste sie ihn darum bitten. Doch würde er auf ihr Ansinnen eingehen? „So viel Geld!" murmelte sie vor sich hin und sah ihren Mann an einer der Säulen stehen, direkt neben dem Bild mit der Darstellung der Hölle. Sie wartete, bis er ganz alleine dort stand, dann trat sie an ihr heran und zeigte auf das Bild „Dort bringt uns deine Wollust hin!" sagte sie und sah, wie der Zorn in sein Gesicht stieg. Offensichtlich musste er sich sehr beherrschen, sie nicht hier in der Kirche sofort zu schlagen. „Das ist keine Wollust. Das ist mein gutes Recht!" zischte er sie durch die Zähne an. „Ich will nicht in die Hölle!" sagte sie und nun brach es aus ihrem Manne heraus. Ein Schlag traf ihr Gesicht und sie ging vor dem Bild zu Boden.

Sofort war der Pfarrer zur Stelle. „Halte ein! Du begehst eine Todsünde im Hause des Herrn! Dein Jähzorn sollte hier ruhen!" rief der Gottesmann. Sie sah zu ihrem Mann auf und dieser begriff wahrscheinlich gerade, was er gemacht hatte. Nun sah auch er auf das Bild. „Was kann ich als Wiedergutmachung tun?" fragte er den Pfarrer. Der Kirchenmann zeigte auf die Kiste mit den Ablassbriefen und hielt die Hand auf „Einen Gulden!" sagte er nur und zähneknirschend zog der Mann das Geldstück aus dem Beutel. Dafür erhielt er zwei der gesiegelten Briefe und steckte sie ein. Ohne seine Frau noch einmal anzusehen verließ er die Kirche und sie erhob sich nach ein paar Augenblicken wieder. „Gehe hin und sündige nicht mehr!" sagte der Pfarrer zum Abschied zu ihr, dann fiel das Geldstück klimpernd in die Kiste.

33. Kapitel

Eine verschwendete Begabung?

ohanna sah, wie Barbara durch den Schnee zur Scheune kam, obwohl es noch gar nicht Abend war. Vielleicht konnte da ein Gespräch zustande kommen. Irgendwie fehlte ihr das. Die Magd blieb in der offenen Tür stehen und sah zu ihr herein. Langsam wühlte sich Johanna aus ihrer Höhle und zog danach Kleid und Decke um sich. Die andere Frau trat ein und setzte sich in das Stroh neben sie. Für einen Moment schwiegen sie, dann begann Johanna „Danke das du da bist." die Magd nickte und Johanna setzte hinzu „Was für eine Verschwendung." „Was meinst du?" fragte die Magd.

„Na ja. Ich habe bei meiner Mutter und bei Bärmuth mehr als zehn Jahre lang lesen, rechnen und alles über Kontorführung gelernt. Ich kann besser schreiben wie mein Vater. Ich kann Griechisch und Latein und nun?" erklärte Johanna und griff zu der Kette um ihren Hals. Dann rüttelte sie daran, dass es klirrte „Ich führe hier das Leben eines Hofhundes und darf Bellen, wenn der Bauer es mir befiehlt." setzte sie hinzu und die Magd schaute sie aufmerksam an „Wau, Wau." machte Johanna und beide lachten. „Ich kann nichts davon, aber bellen könnte ich auch." erklärte die Magd.

„Du kannst wirklich schreiben?" fragte sie und Johanna nickte. Sie seufzte „Zumindest konnte ich es vor einem halben Jahr noch." „Ich kann nicht mal meinen Namen schreiben." sagte die Magd „Aber ich kenne viele Kräuter." setzte sie leise hinzu und sah sich schnell um, ob sie jemand belauscht hatte. „Soll ich dir deinen Namen beibringen?" fragte Johanna und sah die leuchtenden Augen der Magd. Sie zog einen Strohhalm heraus und ging zur Tür.

Dort kniete sie sich hin und dann schrieb sie „B A R B A R A" in den Schnee „Nur drei Buchstaben, die sich alle ein oder zwei Mal wiederholen." erklärte Johanna und die Magd zog die Linie nach. „BARBARA" sagte sie und Johanna nickte. Krakelig versuchte es die Magd daneben auch. Es sah zwar furchtbar aus, aber die Freundin freute sich wie ein Kind über den Erfolg. Sie konnte nun etwas, was sonst keiner hier konnte.

Die Tür der Hütte, die ihnen direkt gegenüber lag, öffnete sich und der Bauer trat heraus. Schnell wischte Johanna die Schrift aus und zog sich in die Scheune zurück. „Na wenigstens lässt der mich jetzt in Ruhe." sagte sie und Barbara setzte seufzend hinzu „Dich schon, mich nicht." Johanna sah sie fragend an und Barbara erzählte „Er kommt nun immer in mein Zimmer. In der Nacht und manchmal auch am Tage und dann muss ich ihm zu Willen sein. Das Schlimmste daran ist, dass ich ihn dann ansehen muss. Hier drin" dabei zeigte sie auf das Gestell neben sich „Da bin ich immer festgebunden und muss ihn nicht sehen. Da kann ich an etwas Schönes denken, oder mich irgendwie ablenken. Aber da?" dabei zeigte sie auf die Hütte. Johanna legte ihren Arm um die Freundin und versuchte sie zu trösten, doch Barbara hatte sich schon wieder beruhigt. „Das wusste ich nicht." begann Johanna.

„Aber es fühlt sich gut an, wenn man jemanden zum Reden hat." sagte Barbara und Johanna nickte. Sie zog sich die Decke wieder um die Schultern „Mir ist kalt." sagte sie „Willst du mit in meine Höhle kommen?" fragte sie und zeigte auf das Loch im Stroh „Gern. Wenn ich darf." „Wenn dich meine Mitbewohner nicht stören." sagte Johanna lachend und Barbara sah sie fragend an „Wenn du ganz still bist, so kannst du sie piepsen hören." „Ach so. Die Mäuse!" sagte Barbara und beide lachten. Wenig später waren sie aneinander gekuschelt im Stroh, hielten aber die Hüttentür immer fest im Blick, damit sie der Bauer, der mittlerweile wieder in die Hütte zurück gegangen war, oder die Bäuerin nicht erwischen würden. Wer weiß was die denken würden. Zwei Frauen aneinander gekuschelt im Stroh!

„Das hat mir gefehlt. Warum machen wir das von nun an nicht öfters?" fragte Johanna, als sie so dort lagen. Es wurde richtig warm in dem Stroh, so dass sie sogar die Decke weglegen konnte. Endlich hatte sie jemanden, mit dem sie reden konnte und der sie offensichtlich auch verstehen konnte, schließlich machten sie jeden Abend dasselbe Martyrium durch. Die Magd nickte und setzte hinzu „Du könntest mir das Lesen beibringen und ich dir was von den Kräutern erzählen." „Da brauche ich aber ein Buch dazu. Sonst kann ich dir das Lesen nicht beibringen." „Wo bekomme ich ein Buch her?" fragte die Magd und schaute vor sich hin „Ich wüsste, wo welche sind. Aber da komme ich nicht mehr ran." sagte Johanna traurig und dachte an all die Bücher, die sie mit Bärmuth zusammen gelesen hatte.

„Und wenn du mir sagst, wie ich an die Bücher komme?" fragte Barbara und Johanna sah sie überrascht an „Ich darf ja nicht mehr in den Gottesdienst. Du schon. Kannst du mir ein Blatt Papier besorgen? Irgendein Stück?" fragte Johanna und sie Magd dachte nach „Papier?" murmelte sie leise. Sicherlich dachte sie gerade, wo sie zum letzten Mal ein Stück Papier gesehen hatte. Doch ihr fiel im Moment nichts ein. Nach einer Weile sagte sie „Manchmal hängen beim Gottesdienst Zettel an der Tür. Ich weiß nicht, was da drauf steht, aber ich könnte beim nächsten Mal einfach mal einen davon verschwinden lassen und ihn dir mitbringen." „Dann könnte ich etwas für Bärmuth darauf schreiben. Du gibst ihr den Zettel beim nächsten Gottesdienst und sicher wird meine Stiefmutter dir dann eines der Bücher mitgeben." „Und vorher könnten wir ja lesen, was auf dem Zettel drauf steht." setzte die Magd hinzu. Johanna nickte „Aber las dich nicht erwischen, wenn du den Zettel nimmst." sagte sie und die Magd schaute erschrocken „Wieso?" „Denke mal drüber nach. Eine Frau, die lesen kann?" „Da hast du Recht." sagte die Magd und nickte wieder. Drüben öffnete sich die Hüttentür und die Bäuerin trat aus dem Haus.

„Ich glaube, es ist Zeit für unsere tägliche Buße." sagte Johanna und zeigte auf die Frau. „Ja. Leider. Aber morgen komme ich wieder." sagte die Magd und beide Frauen krochen aus ihrem Versteck. Dann stellten sie sich an die Tür der Scheune und warteten.

34. Kapitel

Zeugin der Anklage

Der Richter schlug die Akte auf. „Schon wieder eine Anklage wegen Hexerei!" sagte er und las das Schriftstück durch. Dann schüttelte er den Kopf. Dieser Pfarrer musste verrückt sein. Solch einen nichtigen Grund anzugeben! Erst vor ein paar Monaten hatte er als Richter dieses Amt von seinem Vorgänger übernommen. Der alte Mann, der vor ihm auf diesem Stuhl gesessen hatte, hatte einfach unter alles sein Zeichen gesetzt, was der Pfarrer ihm hingelegt hatte. Nicht einmal Buch hatte er darüber geführt, wie viele Hexen und Ketzer es gewesen waren. Niemand konnte es mehr sagen. Vermutlich mehr als hundert. Er wollte es nun besser machen und jede Anklage sorgsam prüfen. Soweit ihm das möglich war.

Eigentlich musste er ja nur klären, ob jemanden durch einen Zauber ein Schaden entstanden war. Eine einzige schlichte Frage, doch so schwierig zu beantworten. Was war Zauberei? Was war ein Schaden? Immer noch musste er sich auf die alte Rechtsprechung aus dem Sachsenspiegel berufen und die war nun schon mehr wie zweihundertfünfzig Jahre alt. Da war klar definiert „Bei Schadenszauber galt die Todesstrafe." So weit, so gut. Blieb es eben an ihm, diese Entscheidung zu treffen. Eine Entscheidung zwischen Leben und Tod. Schwierig oft, da der Pfarrer ihm meist die Geständnisse der Hexen mit vorlegte und darin war dann immer, vermutlich von seinem Schreiber verfasst, die Formulierung genau so gewählt, dass das Urteil nur Tod lauten konnte.

Ab jetzt wollte er aber wieder dazu übergehen, die Angeklagten selbst zu befragen, damit sie das Geständnis in seiner Gegenwart wiederholten. Nur dann konnte er sicher sein, ob es Zauberer waren, oder eben nicht. Er blickte auf und klappte die Akte zu. „Bringe er mir den Pfarrer." sagte er zu seinem Schreiber, der sich verbeugte und aus dem Raum eilte. Der Richter stand auf und ging zum Fenster hinüber. Es war gar nicht weit bis zum Haus des Pfarrers, eigentlich lag das Haus ihm genau gegenüber, auf der anderen Seite des Marktplatzes. Er konnte seinen Schreiber sehen, der über den Platz ging und in dem anderen Haus verschwand. Eine ganze Weile später sah er ihn, gefolgt von dem dicken Kirchenmann, wieder zurück über den Platz laufen.

Als es klopfte, setzte er sich hinter seinen Tisch und ließ die Beiden eintreten. Geräuschvoll klappte er die Akte wieder auf, dann gab er dem Schreiber ein Zeichen, sie beide allein zu lassen. Der Mann verschwand nach einer Verbeugung und der Richter zeigte auf einen Stuhl vor seinem Tisch. Nachdem der Pfarrer, besonders geräuschvoll, darauf Platz genommen hatte begann der Mann zu erklären „Dies hier wird der erste Hexenprozess, den ich auf meine Tisch bekomme, den ich besondere Beachtung schenken werde. Anders als mein Vorgänger werde ich hier nicht einfach nur Unterschreiben, sondern es wird ab jetzt immer einen Prozess geben." Der Pfarrer wollte etwas erwidern, doch der Richter winkte ab „Eine richtige Beweisaufnahme dürfte doch auch in ihrem Sinne sein? Oder?" setzte der Richter fort und damit hatte er vermutlich den wunden Punkt des Pfarrers getroffen, den der nickte nur und setzte dann hinzu „Natürlich können sie den Prozess selbst führen. Das Urteil wird trotzdem der Tod auf dem Scheiterhaufen bleiben." „Das Urteil wird erst nach dem Prozess gefällt werden." setzte der Richter hinzu „Und der Prozess wird dann morgen sein." Damit entließ er den Pfarrer und vertiefte sich wieder in die Akte.

Die ganze Geschichte las sich wie ein Märchen. Immer wieder schüttelte er den Kopf. Dann studierte er das Geständnis und immer mehr Zweifel kamen in ihm auf. Die Beschuldigte war eine einfache Magd und diese Aussage war so geschrieben, als hätte die Frau ein paar Jahre Theologie studiert. Da musste etwas nicht stimmen. Er rief den Schreiber herein und gab ihm den Auftrag, die in der Akte benannte Zeugin für den morgigen Prozess zu suchen, denn er war sich sicher, dass der Pfarrer diese Zeugin seiner Anklage nicht mitbringen würde. Dann klappte er das Schriftstück zu und erhob sich wieder von seinem Platz. Es war Zeit nach Hause zu Frau und Kind zu gehen, aber in Gedanken ging er diesen Prozess schon einmal durch.

Am nächsten Tag wurde also der Prozess begonnen. Die Angeklagte wurde in den Saal geschoben und die Spuren der Befragung waren deutlich an ihr zu sehen. Zu seltsam stand sie da. „Du hast also den Brunnen deiner Nachbarin verhext." fragte er „Erkläre mir einfach mal, wie du das gemacht hast?" dann wartete er auf die Antwort der Frau. Die Magd schaute zum Pfarrer und auch wieder zu ihm zurück, offensichtlich wusste sie nicht, was sie sagen sollte. Dann begann sie „Ich habe eine verzauberte Kröte bei Vollmond in den Brunnen gesetzt." „Wo hattest du die Kröte denn her?" fragte der Richter und die Magd wusste wieder keine Antwort. Sie sah zum Pfarrer und erzählt stocken „Der Teufel hat sie mir gegeben." „Du hast dich also mit dem Teufel getroffen?" „Ja." „Und wie sah er aus?" fragte der Richter und die Magd wusste wieder keine Antwort. „Wie ein Mann? Wie ein Tier? Schwarz? In Flammen?" fragte der Richter nach „Wie ein Mann." antwortete die Magd „Und woher weißt du, dass es der Teufel war?" entgegnete der Richter, doch er bekam keine Antwort „Du hast also von einem Mann eine Kröte geschenkt bekommen und sie in einen Brunnen gesetzt." Schlussfolgerte der Richter und klappte die Akte zu. Die Magd nickte.

„Und du hast es gesehen?" fragte er die Zeugin „Ja. Ich habe es bei Vollmond gesehen." setzte die Zeugin hinzu. „Was hast du

144

denn bei Vollmond am Brunnen gemacht?" fragte der Richter und wusste doch, dass er auch diesmal keine Antwort erhielt. „Und was ist nun dein Schaden?" fragte er zum Schluss die Klägerin und auch diesmal erhielt er keine Antwort. „Wie hast du denn festgestellt, dass dein Brunnen nun verhext ist?" drängte der Richter weiter auf eine Antwort, die er aber nicht erhielt. Nur betretenes Schweigen war von der Frau zu hören.

„Was soll ich denn hier für ein Urteil fällen? Eine Kröte saß in einem Brunnen. Niemand hatte einen Schaden. Und wo sollte eine Kröte sonst sitzen?" er erhob sich, zeigte auf die Klägerin und sagte „Du zahlt einen Gulden Strafe für diesen unnötigen Prozess und die Angeklagte ist frei." Dann sah er in das entsetzte Gesicht des Pfarrers und verließ den Raum. Hinter sich hörte er nur ein Raunen, das durch den Raum ging. Noch ein paar Augenblicke zuvor waren alle überzeugt gewesen, wieder eine Hexe auf den Scheiterhaufen zu bringen.

35. Kapitel

Meine Schuld?

Der Frühling hatte gerade erst begonnen, als Karl sich aufmachte, in Bayern neue Waren für sein Kontor zu holen. Dazu übergab er Bärmuth die Schlüssel und diese verpflichtete sich, seinen Wünschen Folge zu leisten und in seinem Auftrag zu handeln. Erst danach bestieg er seinen Wagen und fuhr mit seinem Gesellen und zwei Wachleuten los. Von jetzt an hatte Bärmuth also im Kontor das Sagen. Bisher hatte es Karl immer vermieden, sie in die Räume hinein zu lassen und nun so ein Sinneswandel? Sofort musste sie schauen gehen, was dort so in dem Lager zu finden war, denn nur so konnte sie ja die Wünsche ihrer Kunden erfüllen. Sorgsam ging sie durch die Reihen der Regale und schaute sich jedes Stück an. An den meisten Waren hatte Karl vorsorglich den Preis dran geschrieben. Offenbar traute er ihr nicht so richtig.

In dem elterlichen Kontor in Dresden hatte ihr Vater sie auf alles vorbereitet, was es hier zu Wissen gab. So wie sie hier entlang ging, dachte sie sofort an Johanna und sie machte sich Gedanken um die Tochter, die der Vater verstoßen hatte. Sie hatte ihr erzählt, dass sie auch oft heimlich hier drin gewesen war, um die kostbaren Stoffe zu betrachten. Vor einer Woche war ein junges Mädchen in der Kirche auf sie zugekommen und hatte ihr einen Zettel zugesteckt. Heimlich, dass es niemand sehen konnte und erst zu Hause hatte Bärmuth dann die Botschaft gelesen. Johanna hatte geschrieben, dass es ihr soweit gut ging und hatte sie um eines der Bücher gebeten. Bärmuth hatte eines ihrer liebsten Gedichtbände heraus gesucht und wollte es am nächsten Tag, wenn wieder Sonntag sein würde, der Magd genauso heimlich zustecken. Es war nur ein kleines Buch und sie hatte es liebevoll in ein rotes Tuch geschlungen.

146

Nun lag es auf ihrem Zimmer und wartete darauf, dass sie im Gottesdienst der Magd begegnen konnte.

Sollte sie Hans die Botschaft von Johanna zeigen? Sie war sich unschlüssig, ein bisschen gab sie sich ja auch die Schuld an der Situation der Tochter, aber schließlich nahm sie den Zettel, schloss das Kontor ab und ging zur Werkstatt des Malers hinüber. Dort stand noch immer das Bild der Tochter. Es waren ja nur ein paar Schritte bis dorthin und so war sie auch schnell bei ihm angelangt. Der Mann malte gerade an einem Bild, als sie in die Werkstatt eintrat. Ein paar Augenblicke musste sie warten, weil er gerade noch einen Teil zu Ende malen wollte, dann kam er auf sie zu und sie gab ihm die Botschaft der Tochter. Während er sie las, sah sie sich das Bild der Tochter an und ging wieder in die stille Zwiesprache mit ihr. Wieder einmal entschuldigte sie sich dafür, dass sie ihr nicht hatte helfen können. Dann hatte Hans den Zettel zu Ende gelesen. Liebevoll faltete er das Blatt zusammen und fragte „Darf ich ihn behalten?" Bärmuth nickte dazu und er steckte ihn unter sein Hemd, nah bei seinem Herzen.

„Ich werde ihr ein kleines Buch zukommen lassen. Willst du ihr eine Botschaft niederschreiben?" fragte sie ihn und er nickte heftig. Schnell begann er ein paar Zeilen auf ein Stück Papier zu schreiben, es danach sorgfältig zu falten und es ihr dann zu übergeben. „Danke." sagte er und sie sah sich sein Bild an. „Du malst wirklich schöne Bilder." sagte sie und er erwiderte „Soll ich dich malen?" Bärmuth überlegte ein paar Augenblicke. Da ihr Mann im Moment sowieso nicht da war, gefiel ihr der Gedanke, schon saß sie in dem Stuhl in der Werkstatt und wurde gemalt. Erst spät am Abend traf sie wieder in ihrem Hause ein. Sie hatte die Zeit einfach nur vergessen und auch ein paar Gespräche mit dem jungen Mann geführt.

Allerdings hatte sie in der Zeit auch das Kontor vernachlässigt. Es war zwar Sonnabend, aber die Amme hatte ihr dann gesagt, dass trotzdem ein Kaufmann nach dem Kontor geschaut hatte. Es war aber eben zu, weil Bärmuth auch noch den Schlüssel mitgenommen hatte. Der Mann war ziemlich wütend gewesen, wollte aber am folgenden Montag wieder zu ihr kommen. Karl würde sicher noch mehr wie zwei Wochen unterwegs sein. Am folgenden Tag übergab sie nach dem Gottesdienst das Buch und die beiden Briefe, einen von ihr und einen von Hans, an die Magd, die das kleine verschnürte Päckchen schnell unter ihrem Rock verbarg.

Sie hatte der jungen Frau noch eine Weile nachgesehen, aber nicht mit ihr reden können. Überall konnten sie beobachtet werden, und ein Gespräch zwischen einer Kaufmannsfrau und einer Bauersmagd würde vielleicht für Aufmerksamkeit in der Kirche sorgen. Wenn dann noch jemand Karl dies berichten würde und der dann die richtigen Schlüsse zog, dann konnte es für Bärmuth gefährlich werden. Zusammen mit ihrem Fehlen im Kontor am Vortag hätte sich die Frau dann schon zu viel heraus genommen. Oder hatte sie den Bogen jetzt schon überspannt?

In den folgenden zwei Wochen führte sie das Kontor gut und machte auch sehr gute Geschäfte. Aber abends war sie dann meist bei Hans, redete mit ihm und ließ sich malen. Als dann Karl mit dem Wagen wieder zu Hause ankam, übergab Bärmuth ihm wieder den Schlüssel und das verdiente Geld. Der Mann nickte ihr nur zu und räumte seine, in der fernen Stadt erworbenen, Waren in das Kontor. Später am Abend ging er in die Schänke. Als der Mann später wieder zurückkam, riss er die Tür zu Bärmuths Zimmer auf. Sie lag schon im Bett und schreckte hoch. „Du Dirne! Was hast du in meiner Abwesenheit bei diesem Mann gemacht?" „Nichts ..." begann Bärmuth ihre Erwiderung, da trafen sie die ersten Schläge.

Die Frau riss die Arme zum Schutz hoch. Der Mann griff zu ihren Haaren und schleifte die Frau daran nach draußen. Er zog sie über den steinigen Fußboden des Ganges, die hölzerne Treppe hinab und zur Tür. Von dort aus stieß sie in ihrem Unterkleid in den Hof und rief „Verschwinde aus meinem Haus. Meine Kinder bleiben bei mir!" dann fiel die Tür in das Schloss und sie stand in dem dünnen Unterkleid auf dem dunklen Hof. „Meine Kinder!" schrie sie verzweifelt und lief zu der geschlossenen Tür hin. Verzweifelt schlug sie gegen das Holz, bis ihre Hand blutete, doch dieser Zugang blieb verschlossen.

Sie wankte zurück auf den ummauerten Hof und brach in die Knie. „Wo nun hin?" fragte sie sich und die Tränen stiegen ihr immer mehr in die Augen. Durch den Tränenschleier hindurch betrachtete sie das Haus, dann stand sie wankend auf.

36. Kapitel

Ein geheimnisvolles Buch

ie stand an einer der Säulen der Kirche und sah nach vorn zum Altar. Die Hände hatte sie auf den Rücken gelegt und wartete. Worauf wusste sie im Moment noch nicht, nur dass ihr die Frau sicher eine Nachricht für Johanna geben würde. Sie hatte sie schon gesehen und die Frau hatte ihr kurz zugenickt. Das war alles so geheimnisvoll, aber niemand sollte etwas davon erfahren, hatte ihr Johanna erklärt. Also stand sie da und wartete. Die andere Frau ging hinter ihr vorbei und plötzlich spürte Barbara ein kleines Päckchen in ihrer Hand. Schnell nahm sie die Hände nach vorn, setzte sich in eine der Reihen und wollte den Gegenstand unter ihren Rock schieben. Dort hatte sie eine kleine Tasche, an einem Band um die Hüften, angebracht. Direkt auf der Haut unter dem Stoff, denn sie wusste nicht, ob die Bäuerin sie nicht vielleicht untersuchen und den Beutel an ihrem Gürtel kontrollieren würde.

Die Tasche war gerade so groß wie das Päckchen und es war nicht so einfach es ungesehen verschwinden zu lassen. Und das auch noch unauffällig. Schließlich konnte sie ja in der Kirche nicht den Rock ausziehen. Sie öffnete das hinten zusammen geknotete Band, zog den Rock nach vorn und ließ das Packet in die Tasche gleiten, die direkt vor ihrem Schoß hing. Hier würde niemand suchen. Dann zog sie den Rock zurecht. Tat so als ob sie beten würde, bekreuzigte sich und stand auf. Nun nickte sie der anderen Frau zu und verließ die Kirche. Draußen wurde gefeiert und getanzt. Aber sie würde sicher gleich wieder aufbrechen müssen. Wie jeden Sonntag.

Barbara blieb an einem Stand mit bunten Bändern stehen, wo auch Getränke ausgeschenkt worden. „Wo warst du?" knurrte sie wenig später die Bäuerin von hinten an. Die Magd fuhr herum und sah die Frau vor sich stehen. Sie hatte die Arme in die Hüften gestützt und musterte die Magd von oben bis unten. Der Bauer stand auch in der Nähe. Dann schaute die ältere Frau in Barbaras Tasche, die an ihrem Gürtel hing und in der sie den Kamm und einiges andere verstaut hatte, fand darin aber nichts Verdächtiges. Der Bauer wischte sich den Schaum des gerade getrunkenen Bieres mit dem Handrücken vom Mund, trat zu ihnen heran und gab wortlos das Zeichen für den Aufbruch.

Zu dritt machten sie sich durch die Gruppe der ausgelassen feiernden Menschen hindurch auf den Heimweg. Die Tasche wurde mit jedem Schritt schwerer, sie hatte einen Brief erwartet und stattdessen ein schweres Buch erhalten. Zumindest hatte es sich wie ein Buch angefühlt. Es war eingepackt gewesen und nun schlug es bei jedem Schritt auf ihren Schoß. Aber jetzt konnte sie es nicht mehr anders befestigen. Oder doch? „Ich muss mal!" sagte sie, als sie die Stadt verlassen hatten und hockte sich an den Straßenrand. Sie tat aber nur so, in Wirklichkeit zog sie sich nur die Tasche im Aufstehen etwas höher. Nun ging es besser. Schon bald war das Haus zu sehen, nun durfte sie jedoch nicht sofort in die Scheune gehen, das würde auffallen. Sie sah, dass Johanna sie beobachtete und nickte ihr unauffällig zu. Dann griff sie sich an den Rock und ging zur Latrine hinüber.

„Hast du nicht gerade erst?" rief die Bäuerin ihr hinterher, doch sie ging einfach weiter. An der Latrine zog sie ihren Rock hoch, löste die Tasche und setzte sich. Vorsichtig legte sie die Tasche vor ihren Füßen ab und schob sie mit dem Fuß in das Gebüsch an der Seite. Sie sah sich um, ob sie beobachtet worden war und bemerkte Johanna an der Tür der Scheune stehen. Bis hier hin würde die Kette der Freundin gerade so reichen. Sie stand auf, ließ den Rock fallen und ging zum Stall hinüber, um nach den Kühen zu sehen, wie sie es jeden Sonntag machen musste. Als sie wieder heraus kam, sah sie Johanna, die gerade zur Scheune ging. Wenig später folgte sie der Freundin. Sonntag war ja für sie arbeitsfrei.

Johanna saß im Stroh und hatte die Tasche in der Hand. Als Barbara herein kam, blickte sie erschrocken auf, dann zog die Freundin das Päckchen heraus und die Magd setzte sich dazu. Es war ein in roten Stoff eingewickelter Gegenstand. Ein Buch, wie sie feststellten, als Johanna das Tuch öffnete. Dann roch sie an dem Tuch. Das Parfüm daran war noch zu riechen, trotz des von Barbara gewählten Versteckes unter ihrem Rock. Dann öffnete Johanna das Buch. Drei zusammengefaltete Zettel lagen darin. Einer war leer. „Der ist für meine Nachricht zurück. Die anderen beiden sind von Bärmuth und Hans." sagte sie, als sie die Zettel wieder sorgfältig faltete und in das Tuch einschlug. Dann drückte sie ihr das Buch in die Hand und brachte die Briefe schnell in ihr Versteck.

Die Magd betrachtete das Buch, während die Freundin sich in das Stroh wühlte. Ein Liebespaar in inniger Umarmung war darauf abgebildet und schon alleine das wäre für die Bäuerin Grund genug gewesen, das Buch sofort zu verbrennen. Barbara schlug es auf und auch an den Rändern der Seiten waren Bilder mit Männern und Frauen, die sich küssten. Johanna war wieder zurück und sah die Bilder, die Barbara anschaute. „Das ist ein Buch mit Liebesgeschichten und Liebesgedichten. Genau das richtige für uns." sagte sie lachend. Barbara nickte. Sie ohne Freund, immer den Nachstellungen des Bauern ausgeliefert, und Johanna fast im achten Monat schwanger. Aber zum Üben des Lesens vermutlich die richtige Wahl von Bärmuth. „Das ist mein Lieblingsbuch." sagte Johanna und presste es an ihr Herz. „Das habe ich mit Bärmuth zusammen gelesen." Dann schlug sie es auf der ersten Seite auf und begann laut vorzulesen.

Sie zeigte dann Barbara immer die Buchstaben und las Satz für Satz. Eine Liebesgeschichte zwischen einem Ritter und seiner Maid. Mit viel Herzschmerz. Wirklich genau das Richtige für zwei siebzehnjährige Mädchen. An manchen Stellen bekamen sie beide rote Ohren und wenn die Bäuerin sie dabei belauscht hätte, so wäre die Buße sicher am Abend besonders lang ausgefallen.

„Warum schreibt jemand so ein Buch, wenn es doch in Wirklichkeit so aussieht?" fragte Barbara und zeigte auf Johannas Bauch. „Sicherlich, damit man davon abgelenkt wird." erklärte Johanna und hielt sich die schmerzende Rundung. Wieder vertieften sie sich in die Seiten und hätten dabei fast vergessen, dass die Bäuerin ja irgendwann zu ihnen herüber kommen könnte. Die alte Frau trat gerade aus der Hütte und rief die beiden Mädchen zum Essen hinüber. Zum Glück war sie nicht zu ihnen in die Scheune gekommen. Schnell versteckte Johanna das Buch im Stroh und dann verließen sie beide die Scheune.

37. Kapitel

Neue Liebe

Seit ein paar Tagen lebte sie nun schon in seinem Haus. Eines Abends hatte sie in ihrem Unterkleid frierend bei seinem Sohn Hans in der Werkstatt gestanden. Karl hatte sie aus dem Hause geworfen und nun wusste sie nicht wohin. Hans war sofort mit ihr zu ihm gekommen und gemeinsam hatten sie beschlossen, dass sie vorerst in einem der beiden Gästezimmer unterkam, in denen sonst die reisenden Gesellen schliefen. Es war nicht sehr gut ausgestattet, ein Tisch, ein Stuhl, ein Bett, aber sie hatte wenigstens ein Dach über dem Kopf. Heute hatte er ihr nun auf dem Markt ein Kleid besorgt, so dass sie jetzt das Zimmer auch wieder verlassen konnte.

Siegbert hatte versucht mit Karl zu reden, doch da war kein herankommen gewesen. Der Freund hatte die Ehe wegen Untreue für beendet erklären lassen und damit stand die Frau nun entehrt, rechtlos, mittellos und ohne ihre Kinder da. Oft hatte er sie in den letzten Tagen weinen gehört, wenn er an dem Zimmer vorbei ge-gangen war, doch zu trösten vermochte er sie nicht. Immer wenn er ihr das Essen in den Raum gebracht hatte, hatte er die Traurig-keit der Frau gespürt. Sie war unschuldig, das hatte Hans immer wieder beteuert, doch für die abendlichen Treffen gab es keine Zeugen. Eine Frau, ein Mann, alleine ... da wurden schnell die Ge-rüchte verbreitet. Und sie hatte ja auch nicht die Erlaubnis des Ehemannes gehabt. Bei all dem hatte sie noch Glück gehabt. Sie hätte auch dafür gesteinigt werden können. Doch darauf hatte Karl verzichtet.

So lebte sie nun hier, nur wenige Schritte von ihren Kindern entfernt und doch so weit weg, als ob ein ganzes Meer dazwischen liegen würde. Sie war jetzt gerade mal einundzwanzig und eigentlich, als untreue Ehefrau, schon ganz unten, praktisch am Ende angekommen. Niemand würde sich je wieder mit ihr vermählen oder abgeben wollen. Siegbert sah sie mehr wie seine Tochter. Er war 45 und sie genauso alt wie Hans. Doch der Sohn wollte nichts von ihr, er liebte das Bild von Johanna, die weiß Gott wo war.

Nun, da sie wieder ein Kleid besaß, kam sie zum Essen mit hinunter in die Werkstatt, wo auch die Lehrlinge und Gesellen an dem Tisch saßen, der am Tage die Werkbank war. Sie begann sich sofort nützlich zu machen. Brachte Brot, trug Wein und Bier zum Tisch und setzte sich dann in der Küche hin, um dort zu essen. „Komm zu uns. Hier isst niemand alleine!" sagte Siegbert und sie kam mit ihrer Schüssel langsam zum Tisch. Ungläubig sah sie sich um und die Männer machten einen Platz auf der langen Bank für sie frei. Wie jeden Abend wurde am Tisch gelacht und gescherzt und für sie schien das etwas ganz neues zu sein. Schüchtern schaute sie sich um, aber es nahm niemand an ihrer Anwesenheit Anstoß. Kein Wort fiel, das sie, als entehrte Frau, ja eigentlich nicht hier sein durfte. Nach dem Essen räumten sie alle gemeinsam ab, und auch das schien neu für sie zu sein. Männer die Frauenarbeit machten! Aber bei ihm war das normal. Seit seine Frau vor mehr als zehn Jahren gestorben war, waren sie hier nur Männer und da ergab sich das einfach von selbst. Schließlich wollte ja auch jeder essen.

Nachdem der Tisch wieder wie eine Werkbank aussah und jeder sein Werkzeug für den nächsten Tag bereit gelegt hatte, fragte sie „Ihr habt mich hier so freundlich aufgenommen. Kann ich euch den auch irgendwie zu Nutze sein?" Siegbert überlegte und antwortete „Du kennst dich doch in den Geschäften aus? Ich bräuchte Hilfe in den Büchern. Kannst du das?" sie nickte „Aber ich kann dir nur Unterkunft und Essen dafür geben. Du siehst, wie viele

Mäuler ich zu stopfen habe." dabei zeigte er auf die vielen Männer, die gerade den Raum verließen, um ihre Nachtlager aufzusuchen, oder noch einmal kurz in die Schänke zu gehen. Sie nickte und sagte „Gern. Wenn ich es vermag." „So sei es." sagte er und hielt ihr die Hand hin. Sie sah ungläubig auf seine Hand und er erklärte „Wir Handwerker besiegelt jeden Vertrag mit einem Handschlag." „Aber ich bin eine Frau." setzte sie ungläubig dagegen. Keine Frau durfte einen Vertrag abschließen. „Egal." sagte Siegbert und sie ergriff seine Hand. „Abgemacht: freie Unterkunft und Essen gegen gute Arbeit bei den Bücher." sagte er und sie nickte.

Schon am nächsten Morgen begannen sie. Er ließ sie in Ruhe arbeiten und sie machte das Beste daraus. Von dieser Buchführung hatte er keine Ahnung und er war froh, dass sie es gern übernahm. Ein paar Mal kam sie zu ihm, um etwas zu fragen, aber am Abend hatte sie sein Durcheinander organisiert. Von nun an wollten sie dabei zusammen arbeiten. Sie machten sich Zeichen aus, um sich bei den Verkäufen abzustimmen. Als Frau durfte Bärmuth ja nichts sagen, aber es klappte schon bei den ersten Verhandlungen. Sie zupfte sich am Haar, wenn der Preis stimmte.

Jedes Mal, wenn er sie traf, bekam er sofort gute Laune und ihr schien es genauso zu gehen. Alle arbeiteten und das einzige Privileg, das er ihr einräumte, war, dass sie am Sonntag vor dem Gottesdienst als erste in die Badewanne steigen durfte. Dann er, die Gesellen und zum Schluss die Lehrlinge, die damit aber auch das schmutzigste Wasser abbekamen. Zusammen gingen sie dann alle in die Kirche, doch dort wurde Bärmuth der Eintritt verwehrt „Eine untreue Ehefrau und Ehebrecherin gehört nicht in ein Gotteshaus." schrie sie der Pfarrer an und sie lief weinend weg. Wer es jetzt noch nicht gewusst hatte, der wusste es nun!

Als er wieder zurück in seinem Hause war, fand er sie immer noch weinend in ihrem Zimmer vor. Er nahm sie tröstend in den Arm und langsam versiegten die Tränen. Ein kleines Lächeln zog zurück auf ihr Gesicht. Wie die Sonne den Regen auf einer Wiese trocknete, so trocknete das Lächeln ihre Tränen. Dann gingen sie nach unten, wo das sonntägliche Festmahl vorbereitet werden musste. Unter singen und scherzen putzten die Lehrlinge das Gemüse, während die Gesellen das Fleisch am Spieß brieten. „Was bleibt denn da für mich zu tun?" fragte sie unschlüssig „Decke uns den Tisch festlich." antwortete er, während er schon Zutaten in einen Topf gab.

Wenig später war der Raum kaum wieder zu erkennen. In nur ein paar Augenblicken hatte sie ihn aufgeräumt und festlich dekoriert „Wie hast du das den so schnell geschafft?" fragte er anerkennend und sie wurde rot. Das Essen wurde herein gebracht und nach einem kurzen Gebet begann der Festschmaus. Mit Schlemmen, singen und lachen wurde es ein langer Abend. Dann ging Siegbert in sein Zimmer. Ruhe kam in das Haus, eine neue Woche begann. Er lag in seinem Bett und schaute zur Decke hinauf. Schritte waren im Flur zu hören, dann quietschte seine Tür. Er schaute zur Seite und erkannte Bärmuth, die im weißen Unterkleid mit einer Kerze in der Hand an der Tür stand, eintrat und diese Tür hinter sich schloss. „Was machst du hier?" fragte er. Sie stellte die Kerze auf den kleinen Tisch, zog sich das Unterkleid über den Kopf und ließ es fallen.

„Ich bin doch entehrt. Du hast doch den Pfarrer gehört." sagte sie mit einem Lächeln. Dann blies sie die Kerze aus und schlüpfte nackt in sein Bett.

38. Kapitel

Gartenlehrstunden

Jetzt, da es Frühling wurde, begannen die Gräser und Kräuter wieder zu wachsen. Seit kurzem brachte sie Barbara das Lesen bei und im Gegenzug erfuhr sie von der Freundin, was welches Kraut war und wofür es gut war. Noch wuchs rund um die Scheune nicht allzu viel von den Kräutern und theoretische Unterweisungen waren nur schwer möglich. Manchmal zeichnete Barbara ein Blatt in die Erde vor der Scheune, um so etwas zu erklären, was noch nicht dort wuchs. Nun begann wieder die Zeit des Pflügens und der Aussaat. Diese körperlich schwere Arbeit steckte den beiden Mädchen schon bald in den Knochen. Normalerweise wurde diese Arbeit von den Knechten verrichtet, so hatte es Barbara immer erzählt, aber der Bauer war entweder zu geizig, sich einen Knecht in sein Haus zu holen, oder wollte die Magd nicht mit ihm teilen. Wie dem auch war, die beiden Mädchen hatte es nicht so leicht. Gemeinsam gingen sie, mit dem, durch einen Ochsen gezogenen, Pflug durch die Reihen. Barbara pflügte und Johanna verteilte das Saatgut in der Erde. Aus einem, vor ihren dicken Bauch gebundenen, Tuch streute sie die Körner vorsichtig aus.

Nun war es wieder so weit, dass sie nach einem langen Tag einfach so in ihr jeweiliges Lager fielen und dort durchschliefen. Dann war endlich das Saatgut unter der Erde und sie konnten ein wenig verschnaufen. Viel zu tun gab es zwar immer noch, aber der Pflug hatte erst mal Ruhe und nun konnten sie sich die Arbeiten wieder gemeinsam einteilen. An der Scheune wuchs nun auch einiges, was Johanna noch nie zuvor gesehen hatte. Aller paar Schritte stand eine andere Pflanze und es schien so, als ob die Natur gerade an diesem Platz so viele Pflanzen wie nur irgend möglich auf engsten Raume aus dem Boden sprießen ließ. Soweit ihre

Kette reichte, konnte Johanna auch in der Abenddämmerung noch ein paar Pflanzen sammeln, die sie in der Scheune in einem Versteck trocknete. Nicht auszudenken, was wohl passiert wäre, wenn die Bäuerin sie mit den Kräutern erwischt hätte. Die Frau war zwar allem was auf ihrem Feld wuchs aufgeschlossen, doch alles andere, das war für sie Unkraut und wer das sammelte, der machte sich in ihren Augen verdächtig.

Da konnte Johanna hundert Mal erzählen, dass die Nonne Hildegard schon vor ein paar hundert Jahren ein Buch darüber geschrieben hatte. Alles was nicht von Gott kam, war ihr verdächtig. Und dabei wuchsen diese Kräuter doch auch nur durch die Gnade Gottes. Hinter vorgehaltener Hand sagte Barbara manchmal auch „Durch die Gnade der Göttin." Aber das durfte sie nur ganz leise sagen. Die Briefe, die Johanna jeden Sonntag erhielt, waren ein kleines Fenster zu einer vergangenen Welt. Sie selbst schrieb aber als Antwort immer nur belangloses Zeug. Weder, dass sie schwanger war, noch über die schwere Arbeit und erst recht nicht über die Buße, welche Gott ihr jeden Abend durch die Hand der Bäuerin auferlegte. All diese Dinge hielt sie geheim, vielleicht auch, weil sie sich dafür schämte. Nun konnte sie wieder von den ersten Blumen schreiben, die vor ihrem „Haus" wuchsen. Dass sie in einer zugigen Scheune, an einer Hundekette hängend, leben musste, das hatte sie ebenfalls verschwiegen.

Manchmal wunderte sie sich, dass sie den Winter überhaupt überlebt hatte. Es kam ihr so vor, als ob jemand, oder etwas, seine Hand schützend über sie gehalten hatte. Vielleicht auch, weil sie an all dem unschuldig gewesen war, was man ihr vorgeworfen hatte. Sie hatte gelernt, sich in Demut zu üben und auch an kleinen Dingen zu erfreuen. Das hatte sie früher nicht gekonnt. Als Kaufmannstochter hatte sie vieles für selbstverständlich hingenommen, was ihr jetzt oft wie ein Wunder vorkam. Der kleine Käfer auf der

Hand. Die piepsenden Mäuse, die nachts neben ihr im Stroh schliefen. Oder die kleinen Blumen neben dem Scheunentor. Alles waren Wunder der Natur.

Doch irgendetwas Seltsames ging hier vor. Rund um die Scheune begannen Pflanzen zu wachsen, die selbst Barbara nur vom Hören Sagen kannte. So weit die Kette reichte, war es fast ein undurchdringlicher Urwald aus Kräutern und Gräsern. Schon jetzt im Frühling gingen ihr einige der Pflanzen bis zur Hüfte. Drüben am Haus waren sie oft noch nicht mal Knöchelhoch. Selbst Barbara war erstaunt. Sie wohnte schon einige Jahre hier und so hoch waren die Pflanzen noch nie gewesen. Zu Johannas Überraschung konnte sie mit einem mal „verstehen" wozu die Pflanzen gut waren. Vielleich hatte es die Nonne Hildegard einst genauso gemacht, aber immer wenn Johanna eine Pflanze in die Hand nahm, so wusste sie, was diese Pflanze konnte. Oft bestätigte Barbara ihr dann, dass sie mit der Beschreibung der Wirkung richtig gelegen hatte. Es war nun eine Lehrstunde der Pflanzen für Johanna geworden.

Sie begann nun auch ihre Gedanken aufzuschreiben, mit einem verkohlten Stück Holz auf der Rückseite der Briefe begann sie ein kleines Buch mit ihren Gedanken zu füllen. Manchmal ertappte sie sich, dass sie mit den Pflanzen in leise Zwiegespräche ging. War das eine Form des Wahnsinns, oder eine Folge ihrer Einsamkeit? Aber sie hatte das Gefühl, dass die Kräuter ihr antworteten. Dabei musste sie nun natürlich aufpassen, dass die Bäuerin sie nicht dabei erwischen würde. Einmal war die Frau nur ein paar Schritte von ihr entfernt, hinter der Ecke der Scheune, gewesen und hatte sie verständnislos angesehen, als sie die Gespräche mit einer Blume gehört hatte. „Es ist ein Geschöpf Gottes." hatte sich Johanna schnell gerettet, aber die Augen der Frau verrieten den Zweifel.

Johanna war nun, mit jedem Wort, immer näher am Scheiterhaufen dran. Sie musste viel vorsichtiger werden.

Wer mit unsichtbaren Wesen redete, der war, nach der Auffassung der Frau, entweder verrückt oder eine Hexe. Dabei redete die Bäuerin in der Kirche ja auch mit einem unsichtbaren Gott. Und war dieser nicht viel eher in einer schönen Blume, als in der Kirche zu finden? Auch das war nahe an einer Gotteslästerung und so sagte Johanna dies nicht mal zu Barbara. Auch wenn sie der Freundin schon vertraute, aber was diese nicht wusste, das konnte sie auch nicht verraten. Zu Barbara fühlte sie sich auch irgendwie immer mehr hingezogen. Sie waren Seelenverwandte, aber die räumliche Distanz stellte ihre Freundschaft immer wieder auf die Probe. Konnte sie Barbara wirklich trauen? Was wäre, wenn sie sie verriet? All die Briefe und Pflanzen. Barbara wusste so viel über sie und das konnte, selbst wenn die Freundin nur im Schlaf darüber sprach, ganz schnell gefährlich werden. Die beiden Bauersleute würden sie sicher schnell loswerden wollen und da wäre eine Steinigung schnell beim Dorfschulzen angefordert und sicher genauso schnell durchgeführt.

Wer mit Blumen redete, der war dem Tode näher, als dem Leben!

39. Kapitel

Briefe des Herzens

Da ja Bärmuth nun bei ihnen lebte und nicht mehr in die Kirche durfte, blieb es an Hans, die Botschaften für Johanna bei der Magd abzugeben und die Antworten von ihr zu bekommen. Das war um einiges schwieriger. Zum ersten kannte die Magd ihn ja nicht, woher sollte sie ihm also vertrauen? Und zum zweiten war ein Treffen zwischen einem unverheirateten Mann und einer Bauersmagd immer beobachtet, selbst in der Kirche. Wie Bärmuth auch schon festgestellt hatte, durfte die Magd nach dem Gottesdienst auch nicht auf dem kleinen Markt mit den Ständen bleiben und tanzen war gleich ganz ausgeschlossen. Wie konnten sie also ungesehen die Briefe austauschen? Er brauchte eine Idee, die weder für die Magd noch für Johanna gefährlich werden konnte. Ihm selbst konnte ja nicht viel passieren.

Zusammen mit Siegbert und Bärmuth überlegte er, was zu tun sei und schließlich kamen sie auf den Gedanken, vor der Kirche, noch bevor die Magd das Gotteshaus betrat, den Brief zu übergeben. Konnte das funktionieren? Hans dachte nach. Schließlich konnte er ja nicht zu der Magd gehen und sagen „Ich bin der Hans und ich habe einen Brief." Beides ging nicht. Briefe austauschen und Mädchen ansprechen. Vielleicht konnte er sie aber auch einfach anrempeln und ihr dabei den Brief geben? Das war vermutlich am unverfänglichsten. Rempeleien gab es fast jeden Tag und in der Enge der Kirchentür kaum zu vermeiden. Er packte die Briefe und das leere Blatt für Johannas Antwort in einen kleinen Umschlag und ging mit den Anderen zum Gottesdienst. Heute war er besonders früh da, damit er die Magd abfangen konnte.

Sie würden das ganze zwei Mal machen müssen, da sie ja nicht wissen konnte, was er plante. Also würde er sie beim Hinausgehen aus der Kirche dann wieder anrempeln, damit sie ihm dann Johannas Brief geben konnte. Nachdem Siegbert mit den Gesellen und Lehrlingen hineingegangen war, stellte sich Hans neben der Kirche an einen der Stände, die zu dieser Zeit noch geschlossen waren. Erst nach dem Gottesdienst würden diese geöffnet werden. Wie gelangweilt ließ er seinen Blick über die ankommenden Besucher schweifen. Allerdings war er dabei konzentriert auf der Suche nach der Magd, damit er sie nicht verpassen würde. Es waren sicher hunderte Menschen, die in die Kirche kamen und unter all denen musste er sie so frühzeitig sehen, damit sein Plan aufging. Da die Magd ihn ja nicht kannte, so konnte er ihr auch kein Zeichen geben, damit sie warten solle. Wie sie aussah, das wusste er von den Treffen mit Bärmuth. Dabei hatte er ihr zugesehen.

Nach einer ganzen Weile konnte er die Frau sehen. Hinter einem Bauern und einer Bäuerin sah er sie den Platz herüber kommen. Dann machte er sich langsam auf den Weg, so dass sie beide im selben Moment durch die Tür gehen mussten. Für einen Augenblick musste er noch warten, dann war er an ihre Seite und im Durchschreiten des Portals stieß er sie an, übergab den Brief und sagte „Pass doch auf!" die Magd entschuldigte sich mit einigen Worten und hatte aber verstanden, denn nun hatte sie den Brief in der Hand. Als sie sich setzte war der Brief schon verstaut und nun konnte sich auch Hans auf den, von seinem Vater freigehaltenen, Platz in der ersten Reihe setzen. Sie nickten sich beide zu, die erste Übergabe war schon mal erfolgreich gewesen. Dieser Teil hatte funktioniert, blieb nur noch der zweite Teil, aber dafür mussten sie den Gottesdienst abwarten. Vor lauter Aufregung konnte Hans dem Ablauf nicht richtig folgen und setzte beim falschen Lied mit ein. Sein Vater stoppte ihn mit einem Stoß in die Rippen.

Nach einer schier unendlichen Zeit kam der Pfarrer endlich zum Schluss und nun musste sich Hans beeilen, um wieder am Portal zu sein, bevor die Magd hindurch gehen würde. Doch diese stand an einer Säule und nickte ihm zu, als er an ihr vorbei wollte. Hans ging an ihr vorbei und nahm das von der Magd hinter dem Körper gehaltene Päckchen entgegen. Dann verließ er die Kirche und die Magd folgte ein paar Schritte hinter ihm. Von nun an würde es leichter werden, da sie sich ja nun schon kannten. Er drehte sich noch einmal zu ihr um und sah, wie die Bäuerin die Taschen der Magd durchsuchte. Er konnte nur hoffen, dass die junge Frau den Brief gut versteckt hatte. Als die Bäuerin begann den Rock abzutasten sah er die Angst in den Augen der Magd. Er drehte sich um und lief auf die Bauersfrau zu. Mitten aus dem Gehen schob er sie zur Seite und brüllte sie an. „Hast du denn keine Augen im Kopf! Was lungerst du hier rum? Pack dich!" dann holte er wie zum Schlage aus und die Bäuerin duckte sich weg. Sie ließ von der Magd ab und drehte sich zu ihrem Mann, der nun seinerseits die Hand erhob und ihr eine Ohrfeige gab. Dann entschuldigte sich der Bauer bei Hans und gab ihm auch noch ein Bier aus. Die Situation war für die Magd gerettet und er hatte auch noch ein Bier bekommen.

Aus dem Augenwinkel sah er zur Magd, während er mit dem Bauern anstieß. Danach ging die Magd mit gesenkten Kopf hinter den Bauersleuten her, aber im Vorbeigehen konnte Hans sehen, dass sie lächelte. Der Brief für Johanna war gerettet worden und die Frau hatte auch noch einen Schlag bekommen. Das schien der Magd gefallen zu haben. Unmerklich nickten sie sich beide zu und dann machte sich Hans sofort auf den Heimweg. Bärmuth würde bestimmt schon auf die Post der Tochter warten und er war auch schon ganz gespannt, was ihm Johanna geschrieben hatte.

An der Tür des Hauses wurde er auch schon erwartet und der Umschlag war auch schon aufgerissen, kaum dass er ihn aus der Tasche gezogen hatte. Dann saßen sie beide in der Werkstatt und lasen die Zeilen aus dem Dorf. Jeder in einer anderen Ecke der Werkstatt mit einem Zettel. Es stand nicht wirklich viel Wissenswertes drin, aber es war ein wichtiges Lebenszeichen von Johanna für jeden von ihnen beiden. Schließlich nickten sie sich zu und tauschten die Zettel, aber auf beiden stand fast das gleiche drauf. Dass es ihr soweit gut ging und was sie so den Tag über machte. Bauernarbeit eben. Für Hans war es dennoch etwas anderes: eine Nachricht von Herz zu Herz.

40. Kapitel

Dunkle Gedanken

Der Pfarrer stand am Fenster und schaute über den Marktplatz hinweg zu dem Haus hinüber, in dem der Richter saß. Unwillkürlich hatte er die Fäuste geballt. In den paar Wochen, in denen er dort drüben war, hatte ihm der Mann schon einige Prozesse verdorben. Nicht einen Prozess hatte er zu Ende führen können, nicht eine Hexe war mehr verurteilt worden. Er sehnte sich zu der unkomplizierten Arbeit zurück, die er mit dem, schon altersschwachen, Vorgänger des Richters gehabt hatte. All die schönen Münzen, die ihm die Verurteilten oder deren Angehörige zahlen mussten. Nichts hatte er mehr erhalten! Vor Wut schlug er auf die Fensterbank und drohte dem Mann über dem Platz hinweg mit der Faust. Aber was konnte er wirklich tun? Außer seine Dokumente besser vorzubereiten, nicht viel. Es lag in weltlicher Hand, das Urteil zu fällen und danach zu vollstrecken. Auch die päpstliche Bulle half ihm da nicht viel. Der Richter war anscheinend zu geschickt, oder hatte Glück, bei seiner Urteilsbegründung. Mit einem anderen Richter würde es vielleicht besser gehen? Oder konnte er ihn irgendwie mit Geld dazu bewegen, etwas weniger streng auf die Akten und etwas strenger auf die Hexen zu schauen?

Sollte er es wagen? Ließ sich der Mann bestechen? Der Pfarrer drehte sich um, weil einer seiner Leute in den Raum gekommen war. Er sah den großen, breitschultrigen Kämpfer an, der der Führer seiner Wache war. Vielleicht gab es auch noch eine andere Variante, um zu seinem Recht zu kommen. Die Angst! Wenn er seine Leute auf den Richter hetzen würde, damit sie ihm in der Dunkelheit auflauerten, so konnte er ihn vielleicht dadurch beeinflussen. Aber es durfte dabei kein Verdacht auf ihn zurück fallen und die

Schuldigen mussten Hexen oder Zauberer sein. Der Pfarrer griff sich in den kurz geschorenen Bart und rieb sich das Kinn. Wie sollte er das anstellen? Er konnte ja nicht irgendjemanden nehmen und ihm die Aufschrift „Hexe" auf die Stirn schreiben, damit der Richter die richtigen Schlüsse zog. So viele Prozesse hatte er geführt und nun überlegte er, wie eine Hexe oder ein Zauberer typisch zu erkennen war.

Schwefelgestank, Besen, Kater, Zauberbuch … so war eine Hexe. Aber hier musste es noch ein Mann, oder besser mehrere Männer, sein. Zauberer eben! Die Männer hatte er, seine Wache bestand aus zehn kampferprobten Männern, die konnte er maskiert auf den Richter loslassen. Sie waren treu und ihm ergeben, aber eben keine Zauberer. War es möglich mit Schwefeldampf, Feuerwerk und Masken den Richter zu täuschen? War der Mann so leichtgläubig? Oder war es nicht viel besser, die Frau des Richters zu bestürmen? Frauen waren da leichter zu beeinflussen und dann konnte die Frau vielleicht auf ihren Mann Einfluss nehmen. Diese Idee gefiel dem Pfarrer noch viel mehr, aber er brauchte nun eine Gelegenheit, die Frau des Richters außerhalb des Hauses am Abend aufzusuchen. Wie konnte er sie von ihrem Haus weg und in eine Falle locken? Er wusste viel zu wenig von der Frau und daher schickte er nun den Mann erst einmal los, um Informationen einzuholen, die er für seinen Plan wieder benutzen konnte.

Diese Informationen waren der eigentliche Schatz, den er verwahrte. Als der Mann gegangen war, setzte er sich auf seinen Stuhl, der mehr wie ein Thron aussah, und überlegte, wie er die Frau einschüchtern konnte. Dabei fiel sein Blick auf das Kreuz an der Wand, das ihm genau gegenüber hing. War es richtig, was er hier tat? Er versuchte den Glauben zu erhalten und dabei war ihm jedes Mittel Recht. Doch sah das Gott auch so? Wenn der Richter alle Hexen wieder laufen ließ, war es dann nicht die Aufgabe Gottes, ihn dafür zu strafen? Und war er, als Pfarrer, nicht die rechte Hand Gottes? Damit fiel ihm also auch diese Aufgabe zu. Strafen im Namen Gottes und Zurechtweisen der Abtrünnigen! Verfolgen der Hexen und Ketzer! Für die Durchführung dieser wichtigen Aufgabe konnte er auch mal eine kleine Täuschung riskieren.

Er schickte ein Gebet an Gott, dass es ihm gelingen konnte, die Frau in die Falle zu locken. Aber was würde er dann mit ihr anstellen? Er musste ihr nur etwas Angst machen, sonst sollte sie unversehrt bleiben. Er klatschte in die Hände und eine Tür tat sich auf. Der Diener betrat den Raum und der Pfarrer schickte ihn hinaus, um einen weiteren Mann seiner Wache zu holen. Mit einer Verbeugung verließ der Diener den Raum und wenig später betrat der Kämpfer den Raum. Mit einem Schwert an seiner Seite sah er viel kämpferischer aus, als der Anführer, der zuvor in seinem Raum gewesen war. „Du hast doch die Teufel auf dem Bild in der Kirche gesehen?" fragte er und der Mann nickte „Mache dir ein paar Masken und Umhänge, die genauso aussehen wie diese Teufel dort dargestellt sind." Der Kämpfer deutete eine Verbeugung an und verließ den Raum wieder. Nun lag es nur noch daran, die Frau zu finden und zu überwältigen. Den Rest würden die Männer dann schon machen.

Am Abend kam der Anführer der Wache zurück und berichtete „Jeden Freitag geht die Frau am Mittag zu ihrer Tante und ist am Nachmittag wieder zurück. Das ist so ziemlich der einzige Moment, wo sie alleine aus dem Hause geht. Das Haus der Tante liegt am anderen Ende von Leipzig. Aber sie ist bei Einbruch der Dämmerung immer schon lange wieder zu Hause." Dann verbeugte er sich und verließ den Raum. „Wie kann ich die Frau in die Dunkelheit bringen oder so lange aufhalten, bis es dunkel ist?" fragte sich der Pfarrer laut und stützte den Kopf in die Hand. Er grübelte und dabei fiel ihm die Bäuerin ein. Konnte er sie für seinen Plan einspannen, ohne ihr zu sagen, worum es ging? Er stand auf und trat an das Fenster. Wie als wenn es Vorsehung gewesen wäre, stand die Bäuerin unten auf dem Markt und packte gerade ihren Marktstand zusammen. Schnell ließ er sie zu sich holen.

Wenig später hatte er ihr, unter Vorspiegelung falscher Tatsachen, erklärt, dass sie die Frau des Richters am Freitagabend ansprechen sollte und sich dabei so viel Zeit bei dem Gespräch lassen solle, dass die Frau erst bei Einbruch der Dämmerung weiter gehen konnte. Da das Haus der Tante auch noch an dem Tor lag, durch das die Bäuerin die Stadt am Abend immer verließ, war das sehr leicht möglich. Die leichtgläubige Frau fragte nicht mal nach dem Grund für diesen seltsamen Plan. Wenig später war die Frau wieder aus dem Raum verschwunden und der Pfarrer zog sich in seine Gemächer zurück.

41. Kapitel

Ein seltsames Kraut

Der Zorn hatte sie übermann, aber sie durfte es nicht zeigen. Jetzt, da es wieder wärmer war, es war gerade Ende März, stellte ihr der Bauer immer mehr nach. Praktisch war sie nun nie vor seiner Gewalt und den Übergriffen sicher. Die ganze Situation ließ Barbara schier verzweifeln. Was konnte sie dagegen tun? Immer wieder hatte sie sich diese Frage gestellt und immer wieder war die Antwort „Nichts!" gewesen. Sie vermied es schon, irgendwo mit dem Bauern alleine zu sein. Immer blieb sie in der Nähe der Bäuerin oder von Johanna, aber das nützte selten etwas. „Komm mit! Wir müssen die Tiere auf die Weide bringen!" oder „Fass mal mit an. Wir tragen das in den Stall!" waren so seine Anweisungen und sie zuckte dabei immer erst einmal zusammen. Dann wusste sie schon, worum es ging. Selten darum, wirklich die Arbeit auszuführen. Meist nur darum, dass der Bauer über sie herfallen konnte. Auch wenn er dafür eigentlich keine Ausrede gebraucht hätte. Die sonntäglichen Züchtigungen hatte der Mann ebenfalls wieder aufgenommen. Trotz ihrer fortgeschrittenen Schwangerschaft hatte dabei Johanna dasselbe zu erleiden wie sie. Immer wechselseitig, jede Woche eine andere, da war der Mann konsequent. Aber zwischendurch war eben Barbara immer öfter an der Reihe. Offensichtlich konnte der Mann nun nicht mehr genug von ihr bekommen!

Sie wäre sicher schon lange schwanger, wenn sie nicht heimlich jeden Abend ihre Kräuter genommen hätte. Aber so konnte das nicht weiter gehen. Dieser Mann wurde einfach zu zügellos und es gab keinen Weg, ihm irgendwie Einhalt zu gebieten. Vielleicht, wenn sie mit ihm darüber redete? Doch sie machte sich da nicht wirklich viele Hoffnungen, dass ihr das gelang. Und richtig war seine einzige Antwort auf ihre Frage eine Ohrfeige gewesen. Durch sie fühlte er sich nun auch noch in seiner Ehre als Mann gekränkt und damit wurde es für Barbara nur noch schwieriger werden. Denn er setzte nun alles daran, ihr zu beweisen, dass er ein richtiger Mann war! Alle Gebete und alles Hoffen hatten ihr nicht den erhoffen Zustand gebracht. Nein, es war nur noch viel schlimmer geworden! An manchen Tagen musste sie ihm nun sogar mehrmals zu Willen sein!

Alles hatte doch mit dieser Alraune begonnen? Oder? Wenn sie versuchte, diese aus dem Haus zu bringen? Würde ihr das etwas nutzen? Es kam auf den Versuch an und so wartete sie auf den nächsten Vollmond, um sich mit der Wurzel, die sie wieder sorgsam unter dem Gewand versteckte, aus der Hütte zu schleichen. Nicht weit hinter dem Haus hob sie eine kleine Grube mit den Händen aus und legte die Wurzel dort hinein. Dann schob sie die Erde wieder über die Vertiefung und drückte die Wiese wieder so zu, dass im Vollmondschein nichts mehr zu sehen war. Leise schlich sie wieder zurück in die Hütte und weckte damit trotzdem auch noch den Bauern, der ihr in ihren Raum folgte.

Als Barbara aber am nächsten Abend in ihr Kräuterversteck schaute, war die Wurzel wieder da. Sie erschrak sich fast zu Tode. Wie konnte so etwas denn geschehen? Sie hatte sie doch eigenhändig nach draußen gebracht! Oder war es nur ein Traum gewesen? Alles hatte sich so real angefühlt! War da etwa Zauberei im Spiel gewesen? Barbara erschrak über die Macht der Wurzel. Eine Frau hatte ihr mal vor vielen Jahren erklärt, dass man eine Alraune nie wieder loswird. Sie kommt immer zu dem zurück, der sie gefunden hat. Egal ob man sie verschenkt, verkauft oder vergräbt. Bis gerade eben hatte sie das für ein Märchen gehalten, doch nun hatte sie es mit eigenen Augen gesehen. Am nächsten Tag ging sie zu der Stelle, an der sie die Wurzel vergraben hatte, doch da war auf einmal ein kleiner Strauch gewachsen. Etwa Kniehoch mit seltsamen Blättern. So eine Pflanze hatte Barbara noch nie zuvor gesehen und sie wusste auch nicht, wie die so schnell hier wachsen konnte.

Vorsichtig zupfte sie eines der Blätter ab und rieb es in der Hand. Ein seltsamer Duft entstieg dem Blatt, der sich aber schnell wieder verflüchtigte. Sie zeigte es Johanna, die gerade an ihr vorbei zum Stall ging und die nahm das Blatt ebenfalls in ihre Hand „Das könnte unsere sonntäglichen Sorgen lösen, wenn der Bauer es essen würde." sagte die Freundin und Barbara erschrak „Ich will ihn doch nicht vergiften!" „Nein! Das ist ungefährlich. Zumindest für uns Frauen. Bei Männern hat es eine ganz spezielle Wirkung." erwiderte Johanna mit einem Augenzwinkern und ging in den Stall hinein.

Die Magd schaute auf die kleinen Blätter des Strauches und überlegte, ob und wie sie dem Bauern diese Blätter geben konnte, als die Bäuerin vom Stall herüber rief „Geh endlich an die Arbeit. Du faules Ding. Sonst mache ich dir Beine!" Barbara fuhr herum und rannte los. Während der Arbeit des Tages überlegte sie weiter, wie die Blätter wohl am besten zum Einsatz zu bringen wären. Wollte sie das überhaupt? Dem Bauern seine Männlichkeit zu rauben war ganz schön gefährlich. Zu leicht konnte der Verdacht auf sie fallen und dann war ihr eine Anklage wegen Hexerei so gut wie sicher. Noch zögerte sie, aber die Nachstellungen des Mannes waren einfach zu unerträglich! Sollte sie daraus ein Getränk machen? Aber wie den Bauern dazu bringen, es täglich zu sich zu nehmen, ohne dass er eine Rückfrage stellte, oder Verdacht schöpfen würde?

Als sie am Abend den Brei für alle vorbereiten musste, kam ihr der Gedanke, das Kraut einfach darunter zu mischen. Johanna hatte ja gesagt, dass es für Frauen ungefährlich war. Sie schlüpfte noch einmal aus der Küche und holte eine Handvoll von den Blättern, die sie klein schnitt und in den Topf warf. Als die anderen zum Essen kamen, war der Duft der fremden Blätter schon längst verflogen. Nun musste die Pflanze nur noch ihre Wirkung entfalten. Der Geschmack des Breies war immer noch derselbe gewesen.

Niemand bemerkte einen Unterschied. Niemand von den Frauen zumindest. Nur der Bauer! Bereits am folgenden Abend schickte er Barbara wieder auf ihr Zimmer und folgte ihr wenig später. Doch so sehr er sich auch mühte, er konnte nicht mehr. Barbara musste sich auf die Unterlippe beißen, um nicht laut loszulachen. Aber das hätte sicher für sie schlecht geendet. Ärgerlich zog sich der Bauer die Hose wieder hoch und verließ den Raum.

Sie schaute ihm noch ein paar Augenblicke nach und als sie sicher war, dass er nicht wieder kommen würde, zog sie sich die Decke über den Kopf und begann zu lachen. Leise nur, damit er sie aus dem Nebenzimmer nicht hören konnte, doch sie konnte nicht mehr aufhören. Von nun an würde sie aufpassen müssen, dass sie sich durch ihr Schmunzeln nicht verraten würde, wenn sie den Bauern ansah. Aber sicher würde er sie nun in Ruhe lassen.

42. Kapitel

Teufelsbalg

---

s war für Johanna immer schwerer geworden, ihre tägliche Arbeit zu erfüllen. Der neunte Monat hatte begonnen und der Bauch war schon sehr gewachsen, aber nicht so, wie sie es bei Bärmuth in deren drei Schwangerschaften gesehen hatte. Immer noch hatte sie das Gefühl, das dieser Bauch gar nicht zu ihr gehörte. Er war ein Fremdkörper und genauso der Inhalt, von dem sie manchmal die Bewegungen spürte. Auch diese fühlten sich fremd an. Dazu kam noch, dass sie jeden Abend über den Bock gezogen wurde und die Bäuerin sich keine Gedanken um ihren Zustand machte. Der Bauer gleich gar nicht. Die Schmerzen durch den Bauch überlagerten dabei die Schmerzen durch die Schläge.

Manchmal brauchte sie früh etwas, um aus dem Stroh heraus zu kommen und auf den Beinen zu stehen. An einem der Balken abgestützt wartete sie, bis sie wieder Gefühle in den Beinen hatte. Manchmal dauerte dies länger, als ihr lieb war. Dazu kam dann ja auch noch, dass sie ihre Aufgaben trotzdem erfüllen musste und jeder Augenblick des Ausruhens musste danach schneller gearbeitet werden. Die einzige Unterstützung, die sie erhalten konnte, war die durch ihre Freundin Barbara. Aber die Magd hatte selbst sehr viel zu tun. Es war nur dem Geiz des Bauern geschuldet, dass dieser auf seinem großen Hof nicht mehr Leute eingestellt hatte. Auf den anderen Höfen mit einer vergleichbaren Größe waren meist zwei Mägde und zwei Knechte bei der Arbeit. Das hatte ihr Barbara einmal gesagt, aber es blieb eben nichts anders übrig, als sich mit der Hand den Schweiß von der Stirn zu wischen und zur nächsten Arbeit zu hetzen.

Nun betete sie, zusätzlich zu dem Gebet jeden Abend, auch noch darum, dass sie die Geburt überleben würde. Aber was wäre wenn nicht? Es kam ihr gar nicht so schlimm vor, endlich von dieser Plackerei erlöst zu werden und sicher würde sie in den Himmel kommen. Sie hatte jede ihre Taten mehr als gesühnt. Mit offenen Armen würden sie die Engel erwarten, bei den beiden Bauersleuten war sie sich da nicht so sicher. Die rannten zwar immer zur Kirche, aber sonst waren sie wohl nicht allzu gläubig. Zumindest verhielten sie sich nicht so, wie sich gottesfürchtige Menschen verhalten sollten. Barmherzigkeit und Güte fehlten ihnen ganz. Zum Glück ließ sie der Bauer nun seit ein paar Tagen in Ruhe. Manchmal sah sie den verschmitzten Gesichtsausdruck von Barbara, fragte aber lieber nicht nach. Vermutlich hatte es etwas mit dem seltsamen Strauch zu tun, den ihr Barbara mal gezeigt hatte. Aber es war besser, wenn sie darüber nichts wusste. So konnte sie auch niemanden verraten. Es kam ihr vor, als gäbe es hier so eine Art von Angst, die über allen schwebte. Nur nicht zu viel Wissen! Das machte sie irgendwie traurig.

Zu allem Unglück setzten die Wehen eines Abends auch noch genau während der Buße ein. Mit zusammengebissenen Zähnen absolvierte sie ihr Gebet, um danach mit einem Schrei neben dem Gestell zusammen zu brechen. Immer und immer wieder presste sich ihr Bauch zusammen und sie hockte im Stroh. Nachdem auch Barbara mit ihrer Buße fertig war, begann sie sich um sie zu kümmern. Die Bäuerin stand nur einfach dort herum und sah zu, wie die beiden Mädchen versuchten ein Leben auf diese Welt zu bringen. Mit dem Rücken an den Balken der Scheune gestützt, machte Johanna es so, wie sie es bei Bärmuth gesehen hatte. Die Nacht senkte sich langsam über sie herab und da die Bäuerin kein Licht in die Scheune bringen wollte, musste sie sich im blassen Schein des Mondes weiter damit abquälen. Und es war eine Qual, die die ganze Nacht dauerte! Irgendwann hatte sie keine Kraft mehr, um dort zu hocken und lies sich in das Stroh sinken. Als dann der

Mond untergegangen war, saßen sie kurze Zeit im Dunkeln. Immer noch hatte die Bäuerin ihren Platz nicht verlassen. Sie stand einfach dort und tat nichts.

Erst als die Sonne aufging hatte es Johanna geschafft. Doch außer ihrem Schrei der Erlösung blieb es ruhig in der Scheune. Kein Laut war zu hören. Johanna sah die Freundin an, die das Kind in den Händen hielt, aber an deren Gesichtsausdruck sah sie, dass etwas nicht stimmte. Nun erst kam die Bäuerin in die Scheune und sah das Kind an „Es ist ein Teufelsbalg!" rief sie. Die beiden Mädchen erschraken. Was sie sowieso schon gemerkt hatten, war nun schlimme Gewissheit geworden. Das Kind war missgestaltet und Johanna wendete sich mit Grausen von ihm ab. Zum Glück lebte es nur drei Atemzüge lang und wurde danach von seinem schrecklichen Schicksal erlöst. Barbara hielt es so, dass Johanna es sehen konnte, um Abschied zu nehmen, doch sie winkte nur ab. Sie wollte das verunstaltete Kind nicht noch einmal sehen. Erschöpft sank sie in sich zusammen und sah, wie die Freundin ein Tuch holte, das Kind darin einwickelte und die Scheune damit verließ. Die Bäuerin fuhr sie an „Und jetzt mach dich wieder an die Arbeit!" Johanna zog sich an dem Balken hoch und ging schwankend zum Ausgang des Gebäudes. Draußen sah sie Barbara gerade um die Ecke der Scheune kommen. Die Magd sagte zu ihr „Ich habe es hier um die Ecke begraben. Ich zeige dir wo." Doch Johanna schüttelte nur müde den Kopf. „Ich will es gar nicht wissen!" dann schwankte sie zum Stall hinüber, wo die Kühe schon danach riefen, gemolken zu werden.

Die Bäuerin war nirgends mehr zu sehen. Vermutlich informierte sie gerade das ganze Dorf darüber, dass in der Nacht ein Teufel geboren und kurz darauf gestorben war. Doch im Moment war dies Johanna vollkommen egal. Was kommen würde, das wusste sie nicht. Für das Kind hatte sie im Moment keine Träne.

Sie war nur froh, dass Gott es sofort zu sich geholt hatte. Aber konnte ihr das Kind nicht doch noch gefährlich werden? Bärmuth hatte ihr mal erzählt, dass ein verunstaltetes oder totes Kind, das man zur Welt brachte, als Beweis für die Buhlschaft mit dem Teufel gewertet werden konnte. Wenn die Bäuerin in der Beichte den Pfarrer darüber informierte, so war Johanna der Scheiterhaufen sicher. Buhlschaft mit dem Teufel, in der Nacht, im Vollmondlicht, das war ein deutliches Zeichen für Hexerei! Mit zusammengebissenen Zähnen und immer noch starken Schmerzen nach der Geburt arbeitete Johanna weiter.

Nach ein paar Stunden zog sich Johannas Bauch noch einmal zusammen. Unter heftigen Krämpfen und mit viel Blut stieß sie die Nachgeburt ab, die sie neben der Scheune an einem der kleinen Bäume vergrub. Als die Freundin das sah, stutzte sie und als Johanna sie danach fragte, sagte diese, dass sie genau an dieser Stelle auch das Kind beerdigt hatte. Instinktiv hatte Johanna das wohl geahnt, auch wenn sie es vorher nicht hatte wissen wollen.

43. Kapitel

Zweifel und Teufelsangst

---

ie Magd hatte nur einen kurzen Blick auf das Kind geworfen und sich dann mit Entsetzen abgewendet. Es hatte wie ein Teufel ausgesehen und daher hatte sie es, als es nicht mehr geatmet hatte, schnell unter einem der Bäume neben der Scheune beerdigt. Sie hatte auch den Schrecken in den Augen der Bäuerin gesehen und vermutlich würde es schon bald das ganze Dorf wissen. Aber was war die Ursache, die zu diesem Kind geführt hatte? War Johanna wirklich mit dem Teufel im Bunde gewesen? Und war sie das nicht vielleicht selbst auch? Sie legte ihre Hände auf ihren Bauch und horchte in sich hinein. War da nicht dieser kleine Teufel in ihr? Sie dachte an all das, was seit dem Fund der Wurzel alles passiert war und sie war fest davon überzeugt, dass nur ein Teufel dies alles bewirken konnte. Im Traum hatte er sich mit ihr gepaart! Oder war es kein Traum gewesen? Hatte sie ihn gerufen? Womit? Und wie? Viel wichtiger war aber: Was konnte sie dagegen tun?

Eigentlich konnte sie sich nur dem Pfarrer anvertrauen, doch was würde dieser tun? Versuchen den Teufel aus ihr auszutreiben? Oder sie als Hexe auf den Scheiterhaufen bringen, damit der Teufel zusammen mit ihr verbrennt? Bei beidem würde sie sicher sterben, das fühlte sie ganz deutlich. Sie hatte einmal eine Teufelsaustreibung gesehen, bei einer Magd in dem anderen Dorf. Die Magd, die damals etwas älter gewesen war, als sie jetzt, war an den Folgen der Behandlung gestorben, aber der Teufel war aus ihr ausgefahren und sie war auf geweihtem Boden beerdigt worden. Für eine Hexe war das völlig undenkbar. Die Asche der Hexen wurde nach der Verbrennung in einen Fluss gekippt oder vom Wind in alle vier Himmelsrichtungen verweht. Und wer sollte denn ohne

Grab am jüngsten Tag wieder auferstehen? Brauchte es dazu nicht einen Körper und geweihte Erde, aus der Gott einem wieder herausholen konnte?

Eines Tages, sie arbeitete gerade alleine im Stall, begann sie bei all diesen Überlegungen zu zittern. Vor Angst? Oder war es der Teufel in ihr, der nicht heraus wollte? Sie konnte es nicht sagen. Das einzige, was ihr blieb, war zu schweigen und täglich zu beten. Würde das helfen? Oder würde sie dafür in die Hölle kommen? Sie hatte die Bilder gesehen und wenn das ihre Zukunft war, dann wollte sie lieber auf den Scheiterhaufen, da war es nach ein paar Augenblicken vorbei und ihre Seele würde zu den Engeln aufsteigen. Zu den Teufeln wollte sie nicht. Sollte sie sich einer Austreibung unterziehen? Sie zuckte förmlich vor dem Gedanken zurück. Nein! Das war keine gute Idee! Oder war es der Teufel in ihr, der sich dagegen sträubte und ihren Willen beeinflusste? Weinend brach sie auf die Knie und riss ihre Hände vor die Augen. Inmitten der Tiere verfluchte sie laut ihr Los und blieb sofort still. Hatte sie gerade wirklich geflucht? Ja! Sie blickte auf und sah die Bäuerin durch die Tränen an der Stalltür stehen.

„Du verdorbenes Stück!" begann die Alte zu keifen „Du sollst arbeiten!" dann holte sie mit einem Knüppel aus und schlug zu. Barbara konnte sich gerade noch wegducken, dann traf das Schlaginstrument den Balken in der Mitte des Stalles direkt neben ihr. Die bisher ruhig stehenden Kühe rannten auf den Knall hin aus dem Stall und eine traf die Magd mit dem Huf am Kopf. So war sie nun dennoch getroffen worden. Mit der Hand hielt sie sich die blutende Stelle und hörte auf das Dröhnen in ihren Gedanken. Durch all den Lärm hörte sie ein teuflisches Lachen. Trotz der Wunde arbeitete sie weiter. Immer wieder wischte sie das Blut mit dem Ärmel ab, bis die Blutung irgendwann zum Stehen gekommen war. Die Bäuerin war wieder gegangen und Barbara ging schließlich zum Brunnen und wusch sich die Wunde aus. Sie sah, wie Johanna, der Bauer und die Bäuerin die vier Kühe zurück brachten.

Barbara fluchte innerlich über die Bäuerin und sah mit Erschrecken, wie diese im selben Moment stolperte und der Länge nach hinfiel. Die Magd riss die Hand vor den Mund. Schon ein gedachter Fluch ging anscheinend sofort in Erfüllung. Der Teufel in ihr musste sehr mächtig sein. Sie begann wieder vor Angst zu zittern. Bei dem folgenden Gebet fielen ihr die Worte nicht mehr ein. Wie Bäche liefen ihre Tränen über die Wangen. „Ich bin verloren!" murmelte sie vor sich hin. Die Bäuerin rappelte sich auf und schrie zu ihr herüber „Mach weiter!" und die Magd lief zurück zum Stall. Die Kühe mussten noch gemolken werden. Mit einem Eimer begann sie ihre Arbeit bei der ersten Kuh. Als sie bei der letzten war brach die erste Kuh zusammen und brüllte so laut, das der Bauer gelaufen kam. „Was ist passiert!" brüllte der Mann und beugte sich über das am Boden liegende Tier, das sich in Krämpfen wandt. Barbara stand da und schaute auf ihre Hände. Sie war verflucht! Schreiend lief sie aus dem Stall und rannte Johanna über den Haufen. Dann lief sie weiter zu einem kleinen Wäldchen, wo sie zusammenbrach und weinend liegen blieb.

Es dauerte Stunden, bevor sie zurück zum Hof gehen konnte. Sie schaute in den Stall, die Kuh stand friedlich da, aber die Bäuerin schrie die Magd an „Halte dich von unserem Vieh fern!" erschrocken wich Barbara zurück. Sicherlich hatte die Bäuerin ihren Fluch gehört und so gedeutet! Ab nun musste Johanna die Stallarbeiten übernehmen. Als sich Barbara umdrehte, stand die Freundin hinter ihr „Alles gut bei dir?" fragte sie und die Magd nickte. „Die Kuh hatte nur eine Kolik. Nichts gefährliches." erklärte Johanna und Barbara nickte, auch wenn sie es besser wusste. Der Fluch begann zu wirken! Wie konnte sie dem Einhalt gebieten? Ging das überhaupt? Wer konnte einen Fluch stoppen? Gott? Sie begann mit einem Gebet und diesmal fielen ihr die Worte auch ein.

Barbara hatte das Gefühl „Alles wird gut!" aber konnte es das? Die Zweifel in ihr fraßen an der Wirkung des Gebetes. Der Teufel lachte und sie stand schwankend auf. Es musste enden! Nur wie? Sollte sie sich stellen?

Die Magd sah sich um und bemerkte den Blick der Bäuerin. Lange konnte es nicht mehr gut gehen. Sicher hatte die Frau bereits Verdacht geschöpft und dann würde es irgendwann zu spät sein. Hatte sie den Fluch gehört gehabt? Dann war Barbara sowieso verloren. Wer Fluchte, der war des Teufels und auf den wartete der Scheiterhaufen. Sie konnte schon die Hitze des Feuers spüren.

Oder war es schon das Höllenfeuer? Der Teufel in ihr lachte!

44. Kapitel

Ein rachsüchtiger Geist?

Mit Entsetzen stand er vor der Leiche der Frau. Das hatte er nicht gewollt! Ein bisschen erschrecken und in Angst versetzen ja, aber den Tod hatte er vermeiden wollen. Er hatte sie ja als Druckmittel für den Richter gebraucht und da hätte sie nur lebendig seinem Plan genutzt. Aber tot? Der Anfang des Planes hatte noch funktioniert. Seine Männer hatten ihr in der Dunkelheit, als Teufel verkleidet, aufgelauert, ihr einen Sack über den Kopf gestülpt und sie in das Versteck gebracht. Aber irgendetwas musste dabei schief gegangen sein, denn sie hatte sich bei dem Transport offensichtlich das Genick gebrochen. Seltsam verdreht hing ihr Kopf zur Seite. Was nun? Als erstes sprach er ein Gebet für sie und schloss ihr dann die Augen. Vorwurfvoll sah er die, um ihn herum stehenden, Männer an, die noch immer die schaurigen Masken trugen. Dann begann er zu überlegen, wie der Tod der Frau nicht ganz umsonst gewesen sein würde.

In dem Kellerraum setzte er sich in die Ecke auf einen Stuhl, während die Männer die Leiche vor ihn auf die Streckbank aufbetteten. Er schickte sie mit einer Handbewegung aus dem Raum und saß nun direkt vor dem Körper der Frau. Was würde ein Zauberer wohl mit dem Körper machen? Er hatte in der Bibel von Menschenopfern gelesen, aber würden dies auch die Zauberer und Hexen machen? Der Pfarrer dachte nach, er würde eine Idee brauchen, so lange es draußen noch dunkel war, dann würde sie niemand sehen und wenn er länger als einen Tag damit warten würde, so wäre es sicher verdächtig. Der Richter würde dann nach seiner Frau suchen und vielleicht würde er auf die richtigen Schlüsse kommen. Das alles konnte er im Moment nicht gebrauchen. Der Pfarrer stand auf und ging zu der Frau hinüber. Noch war ihr Körper warm, aber das würde sich in ein paar Augenblicken ändern. Was konnte er tun?

Leichenschändung? Das war es im Prinzip ja jetzt schon! Der Pfarrer strich ihr durch die Haare und entschuldigte sich bei ihr innerlich, für das, was er ihr nun antuen musste. Er rief seine Leute wieder zurück, dann zogen sie die Frau aus, bemalten sie mit heidnischen Symbolen und dann hüllten sie den toten Körper in ein paar Tücher. Die Männer maskierten sich wieder und trugen sie davon. Sie würden in der Nähe des Friedhofes einen Platz suchen, an dem sie ein heidnisches Ritual nachstellen würden, das ihnen der Pfarrer genau beschrieb. Trotz ihrer Abgebrühtheit war dies den Männern nicht ganz egal. Sie hatten sichtbar Angst, für ihr Tun in die Hölle zu kommen, aber wenn der Pfarrer dafür die Verantwortung übernahm, so würde sicher er in die Hölle kommen und nicht sie.

Um sich vor der Rache Gottes zu schützen, begab sich der Pfarrer in seine Kirche und begann still zu beten. War das angestrebte Ziel all diese Opfer wert? Er konnte es im Moment nicht sagen, aber es gab sowieso keine Umkehr mehr. Nur Jesus hätte die Frau wieder zum Leben erwecken können. Plötzlich stand die Frau direkt vor ihm und er sah ihre leeren Augen. Er zuckte zusammen und schrie auf. Dann erwachte er. Der Pfarrer war in der Kirche beim Gebet eingeschlafen. War es ein Traum gewesen? Oder war die Frau als Rachegeist erschienen, um ihn zu holen? Langsam drehte er sich um, aber er war alleine in der Kirche. Draußen begann das erste Licht durch die Fenster zu fallen und er musste noch alles für den Gottesdienst am folgenden Tag vorbereiten.

Er zwang sich ruhig zu bleiben, denn es konnten nur noch Augenblicke sein, bis die Leiche der Frau von den ersten Menschen gefunden werden würde, die früh am Morgen noch schnell auf den Friedhof gehen mussten. Er durfte sich nichts anmerken lassen und setzte sich an den Altar. Es dauerte länger als er erwartet hatte, bis eine alte Frau schreiend in die Kirche kam und er alle Mühe hatte sie zu beruhigen, sowie die Nachricht aus ihr herauszubekommen, die er sowieso schon kannte. Zu zweit liefen sie das kurze Stück bis zum Eingang des Friedhofes. Einige andere Männer und Frauen standen schon dort. Der Pfarrer trat zu der Leiche und bedeckte sie schnell mit seinem Mantel. Dann sprach er ein besonders lautes Gebet, damit es auch wirklich alle hörten. Danach verharrte er im Gebet an dem toten Körper. Er wartete auf den Richter.

Etwas später kam der Mann auf den Friedhof gelaufen. Mit Tränen in den Augen kniete er neben seiner toten Frau. Nun war der Moment gekommen. Der Pfarrer begann laut zu reden „Seht ihr, wohin uns eure Nachsicht mit den Hexen gebracht hat? Das Unheil breiter sich bei uns aus und es wird uns alle in die Abgründe der Hölle reißen!" er zog den Mantel zur Seite, so dass der Richter, und die umstehenden Personen, die aufgemalten Symbole auf dem nackten Körper der toten Frau sehen konnten. Eilig bekreuzigten sich alle und der Richter hob seine Frau auf. Er trug sie weg und beachtete den immer noch tobenden Pfarrer nicht. Was diesen nur noch mehr aufregte. Kein Wort hatte der Richter gesagt. Wie sollte es nun weiter gehen? Hatte er den Richter für sich gewinnen können? Und würde er nun unnachsichtiger in den Verhandlungen auftreten? Das blieb zu hoffen und er musste auf den nächsten Prozess warten. Ein frösteln lief über seinen Körper und er spürte eine kalte Hand des Todes auf seiner Schulter. Ein schnelles Gebet flog zum Himmel, um ihn zu erretten. Doch konnte dies helfen? War seine Seele nicht schon jetzt an die Teufel gefallen? Langsam ging er zur Kirche zurück und entzündete eine der Kerzen an dem Altar. Wieder sah er die toten Augen vor sich und zuckte zusammen. Würden diese ihn nun immer weiter verfolgen? Er bekreuzigte sich und der Geist wich zurück.

Jetzt blieb zuerst noch die Beerdigung vorzubereiten. Im Gottesdienst am nächsten Tag wollte er diesen Fall als Beispiel für das Wirken der Hexen und Zauberer nehmen und es wäre doch gelacht, wenn in der Beichte danach nicht mindestens eine potentielle Hexe denunziert werden würde. Mit dieser würde er dann den Richter testen und schauen, ob sich dessen Einstellung zu den Hexen nicht doch geändert hatte. Wie beabsichtig kam der Richter am Nachmittag vorbei und bat darum, dass der Pfarrer seine Frau auf dem Friedhof am nächsten Tag mit beerdigen würde, was dieser gern übernahm. Nun würde der Sarg am Sonntag beim Gottesdienst vorn in der Kirche stehen. Ein zusätzlicher Beweis für die Hexen und deren abscheulichen Handlungen.

Mit einer Hand auf dem Sarg und der anderen wild in der Luft gestikulierend zeichnete der Pfarrer ein düsteres Bild in die Köpfe seiner Zuhörer. Die beiden Bilder neben dem Altar halfen ihm dabei. In dieser aufgeheizten Stimmung hätte er nur auf jemanden zeigen müssen und sagen „Du bist eine Hexe!" und die Menge hätte sich auf das Opfer gestürzt. Er war mit sich zufrieden, nun hatte er erreicht, was er gewollt hatte. Nur hatte er auch den Richter überzeugt?

45. Kapitel

Ein Pfahl der Schande

Es war Sommer geworden und in Bärmuths Bauch regte sich neues Leben. Und das, wo sie doch nicht verheiratet war! Siegbert ließ sie nicht mehr aus dem Haus, aber für die Besucher war es unübersehbar. Eine Schande! So kam dann auch, was kommen musste. Eines Tages wurde sie in dem Haus von der Stadtwache abgeholt und zum Hause des Richters geführt. Oder war gezerrt eher das richtige Wort dafür? Die Soldaten gingen nicht sehr sorgsam mit ihr um und an manchen Stellen musste sie aufpassen, um nicht hinzufallen, wenn einer an ihrem Arm zog oder ihr einen Schubs in den Rücken gab. Das Haus des Richters war nicht sehr weit entfernt und doch kam es ihr wie eine Ewigkeit vor, bis sie endlich an dem reich verzierten, großen Holztor standen. Einer der Wachen öffnete die Tür und mit einem Stoß in den Rücken flog Bärmuth in den Raum hinein. Es dauerte ein paar Augenblicke, bis sich ihre Augen an das Halbdunkel des Raumes gewöhnt hatten.

Ein paar Männer, etwa ein halbes Dutzend, standen und saßen dort um zwei Tische herum. Ihr direkt gegenüber saß, etwas erhöht, der Richter. Sie verbeugte sich vor ihm und wurde sofort wieder nach vorn gestoßen. Sie flog förmlich gegen die Kante des Tisches, die sie gerade noch rechtzeitig mit der Hand erreichte, bevor ihr Bauch dagegen geschlagen hätte. Der Mann sah von einem Blatt auf und fixierte sie mit einem stechenden Blick. „Ehebrecherin und unverheiratet schwanger!" sagte er unheilvoll. Bereits auf den Ehebruch stand die Steinigung, wenn der Ehemann es wollte, aber Karl hatte bei ihr damals darauf verzichtet und so lebte sie noch. Was würde nun folgen? Der Tod durch ertränken? Solche Sünderinnen, wie sie jetzt eine war, konnten in einen Sack gesteckt und in einen Teich geworfen werden. Was war ihr Schicksal? Der Mann begann mit einer Ermahnung zu einem gottgefälligen Leben und schon das alleine ließ sie aufatmen. Wenn er so begann, so konnte eigentlich nichts Schlimmes mehr danach kommen. Gespannt wartete sie das Ende der Belehrung ab. Der Mann klopfte auf die Bibel und schloss die Akte. Dann sah er über die anwesenden Männer und verkündete das Urteil.

„Du wirst am Sonntag am Schandpfahl für deine Sünde büßen und alle werden deine Schande sehen!" dann erhob sich der Mann und sah Bärmuth mit einem stechenden Blick an. Dann brüllte er „Und jetzt raus, bevor ich es mir anders überlege!" Bärmuth machte eine tiefe Verbeugung und verschwand so schnell sie konnte aus dem Raum. Erst draußen konnte sie durchatmen und über das gesagte nachdenken. Der Schandpfahl? Sie sah hinüber zur Kirche, wo dieser Pfahl mit dem oben angebrachten Holzbrett im Moment unbenutzt in der Mitte des Platzes stand. In zwei Tagen würde sie dort stehen. Die Soldaten würden sie am Morgen zum Sonnenaufgang dort festmachen und dort würde sie dann bis zum Sonnenuntergang stehen müssen. Schon jetzt fühlte sie alle Augen auf sich gerichtet, wie würde das erst am Sonntag sein? Sie lief zurück zu Siegbert und teilte ihm das Urteil mit. Doch da sie nicht verheiratet waren, konnte er nichts für sie tun. Und heiraten durfte sie mit der Schuld des Ehebruchs auch nicht mehr. Es war zum verrückt werden. Irgendjemand musste sie von dieser Schuld befreien und erst dann konnte sie wieder heiraten. Nur wer konnte das? Eigentlich nur der Pfarrer, aber der hatte sie ja beim letzten Mal aus der Kirche geworfen. Warum sollte er sie nun von der Schuld reinwaschen?

Auch in dieser Nacht kam sie wieder die kleine Katze besuchen. Wie diese in ihr Zimmer kam, war Bärmuth vollkommen unverständlich. Eines Abends war sie einfach wieder auf ihr Fensterbrett gesprungen und blieb meist bis zum Morgen. Das Fenster war im ersten Stock und bis zum nächsten Baum waren es sicher drei Schritte, die die kleine Katze springen musste. Doch sie mochte es, mit dem schnurrenden Tier einzuschlafen. In der Früh war sie dann meist verschwunden, so wie auch an diesem Morgen. Bärmuth setzte sich in ihrem Bett auf und dachte an den folgenden Tag, an dem sie zu dieser Zeit sicher schon abgeholt werden würde. Sie zog sich an und ging nach unten zu ihrer Arbeit. Die Frau war jetzt im vierten Monat und nur manchmal störte der Bauch etwas, wenn sie an dem Tisch der Schreibstube saß und die Bücher der Werkstatt führte. Doch heute konnte sie sich nicht richtig darauf konzentrieren. Immer wieder ging ihr Blick nach draußen, wo sie die Spitze der Kirche sehen konnte.

Als sie sich zum zweiten Male auf dem Rechenbrett verzählt hatte, brach sie die Arbeit ab und räumte die Zählmünzen in die kleine Schachtel. Heute war sie viel zu durcheinander und dafür würde sicher auch Meister Siegbert Verständnis haben. Sie nannte ihn immer noch „Meister Siegbert." Obwohl sie in mancher Nacht das Lager teilten und das Kind unter ihrem Herzen von ihm war. Doch wie sollte sie ihn anders nennen? Als sie den Raum verließ nahm sie der Mann kurz in den Arm und drückte sie. Für einen Augenblick lehnte sie ihren Kopf an seine Schulter und sah zu ihm auf. Hier fühlte sie sich geborgen. Dann ging der Mann in die Werkstatt hinüber und begann seine Arbeit. Was sollte sie heute machen? Sie beschloss einkaufen zu gehen, aber auch dort schienen die Augen der Menschen sie zu verfolgen. Der nächste Tag kam schneller, als sie es gewollte hatte.

Noch vor Sonnenaufgang hämmerten die Männer unten an die Tür und wurden von einem Gesellen herein gelassen. Der Mann führte sie nach oben, wo Bärmuth gerade aufgestanden war. Im Nachthemd stand sie am Bett und drehte sich zur Tür. Sie wollte grade noch in das, an einem Nagel hängende, Kleid schlüpfen, als einer der Männer sagte „Das brauchst du heute nicht." Bärmuth nickte, wurde an den Armen gepackt und nach draußen gezerrt. Wenig später waren sie auf dem Platz vor der Kirche. Die Wachen klappten den oberen Teil des Holzbrettes hoch und Bärmuth musste Kopf und Hände in die entsprechenden Aussparungen legen, dann klappten die Männer das obere Teil wieder herunter und verschlossen es an der Seite. Einer riss ihr das Unterkleid herunter, so dass sie nun nackt und gebückt dort stehen musste. Jeder konnte ihren Bauch sehen und sie wurde rot im Gesicht. Sie schämte sich dafür, hier so zu stehen und dafür war es wohl auch da.

Neben ihr wurden zwei Frauen in Ketten gelegt, die an ihren Masken, die sie trugen und an denen lange Zungen angebracht waren, eindeutig als tratschsüchtige Weiber zu erkennen waren. Aber die blieben angezogen und konnten sich bewegen. Bärmuth musste nun so stehen bleiben. Langsam füllte sich der Platz vor der Kirche. Die Menschen versammelten sich und gingen dann hinein. Sie stand in der Mitte auf der kleinen Plattform, so dass sie von jeder Stelle des Platzes zu sehen war. Noch hatte sich keiner wirklich für sie interessiert, aber nach dem Gottesdienst wurden die Stände rings um sie herum aufgemacht. Die Menschen lachten, tanzten, aßen und tranken und sie stand zwischen ihnen nackt in der Sonne. Es wurde ein sehr heißer Sommertag und sie hatte keinen Schatten. Unbarmherzig brannte die Sonne auf ihren Kopf und den Rücken herunter. Jeder der Anwesenden durfte sie schlagen, bespucken oder mit faulen Obst bewerfen. Einer hatte auch faule Eier dabei, die er nach ihr warf. Sie stanken abscheulich.

Direkt vor ihr tranken einige Männer etwas und sie hatte Durst. Der Bratenduft stieg ihr in die Nase und ihr Magen begann zu knurren. Eine Frau schlug ihr so sehr in das Gesicht, dass ihre Lippe aufplatzte und sie konnte sich nicht bewegen, nicht einmal den

Kopf wegdrehen. Die offenen Haare hingen an der Seite herunter und klebten von den stinkenden Eiern. Immer wieder schossen ihr die Tränen in die Augen und sie konnte rein gar nichts dagegen tun, hier so zu stehen. Es war eine Ewigkeit, bis die Menschen begannen den Platz zu verlassen und die Sonne endlich unter ging. Dann kamen die Wachen zurück und lösten das Schloss an dem Holzteil wieder.

Die Halterung gab sie frei und Bärmuth sank auf der Plattform zusammen. Vor ihr lag noch das zerrissene Unterkleid, dass sie nun zu sich zog, um sich damit notdürftig ihre Blöße zu bedecken. Sie hatte keine Kraft mehr, um zu gehen. Sollte sie vom Platz kriechen? Die Frau merkte wenig später, wie sie jemand aufhob und auf Armen wegtrug. Sie erkannte Siegbert und schlang die Arme um seinen Hals. Die Tränen liefen wieder über ihre Wangen und der Rücken brannte bei jeder Berührung.

46. Kapitel

Verdacht und Beichte

Es wurde ihr immer unheimlicher. Nicht nur, dass sie ja die beiden Mädchen hier hatte, nein, es häuften sich auch noch die Unglücksfälle rund um den Hof. Das Gefühl sagte der Bäuerin, dass es mit der Magd zu tun haben musste. Aber es war auch unmöglich, die Magd von aller Arbeit auf dem Hof fern zu halten. Dafür gab es einfach viel zu viel zu tun. Wenn doch der Mann nicht so geizig sein würde, so hätten sie sich schon lange einen Knecht auf den Hof geholt. Mit diesen Mädchen hatte sie nur noch Probleme. Die Eine, eine Sünderin, und die Andere nun offenbar auch nicht viel besser, wahrscheinlich durch den täglichen Kontakt mit der Sünderin völlig verdorben. Am liebsten würde sie Beide sofort vom Hof jagen.

Nun war es mitten im Sommer und die Zeit der Ernte kam. Ein paar Tage bevor sie alle auf das Feld gehen wollten, schaute der Bauer noch einmal nach den goldenen Ähren. Er war zufrieden und zeigte das auch allen. In diesem Jahr würden sie eine gute Ernte einbringen können. Als er dies am Tisch aussprach setzte draußen ein Sturm ein und alle hielten sich vor Angst am Tisch fest, als ob das irgendetwas gebracht hätte, wenn der Sturm ihnen das Dach von der Hütte gerissen hätte. Obwohl es noch nicht Abend war wurde es draußen so finster, dass sie in der Hütte ein Licht anzünden mussten. Aber so schnell, wie er gekommen war, so schnell war der Wind auch wieder fort. Nichts Gutes ahnend liefen sie alle zu ihrem Feld hinaus. Der größte Teil der Ernte war durch einen Hagelschauer vernichtet. Alles lag am Boden und das seltsame daran war, dass der Hagel offensichtlich nur ihr Feld getroffen hatte. Das Feld des Nachbarn, das nur ein paar Schritte entfernt lag, war völlig unberührt und stand noch genauso da, wie ihr eigenes noch am Vormittag gewesen war.

Dies konnte nicht mit rechten Dingen zugegangen sein. Nun war für die Bäuerin das Maß voll. Am Abend, in ihrer Kammer, forderte sie den Bauern auf, die beiden Mägde vom Hof zu werfen, doch alles was passierte, war die Ohrfeige, die sie erhielt. Wenn sie nun schon nicht ihr weltliches Recht erhalten hatte, so wollte sie nun ein göttliches Recht anfordern. Am nächsten Morgen ging sie nach Sonnenaufgang zur Kirche in die Stadt. Auf dem Feld gab es ja nun sowieso nichts mehr zu tun. Sie ging so schnell, dass sie die Strecke in der Hälfte der Zeit schaffte, die sie sonst am Sonntag immer zum Gottesdienst für diesen Weg benötigte. Sie betrat die Kirche und sah sich um, der Pfarrer saß mit einer anderen Frau im Beichtstuhl und so musste sie warten. Ihr Blick fiel auf das Bild mit den Teufeln. So musste es sein! Ein Teufel hatte es auf ihren Hof abgesehen! Er wollte sie zerstören und vom rechten Glauben abbringen! Das durfte sie nicht zulassen. Vielleicht hatte sich die Magd mit dem Teufel eingelassen! Oder beide Mädchen?

Endlich verließ die andere Frau den Beichtstuhl und sie setzte sich. Sie begann ihre Befürchtungen zu berichten und äußerte dabei auch den Verdacht, dass die Magd etwas damit zu tun haben könnte. Sie erzählte von den vielen seltsamen Zufällen in der letzten Zeit und von dem Teufelsbalg, das die Sünderin zur Welt gebracht hatte. Spätestens da hatte sie die Aufmerksamkeit des Pfarrers errungen und sie musste noch einmal alles von Anfang an erzählen. Ihr fiel nun auch die offensichtlich verlorengegangene Manneskraft ihres Mannes ein und nun war auch der Pfarrer überzeugt, dass es sich um Teufelswerk handeln würde. Dann fiel ihr noch ein, dass die Magd damals ja im Vollmondlicht die Hütte verlassen hatte. Und nun war ihnen beiden klar, dass sie sicher eine Hexe war, die sich im Lichte des Vollmondes mit einem Teufel getroffen hatte. Vielleicht hatte sich die Magd sogar mit ihm gepaart! Beide bekreuzigten sich schnell. Dann verließen sie die Kabinen und der Pfarrer sagte zu ihr „Gehe heim und beobachte die beiden Mädchen genau. Am Sonntag gibst du mir Bericht und wenn sich unser Verdacht bestätigt, so werde ich sie am Montag holen lassen und peinlich befragen. Aber lasse dir Nichts anmerken." Die Bäuerin nickte und verließ die Kirche wieder, nachdem sie sich vor dem Pfarrer verbeugt und ihm gedankt hatte.

Von nun an beobachtete sie jede Handbewegung der beiden Mädchen, die sie zusammen zur Arbeit eingeteilt hatte, damit sie sie besser im Blick haben konnte. Sie merkte sich jeden Blick und jedes Wort, so unbedeutend es ihr auch erschien, um es dann dem Pfarrer berichten zu können. Immer mehr verdichtete sich in ihr der Glaube, dort nicht zwei Mädchen, sondern zwei Hexen zu sehen, die ihr finsteres Werk fortführten. Und diese beiden Hexen musste sie stoppen! Koste es was es wolle. Sie hatte nicht einmal ihrem Mann darüber etwas gesagt und sie hielt es auch bis zum Sonntag nicht aus, sondern ging am Markttag zum Pfarrer, um diesen schon vorab von ihren Beobachtungen zu berichten. Zu zweit standen sie am Fenster des Raumes und sahen auf die Magd hinunter, die auf dem Markt an dem Gemüsestand die Frauen bediente. „Es ist gut, dass du zu mir gekommen bist." sagte der Pfarrer schließlich, als er sie wieder nach unten zu ihrem Stand gehen ließ. Am Sonntag würde sie trotzdem weiter berichten. Noch argwöhnischer beobachtete sie die Magd, die nun neben ihr am Stand Obst und Gemüse an die Frauen ausgab, während sie die Münzen kassierte.

Auf dem Rückweg zum Dorf ließ sie die Magd mit dem leeren Karren zu ihrem Haus vorgehen und machte sich dann auf den Weg, um in einem anderen Dorf, das nahe ihres Heimweges lag, nach einer neuen Magd zu schauen. Denn die andere würde ja sicher nicht wieder zu ihr kommen. Entweder würde sich der Pfarrer um sie kümmern, oder sie würde die beiden Mädchen in der nächsten Woche persönlich aus dem Haus werfen. In einem der Häuser wusste sie ein Mädchen von gerade mal 14 Jahren, das ihr geeignet erschien, demnächst auf ihrem Hof zu arbeiten. Sie war folgsam und gottesfürchtig und wenn die beiden anderen erst mal weg waren, und sie damit nicht mehr beeinflussen konnten, dann schien ihr dieses Mädchen dafür geeignet, deren Platz einzunehmen.

Zusammen mit der anderen Bäuerin schaute sie, wie sich die Kleine bei der Arbeit anstellte. Schnell wurden sich die beiden Frauen einig und ein paar Münzen, die sie ihrem Manne abgenommen hatte, wechselten den Besitzer. Nun war es eigentlich nur noch Formsache die beiden Männer von dem Tausch zu überzeugen. Frohen Mutes ging sie zu ihrer Hütte heim.

47. Kapitel

Gutes Personal

Was die Bäuerin ihm erzählt hatte, das hatte ihn überrascht. Sein Plan war ja gewesen, dass Johanna ein bisschen zur Demut und Vernunft geführt wurde. Das ihr Willen gebrochen wurde und sie damit für seine Einflüsterungen anfälliger werden würde. Doch nun offenbarte sich ihm, dass sie wohl seinem Einfluss entglitten war und zur Seite der dunklen Mächte gezogen wurde. Das musste er unterbinden! Dabei spielte ihm die Freundschaft zwischen den beiden Mädchen in die Hände, aber er musste bald handeln. Egal was die Bäuerin ihm am Sonntag noch sagen würde, er würde seine Leute am Montag in der Früh auf den Weg schicken, damit sie ihm die Beiden in den Kerker brachten. Damit blieben ihm noch ein paar Tage, um sich zu überlegen, wie er mit den Beiden verfahren sollte. Er würde zwei Mädchen haben, die ihm gleichzeitig in die Hände fielen. Sie waren gut befreundet und damit konnte er die Verbindung zwischen ihnen benutzen, um die Eine mit dem Leben der Anderen zu erpressen.

Eigentlich wollte er ja nur Johanna, was mit der anderen Frau geschah, das war ihm vollkommen egal. Sie war ihm nur zur Erpressung notwendig. Wenn Johannas Willen durch das Leben auf dem Bauernhof und die Buße noch nicht komplett gebrochen war, so würde er die andere Frau brauchen. Er schickte nach dem Anführer seiner Wache und dieser erschien wenig später. Obwohl es noch ein paar Tage waren, begann der Pfarrer schon alle Anweisungen zu geben. „Ihr holt die beiden Mädchen am Montag ab. Was ihr mit der Schwarzhaarigen macht ist mir eigentlich egal, so lange sie am Leben bleibt. Vorerst! Die Blonde aber gehört mir. Ihr krümmt ihr kein Haar! Hast du mich verstanden?" der Mann nickte stumm und wendete sich dem Ausgang zu, die Tür schloss sich und der Pfarrer stand auf. Er ging zu dem kleinen Schrank und zog den Schlüssel hervor, den er an einer Kette um den Hals trug. Mit einem Knirschen drehte sich der Schlüssel im Schloss und das Schubfach des kleinen Schränkchens öffnete sich. Gedankenverloren strich der Mann über das Stoffstück, das darin lag. „Bald wirst du mir ganz gehören!" murmelte er vor sich hin und schloss danach das Schränkchen wieder ab.

Er ging zurück zum Fenster und schaute auf den Markt, wo die Bäuerin mit der Magd an dem kleinen Stand ihr Obst verkaufte. Er dachte an die Schwangerschaft Johannas, von der er erst vor kurzem erfahren hatte. Darum war sie also nicht mehr in die Kirche gekommen. So lange hatte er sie schon nicht mehr gesehen. Irgendwie zog es ihn zu dieser Frau und er wusste nicht warum. Er hatte versucht, alles über sie heraus zu bekommen, aber wenn er noch eindeutiger nach ihr gefragt hätte, so hätte die Bäuerin sicher Verdacht geschöpft. Die Frau war zwar einfach, aber nicht dumm. Der Pfarrer hatte Glück, dass sie so tief gläubig war und genau deshalb hatte er sie auch ausgesucht, damit sie das Mädchen erzieht und ihr den Willen bricht. Nun würde er sehen, ob das gewirkt hatte. Wenn nicht, so blieb es noch immer ihm überlassen, ihr gegebenenfalls das Genick zu brechen. Zumindest vorerst im übertragenen Sinne.

Wenn das mit der Magd nicht funktionierte, so hatte er ja auch noch Bärmuth in der Hinterhand. Es hatte ihm etwas Überredungskunst gekostet, damit ihr Mann sie nicht steinigen ließ und er damit sein Faustpfand verloren hätte. Aber noch war sie in seinem Einflussbereich. Auch von ihr hatte er Material gesammelt, das er gegen sie verwenden konnte. Sein Blick fiel auf den kleinen Schrank. Nicht nur der Stoff lag darin, sondern auch noch ein paar eng beschriebene Blätter Papier. Zeugenaussagen und Beweise, die jeden darin Verzeichneten ohne Mühe sofort auf den Scheiterhaufen bringen konnte. Jedes dieser Blätter war mehr Wert, als das jeweilige Gewicht in Gold. Die Tür öffnete sich und er zuckte zusammen. Eine seiner beiden Dienerinnen betrat den Raum und machte eine Verbeugung „Kannst du nicht anklopfen?" fuhr er sie an und nun zuckte die Frau zusammen. Sie begann irgendetwas zu stammeln, das er nicht verstand und darum unterbrach er sich mit einer Handbewegung. „Was willst du?" fragte er, nun etwas ruhiger und die Frau antwortete „Mein Herr. Euer Essen steht für euch bereit." Der Mann nickte und sie verschwand schnell wieder.

Seine beiden Dienerinnen musste er auch mal wieder zurechtweisen. Die hatten den Respekt vor ihm anscheinend vollkommen verloren. Er sollte sie durch zwei neue Frauen ersetzen. Das war vielleicht keine so schlechte Idee, jetzt wo dann sicher auch Johanna in seinem Haus leben würde. Er machte sich auf den Weg und betrat sein Esszimmer. Wie immer stand Gebratenes und Gegartes auf dem Tisch, dazu Wein und Brot. Auch Trauben aus dem Süden waren im Angebot. Wie immer überflog er all das erst einmal, um sich dann an den Braten zu machen. Durch die Tür der Küche kam eine der beiden Frauen immer wieder mit neuen Speisen herein und trug leere Schüsseln zurück. Das ganze Mahl hatte sicher eine Stunde gedauert, bis er sich mit einem Rülpser von seinem Platz erhob. Nun blieben die Reste für die beiden Frauen übrig und er machte sich auf den Weg, sich zwei neue Frauen zu suchen, die den Platz der beiden anderen einnehmen konnten.

Schon am Abend hatte er zwei neue Dienerinnen gefunden und die beiden anderen aus dem Haus geworfen. Mochten sie sehen, wo sie blieben. Sein Diener hatte die beiden jungen Frauen in all ihre Pflichten eingewiesen und nun würde er sehen, wie sie sich machten. In ihre zusätzlichen Pflichten würde er sie dann später noch persönlich einweisen. Noch hatte er sich nicht entschieden, welche der Beiden in der ersten Nacht das Lager mit ihm teilen durfte. Das würde sich noch ergeben.

Endlich wurde es Montag und er sah seinen Wachen nach, die loszogen, um die Mädchen zu ihm zu bringen. Er hatte seine beiden Dienerinnen mittlerweile gefügig gemacht und schon bald würden sie auch Johanna bedienen müssen. Der Mann stand am Fenster und sah weiter seinen Männern hinterher. Alles lief nach seinen Vorstellungen. Nun hatte er wieder gutes Personal. Bei den Männern und bei den Frauen. Alle waren ihm treu ergeben und genau das war es, was er von ihnen erwartete. Es klopfte und erst nach dem „Herein" betrat eine der Dienerinnen den Raum. Er nickte zufrieden, als sie nach einer tiefen Verbeugung und mit dem Blick zum Boden gesenkt, sagte „Mein Herr. Euer Essen steht bereit." Er folgte ihr. So ließ es sich leben.

48. Kapitel

Der Weg des Schmerzes

So wirklich überrascht war sie gar nicht gewesen, als die Wachen des Pfarrers sie abholen kamen. Johanna hatte versucht sich zu verstecken, aber sie hing noch an der Kette und damit war es ein völlig abwegiger Gedanke gewesen, so zu entkommen. Die Männer zogen sie daran am Halse aus ihrem Versteck heraus, waren dabei aber seltsam vorsichtig. Während sie Fußtritte bekam, gingen sie mit Johanna etwas sorgsamer um. Mochte das auch nur Einbildung sein, oder auch nicht, aber Barbara konnte auch nicht verstehen, warum die Männer Johanna überhaupt mitnahmen, wo sie doch eigentlich nichts gemacht hatte. Bis darauf, das Teufelskind auf die Welt zu bringen. Sicher hatte das die Bäuerin berichtet, aber das war doch schon Monate her. Warum dann erst jetzt? Nun gingen sie also hintereinander her. Vorn lief Johanna zwischen zwei Männern, die sie an den Armen zogen und sie direkt dahinter. Genauso geführt, oder gezerrt, wie die Freundin nur zwei Schritte vor ihr. Die anderen Männer gingen hinter ihnen her. Sie hatte fast lachen müssen, dass der Pfarrer zehn Männer geschickt hatte, um zwei Mädchen zu holen, aber sie dachte danach an den Teufel in ihr. Vielleicht hätte er ihr auch eine solche Kraft geben können, sich gegen die Männer zu wehren. Doch sie hatte es gar nicht erst versucht. Sie hatte sich ihrem Schicksal ergeben.

Immer näher kamen sie der Stadt und Barbara sah an den Bewegungen, die Johanna vor ihr machte, das diese der Möglichkeit, wieder in die Stadt zu kommen, nicht ganz abgeneigt war. Aber was würde nun mit ihnen geschehen? Es konnte alles geschehen! Oder nichts! Aber sicher würden sie nicht nur zu einer Plauderstunde geholt werden. Dazu waren die Wachen zu ruppig mit ihr

199

umgegangen. Dann betraten sie die Straße und sie musste daran denken, dass Johanna ja keine Schuhe trug. Vorsichtig setzte die Freundin vor ihr die Füße auf und trotzdem waren schon ein paar Blutspritzer an den Füßen zu sehen. Die scharfen Kanten der Steine schnitten in das Fleisch und verursachten sicher große Schmerzen, die sich Johanna jedoch kaum anmerken ließ. Immer weiter führte sie ihr Weg, bis sie vor der Kirche abbogen und zum Haus des Pfarrers gebracht worden. Wenig später saßen sie beide im Keller des Hauses, in zwei einzelnen Räumen, von denen ihrer keine drei mal drei Schritte groß und nur spärlich durch ein kleines Loch unter der Decke von draußen beleuchtet war.

Ihr Kerker war gänzlich leer und mit einer Gittertür von einem Gang abgegrenzt, auf dem ein schwacher Fackelschein zu sehen war. Für eine schier unendliche Zeit tat sich nichts. Kein Laut war zu hören und die Männer ließen sie in Ruhe. Sicherlich gehörte auch dies schon dazu, was auch immer passieren sollte. Sie sollten sich sicher fürchten und nach ihrem Gefühl gelang das den Männern auch ganz gut. Die Freundin war am anderen Ende des Ganges untergebracht, so dass sie sich nicht mit ihr verständigen konnte. Also konnte sie nur auf dem Boden sitzen und mit dem Rücken an der Steinwand, die sich aus unbehauenen Felsbrocken zusammensetzte, abwarten, bis man sie wieder holen würde. Erst Stunden später wurde sie wieder aus der Zelle gezerrt und zusammen mit Johanna in einen Raum gebracht, wo man begann ihnen, ohne eine nähere Erklärung der Anklage, die darin aufgestellten Instrumente und Werkzeuge zu zeigen.

Ein großer, breitschultriger Mann begann langsam und mit Bedacht zu erläutern, wie die einzelnen Folterinstrumente funktionierten. Wofür welche Zange war und wofür welcher Haken. Der Mann schilderte es alles so plastisch, dass sich schon alleine von der Beschreibung ihre Nackenhaare aufstellten. Wollten sie diese

Instrumente auch bei ihr zur Anwendung bringen? Aber warum? Nach Stunden des Grauens wurden die beiden Frauen nach draußen und dann nach oben gebracht. In einem großen, hellen Raum saß der Pfarrer und erklärte ihnen, dass sie der Hexerei und Teufelsverehrung beschuldigt worden waren. Barbara sah, wie entsetzt Johanna aussah und bemerkte, wie ruhig sie selbst im Gegensatz zu der Freundin geblieben war. „Morgen früh beginnt die Befragung. Überlegt euch gut, ob ihr nicht schon vorher gestehen wollt. Ihr habt ja die Geräte gesehen." sagte der Mann und ließ die beiden Mädchen wieder nach unten in ihre Zellen bringen.

Mittlerweile war es draußen dunkel geworden, so dass nur noch das wenige Licht der Fackeln die Zelle beleuchtete. Leise konnte sie die Freundin weinen hören. Sie selbst war immer noch erstaunlich gefasst. Sie verschränkte die Hände über ihrem Bauch und dachte an den Teufel, der in ihr steckte. Würde der Pfarrer sie von diesem Dämon befreien, wenn sie ihm alles gestand? Vielleicht. Ein Klappern im Flur ließ sie aufmerksam werden. Noch war es mitten in der Nacht und sie sah nach oben. Es würde sicher noch Stunden dauern, bis da oben der erste Lichtstrahl erscheinen würde. Das Licht einer Fackel kam immer näher. Ein Mann steckte diese in eine Halterung neben der Tür und sah zu ihr herein. Dann klirrte ein Schlüssel und die Gittertür schwang quietschend auf. Der breitschultrige Mann, der ihnen zuvor die Geräte erklärt hatte, betrat die Zelle und bevor sie noch richtig wusste, was geschah, hatte er ihr das Kleid zerrissen. Er drückte sie zu Boden und verging sich an ihr. Dann war sie wieder alleine. Nun wusste sie, dass sie den nächsten Tag nicht überleben würde, denn sonst hätte sie den Mann vor Gericht bringen können. Doch anscheinend war ihr Schicksal schon besiegelt. Nun erst liefen die Tränen herab. Sie zog die Fetzen ihres Kleides vor sich zusammen und versuchte etwas zu ruhen, was ihr nicht so richtig gelang. Die Schmerzen in ihrem Unterleib waren einfach zu groß. Zwar war sie die Nachstellungen des Bauern gewöhnt gewesen, doch dieser Mann hier war sehr brutal mit ihr umgegangen.

Ein Geräusch drang an ihr Ohr und sie schreckte hoch. Es war schon hell und offensichtlich war sie doch noch irgendwann eingeschlafen. Die Zelle wurde geöffnet und sie auf die Füße gezogen. Zwei Männer zerrten sie den Gang entlang und unterwegs rutschte das zerrissene Kleid einfach von ihrem Körper. Nackt schoben die Männer sie in den Raum, in dem man ihr am Vortag die Geräte gezeigt hatte. Johann hing in der Mitte des Raumes, mit nach oben gesteckten Armen, an einem Haken. Gerade so hoch, dass ihre Zehenspitzen noch den Boden berührten. Die Freundin hatte ihr Kleid noch an. Noch während sich Barbara im Raum umsah, war einer der Männer mit einer Schere an sie heran getreten und schor ihr ziemlich unsanft das lange schwarze Haar. In dicken Büscheln fiel es ihr vor die Füße und einer der Männer beförderte die Haare in einen Kamin an der Wand.

Der Gestank von verbrannten Haar zog durch den Raum. Wenig später lag sie, an Händen und Füßen gefesselt, auf einer Bank und die Männer begannen sie auseinander zu ziehen, bis sie, fast zum Zerreißen gespannt, über der Bank schwebte. Noch war kein Wort gefallen. Niemand hatte etwas gefragt oder gesagt. Als der Gestank der Haare verzogen war, öffnete sich die Tür und der Pfarrer trat ein. Er stellte sich neben sie an die Bank und fragte „Und?" da begann sie alles zu erzählen. Von der Wurzel, dem Teufel, der in ihren Schoß gekrochen war, dem Fluch, den nun nicht mehr zeugungsfähigen Bauern und dem Hagel im Feld. Es brach alles in so schneller Folge aus ihr heraus, dass einer der Männer an einem Schreibtisch neben ihr kaum mit dem aufschreiben nachkam. „Bist du eine Hexe?" fragte der Pfarrer und sie antwortete tief aus sich heraus „Ja!" „Trägst du den Teufel immer noch in dir?" fragte der Mann weiter und wieder antwortete eine Stimme aus ihr „Ja!"

Würden die Männer den Teufel nun aus ihr heraus treiben? Im Stillen hoffte sie es, aber wer hatte sich da gerade mit ihrer Stimme für schuldig bekannt? Sie wusste es nicht! War es der Teufel in ihr gewesen? Sie erschauderte vor der Macht, die dieser anscheinend über sie hatte. Die Stricke lockerten sich und Barbara sank auf die Bank zurück. „Dann werden wir dem Teufel nun den Ausweg versperren!" sagte der Pfarrer. Sie sah ihn fragend an, aber er machte nur ein Handzeichen. Die Seile an ihren Füßen wurden gelöst und zwei Männer zogen ihre Knie auseinander. Ein Dritter näherte sich ihr mit einem glühenden Eisen und drückte es auf ihren Schoß. Sie schrie auf. Ein Zischen war zu hören. Der Geruch von verbrannten Fleisch und angesengtem Haar zog in ihre Nase und der Schmerz raubte ihr die Sinne.

49. Kapitel

Feuer und Wasser

ie hatte die Freundin in der Nacht schreien gehört und am ganzen Körper vor Angst gezittert, doch ihr war nichts passiert. Die ganze Zeit hatte sie sich gefragt, was sie hier wohl machte, war aber nur zu der Antwort gekommen, dass es an dem missgebildeten Kind lag. So etwas wurde meist als Buhlschaft mit dem Teufel ausgelegt und vielleicht hatte sie die Bäuerin deshalb beim Pfarrer angezeigt. Warum aber Barbara hier war, das konnte sie sich nicht erklären. Nun hing sie hier an diesem Haken von der Decke und wartete auf die Befragung. Sie hatte nichts zu gestehen und deshalb würde diese Befragung für sie sicher sehr schmerzhaft und lang werden. Was sollte sie sagen? Niemand beachtete sie hier an ihrem Seil. Die Männer gingen einfach an ihr vorbei. Das Seil hatte die Länge, dass sie gerade noch stehen konnte.

Dann öffnete sich die Tür und sie brachten die Freundin nackt in den Raum. Sie musste zusehen, wie sie Barbara direkt vor ihr das Haar schoren und sie dann auf die Bank spannten. Zwei Männer zogen an den Seilen, bis sie das Knacken von Barbaras Gelenken hören konnte. Aber kein Schmerzenslaut entfuhr der Freundin. Dann kam der Pfarrer und Johanna musste die Geschichte von Barbara mit anhören. Ein Schauer lief über ihren Rücken bei der Geschichte mit dem Teufel. Sie sah, wie die Männer Barbara mit dem glühenden Eisen verstümmelten. Danach trug einer der Männer die bewusstlose Freundin an ihr vorbei aus dem Raum.

Der Pfarrer wendete sich nun ihr zu. Auf eine Handbewegung von ihm zog einer der Männer sie hoch, so dass sie den Boden unter den Füßen verlor. „Und nun zu uns!" sagte der Pfarrer „Ich bin unschuldig." sagte sie und er lächelte sie an „Das glaube ich dir nicht. Du hast dich mit dem Teufel gepaart. Aber er hat deinen Körper schon verlassen. Wir können auf das Eisen also hoffentlich verzichten." wieder machte er eine Handbewegung und einer der Männer riss ihr die Kleider herunter. Da ihre Arme oben waren musste er die Stoffstücke regelrecht zerfetzen. Dann hing sie nackt in der Mitte des Raumes. „Was machen wir nun mit dir?" fragte er und begann sie zu umrunden.

Als er dann wieder vor ihr stand fragte er erneut „Und?" doch sie sah ihn nur von oben herab an. „Wir lassen dich erst mal eine Weile so hängen. Vielleicht fällt dir ja noch etwas ein." sagte der Pfarrer und läutete eine Glocke. Ein Diener betrat den Raum mit einem Tablett und stellte es auf die Bank, auf der gerade noch Barbara gelegen hatte. Der Pfarrer setzte sich auf einen Stuhl und begann ein gebratenes Hühnchen zu essen. Keine drei Schritte von ihr entfernt. So nahe, dass der Duft des Bratens ihr in die Nase ziehen musste. Ihr Magen begann zu knurren und sie sah auf den sich nur langsam leerenden Teller. Wie lange hatte sie schon kein Fleisch mehr gegessen? Braten sicher schon seit einem Jahr nicht mehr. Nur in der Suppe war manchmal ein kleiner Fetzen Hühner-fleisch gewesen. Der Mann ließ es sich schmecken. Abwechselnd ein Stück Huhn und einen Schluck von dem Wein aus dem Krug.

Mit einer Hühnerkeule in der Hand stand er auf und kam um den Tisch herum. Er hielt das Stück Braten so, dass es direkt vor Johannas Nase war. Wenn er nur ein kleines Stück näher gekom-men wäre, hätte sie es mit den Zähnen erwischen können, aber er blieb so weit von ihr entfernt, dass ihr das nicht gelingen konnte. Direkt vor ihr nagte er den Knochen ab und warf ihn dann hinter sich. Mit zielsicherem Wurf landete der Knochen auf dem Teller und der Diener brachte die Knochen wieder weg. „Und?" fragte der Pfarrer wieder. „Ich bin unschuldig." antwortete sie, nun fast trotzig.

Der Mann trat näher heran und strich mit seinen Fingern über ihren Körper. „Du bist so schön. Es wäre eine Schande diesen Körper zu zerstören, so wie ich es bei deiner kleinen Freundin machen musste. Aber …" er ließ das Ende offen und trat wieder hinter den Tisch. „Du lässt mir ja aber keine Wahl." Er wartete noch einen Moment auf ihr Geständnis, dass aber nicht kam. „Dann bringt mir mal ein anderes Hühnchen auf den Tisch." sagte er schließlich und klopfte auf die Bank. Wenig später lag Johanna so, wie zuvor schon Barbara an den Seilen gespannt gehangen hatte. Die Schnüre schnitten ihr in Hand- und Fußgelenke und immer weiter wurde gezogen, bis sie nicht mehr konnte. Sie schrie, weil sie das Gefühl hatte, innerlich zerrissen zu werden. „Ich höre?" fragte der Pfarrer, nun schon etwas wütender, doch sie antwortete ihm „Ich bin unschuldig." „Na gut. Feuer oder Wasser?" fragte der Mann einen seiner Gehilfen und der kam mit einem Wasserkrug und einer glühenden Zange nach vorn.

Der Pfarrer blickte zwischen dem Krug und der Zange hin und her und Johanna folgte seinem Blick. Beides würde sicher grausam sein. Der Mann hatte ihr am Vortag alles erzählt, aber so eine Wahl zu treffen war unmöglich. Und gestehen konnte sie nichts, da sie nichts gemacht hatte. „Wir beginnen mit dem Wasser!" sagte der Pfarrer und der andere Mann brachte die Zange wieder zurück. „Wir verschließen dir alle anderen Körperöffnungen und gießen dir Krug für Krug Wasser in deinen Mund, bis du entweder gestehst oder platzt." Begann der Pfarrer mit seiner Erläuterung. Einer der Männer kam mit ein paar Holzstücken zurück, mit denen man sonst Fässer verschloss. Dann drückte er ihr die Stücke mit Gewalt in alle drei Öffnungen zwischen ihren Beinen, befestigte sie auch noch mit Stricken und begab sich mit dem Krug zu ihrem

Kopf. „Nun?" fragte der Pfarrer ein letztes Mal, doch sie schüttelte den Kopf.

Sie versuchte den Mund zusammen zu pressen, doch zwei Männer zogen ihr die Kiefer auseinander und der Dritte goss den Krug mit einem Male in sie hinein. Sie musste prusten und verschluckte sich. Sie hustete und spukte das Wasser wieder aus, während der Mann den Krug wieder füllte.

Vier Mal überstand sie die Prozedur, dann fühlte sich ihr Bauch an, als ob er jeden Moment platzen würde. Vor lauter Angst gestand sie alles, was sie sich nur einfallen lassen konnte. Wie sie im Mondlicht mit dem Teufel getanzt hatte, wie sie sich mit ihm gepaart hatte und sein Kind auf die Welt gebracht hatte. Alles, was sie nur irgendwo gehört oder gelesen hatte, berichtete sie. „Na bitte!" sagte der Pfarrer triumphierend, nachdem sie ihr „Geständnis" beendet hatte. Die Seile wurden gelockert und die Pfropfen aus ihr gezogen. Wie ein Wasserfall schoss die Flüssigkeit aus ihrer, zum Platzen gespannten, Blase.

Nachdem sie das Geständnis unterschrieben hatte, saß sie wenig später wieder in ihrer Kerkerzelle und hielt sich den prallen Bauch. Sie ließ es einfach laufen. Das würde sicher noch Stunden dauern, bis alles Wasser wieder aus ihr heraus war. Wie würde es nun weiter gehen?

50. Kapitel

Faustpfand

Er hatte sie absichtlich geschont. Die Wasserfolter hatte er mit Bedacht gewählt, weil sie die einzige war, die auf ihrem Körper keine Spuren hinterlassen würde. Alles andere drum herum war nur Schauspiel gewesen, um sie auch ohne die Folter zu einem Geständnis zu bewegen. Er hatte schon an sich gezweifelt. Ob er aber weiter gemacht hätte, wenn die Befragung zu keinem Ergebnis geführt hätte, dass wusste er nicht. Alles war mit Überlegung genau so gewählt. Selbst die Größe des Kruges war absichtlich nicht so groß bemessen gewesen, wie sonst üblich. Bei anderen Befragungen wurde da aus einem Eimer gegossen, der die fünffache Menge des Kruges beinhaltete. Trotzdem hätte er sicher nach dem fünften Krug abgebrochen, wenn sie ihm nicht mit dem Geständnis zuvor gekommen wäre. Er hatte schon auf den dicken Bauch gestarrt, um abzuschätzen, wann er abbrechen musste. Zum Glück hatte er nun ihr Geständnis, von ihr eigenhändisch unterschrieben. Damit hatte er sie in der Hand und musste sie nur noch etwas im Kerker belassen, damit sie den Unterschied zwischen seinem Bett und dem Scheiterhaufen noch viel deutlicher spürte. Doch konnte er damit ihren, immer noch starken, Willen vollends brechen?

Das Blatt mit dem Geständnis nahm er an sich und legte es zu den anderen in den Schrank. Er hatte nicht vor, es bei Gericht zu verwenden. Die bloße Existenz dieses gelblichen Blattes war für ihn viel wichtiger. Die Drohung, die damit über Johanna schwebte, würde sie für seine Wünsche gefügig machen. Wenn man so wollte, so näherte sich sein lange gehegter Plan langsam seinem Ende zu. Schon bald würde sie ihm gehören! Nun musste er nur die Ruhe bewahren, um nicht durch unnötige Eile alles wieder zu zerstören. Die andere Frau hatte ihm viel zu schnell alles Gestanden, was er wissen wollte. Das ärgerte ihn nun ein bisschen, aber nach den Erklärungen der Magd hatte er unmöglich weiter machen können. Damit war der Schrecken, den er sich mit der Befragung bei Johanna ausgerechnet hatte, viel kleiner gewesen und er hatte eigentlich unnötiger Weise das Brandeisen doch noch benutzt. Normalerweise hätte er den Teufel aus ihr ausgetrieben, doch das wäre für Johanna nicht ganz so erschreckend gewesen.

Nun musste er erst mal diesen Fall der Magd zu Ende führen. Aber vielleicht konnte er ja mit ihrem Ende auch noch Einfluss auf Johanna nehmen. Schließlich waren sie ja Freundinnen und vermutlich im Laufe der Zeit ziemlich eng verbunden. Das Leid der Einen konnte die Andere doch da nicht kalt lassen. Oder? Der Prozess war soweit vorbereitet und würde noch am nächsten Tag stattfinden. Egal wie dieser Prozess ausgehen würde, die Magd würde in den nächsten Tagen sowieso sterben. Entweder an den, bei der Befragung zugezogenen, Verletzungen oder durch das Urteil des Richters. So oder so hatte er bei ihr schon gewonnen. Und bei Johanna? Er stieg in den Keller hinunter und schritt den Gang entlang. In jede der beiden Zellen warf er einen Blick, aber beide Frauen lagen nur schlafend oder bewusstlos in den Räumen.

Am Ende des Ganges betrat er den Raum mit den Foltergeräten. Im Moment war er menschenleer und selbst das Feuer im Kamin war erloschen. Er zog sich den Stuhl zur Seite und setzte sich im Scheine einer Fackel dorthin, wo Johanna am Morgen gehangen hatte. Genau in die Mitte zwischen all die Geräte. Wie viele Menschen waren wohl schon hier drin gewesen? Bei ihm und seinen Vorgängern sicher einige Hundert. Nur jeder fünfte überlebte überhaupt die Befragung und nur bei denen kam es zu einem Urteil. Alle anderen wurden irgendwo verscharrt. Kein Mensch fragte wieder nach ihnen. Selbst in den Büchern tauchten sie nicht mehr auf. Ausgelöscht, im wahrsten Sinne des Wortes. Ein Leben beendet, so wie man eine Kerze auspustete.

Er sah das „spanische Pferd" vor sich und dachte an die erste Befragung, die er vor Jahren hier gemacht hatte. Eine alte Frau hatte auf der scharfen Kante, die den Rücken des Bockes darstellte, sicher eine Stunde gesessen. Nackt, auf jeder Seite ein Bein herunterhängend, hatte sich die Kante immer tiefer in das Fleisch zwischen den Beinen der Frau eingedrückt. Ihre Schreie hatte er noch lange in den Ohren gehabt. Bisher hatte er von jedem, der nach der Befragung noch lebte, ein Geständnis erhalten. Sein Henkersknecht war sehr erfahren, was die peinliche Befragung anbetraf. Für einen Moment zog eine Gänsehaut über seinen Rücken, so als ob ihn ein kalter Lufthauch gestreift hatte. Er dachte an all die Toten, die sie aus diesem Raum getragen hatten. Warum fiel ihm das gerade jetzt ein? Er wusste es nicht und stand auf. Am Anfang hatte er noch mit Zweifel auf all die seltsamen Schilderungen reagiert, aber mit jeder Befragung hatte sich immer mehr die Sicht in ihm durchgesetzt, dass er von lauter dunklen Gestalten umgeben war, die seinen Glauben prüfen wollten. Hexen und Zauberer, Zauberer und Hexen! Überall!

Der Pfarrer trat zur Tür und zog die Fackel aus der Halterung neben dem Eingang, dann ging der Mann zurück in den Gang. Waren die beiden Frauen jetzt wieder wach? Sollte er sie wecken? Er entschied sich dagegen, denn er hatte noch den Prozess einzureichen. Es ging auf den Abend zu, als er mit der Akte über den Platz lief und sie dem Gehilfen des Richters übergab. Am nächsten Tag würde der Prozess dann hoffentlich, für ihn, erfolgreich beendet werden. Pünktlich zum Abendgottesdienst war er wieder in seiner Kirche. Eine kleine Andacht und eine kurze Predigt für die anwesenden Gläubigen folgten und dann wartete auch schon sein Abendessen auf ihn.

Bei dem üppigen Mahl fiel ihm ein, dass er vergessen hatte seine Leute anzuweisen, die beiden gefangenen Frauen im Kerker mit einer Mahlzeit zu versorgen. Zwischen zwei Bissen rief er seinen Diener und gab diesem die Anweisung, Wasser und Brot für die beiden Frauen nach unten zu bringen. Der Mann verbeugte sich, holte das gewünschte aus der Küche und verschwand aus dem Raum.

Hatte Johanna an diesem Tage nicht eigentlich schon genug Wasser gehabt? Er überlegt sich, wie er sie wohl noch weiter beeinflussen konnte und schaute auf die Gänsekeule in seiner Hand. Wieder rief er seinen Diner, der gerade aus dem Keller nach oben gestiegen war. „Nimm diese Keule und einen Stuhl und stelle sie so, dass die blonde Gefangene sie sehen muss, aber nicht erreichen kann." Wieder verschwand der Mann und setzte den Wunsch seines Herrn um. Der Pfarrer beendete sein Mahl und würde sich dann später von der Umsetzung seines Wunsches überzeugen. Dabei konnte er dann auch noch einen Blick auf Johanna werfen.

51. Kapitel

Die Kosten des Verfahrens

Er strich seiner Tochter über das Haar. Sie war nun gerade erst mal fünf Jahre alt und hatte schon keine Mutter mehr. Zwar hatte er nicht richtig klären können, ob es wirklich die Ketzer gewesen waren, die seine Frau getötet hatten, aber der Verdacht lag zumindest sehr nahe. Nach all den heidnischen Symbolen, die mit Teer auf ihren Körper gemalt waren und die er nur sehr schwer wieder abbekommen hatte, bevor er sie in die Kirche zur Beerdigung gebracht hatte. Nun saß er hier und wusste nicht, wie er der Tochter den Verlust der Mutter erklären sollte. Die Amme, die gerade in das Zimmer kam, holte das Kind zum Spielen ab und würde sie damit vorerst von ihren Fragen ablenken, aber die würden sicher wieder kommen und was sagte er dann? Der Mann sah aus dem Fenster des Zimmers nach draußen, auf den Markt. Nach außen hin versuchte er die Prozesse objektiv zu führen, doch tief in seinem Inneren war da etwas zerbrochen, was nicht so leicht wieder heilen konnte. Den Hexen und Zauberern gegenüber war er nun nicht mehr so unvoreingenommen, wie es sein Amt eigentlich erfordert hätte.

Der Diener betrat den Raum und brachte die Liste mit den am Tag durchzuführenden Prozessen. Nur einer davon stach ihm sofort in das Auge. Es ging um eine Hexe, die offensichtlich genau in dem Dorf gelebt hatte, das dem Friedhof, auf dem sie seine Frau damals gefunden hatten, am nächsten lag. Gab es da einen Zusammenhang? Sollte er diesen Fall wirklich selbst übernehmen? Oder lieber an einen seiner Kollegen weiter geben? Für ein paar Augenblicke überlegte er, dann dachte er daran, dass er dadurch vielleicht den Fragen, die sich in seinem Inneren auftaten, mit einer Antwort begegnen konnte. Er machte einen Pfeil daran und sagte zu dem Diener „Diesen Fall machen wir als letzten." Der Mann nickte und verschwand nach einer kurzen Verbeugung mit dem Blatt aus dem Raum, um die Beteiligen der Prozesse zu informieren. Als sich der Richter von seinem Platz erhob, sauste seine Tochter, gefolgt von der Amme, durch den Gang und er nahm sich vor, diesen Fall von Hexerei besonders zu prüfen und, wenn sich etwas Wahres daran fand, mit aller Härte durchzugreifen. Das war er seiner Tochter und seiner verstorbenen Frau schuldig.

Wenig später saß er in dem Saal im Erdgeschoß seines Hauses und begann mit den ersten Verhandlungen. Es war aber nichts wirklich Aufregendes dabei. Ein Diebstahl eines Apfels, ein Nachbarschaftsstreit und ein paar andere Nichtigkeiten, die man mit ein bisschen Mühe und guten Willen auch alleine, ohne Richter, hätte klären können. Nach dem Mittagessen, das er in der nahe gelegenen Schänke zu sich nahm, würde dann der letzte Prozess des Tages folgen. Zusammen mit dem Pfarrer traf er dann danach wieder an der Tür des Gerichtssaales ein. Er traute diesem Manne immer noch nicht richtig, aber auch da musste er objektiv sein. Der Pfarrer ließ ihm den Vortritt und betrat dann hinter ihm den Saal. Der Richter nahm auf seinem Stuhl Platz und ließ sich die Akte bringen. Sorgsam las er alles durch und holte dann den Pfarrer nach vorn „Das Geständnis der Frau ist ja noch nicht einmal unterschrieben!" sagte er und zeigte auf die leere Stelle am unteren Rand des Blattes „Sie ist eine einfache Magd vom Dorfe!" sagte der Pfarrer und hob beschwichtigend die Hände, was heißen sollte: zu dumm zum Schreiben. „Aber ihr Kreuz hätte sich schon machen können. Oder?" sagte der Richter und klappte die Akte lautstark zusammen. „Dann bringt die Angeklagte herein." rief er und einer der Diener eilte hinaus.

Wenig später öffnete sich die Tür und eine kahlgeschorene Frau wurde in den Saal geschoben. Zwei Männer stützten sie mehr, als dass sie sie führten. Die Frau trug ein knielanges weißes Leinenkleid und hatte Ketten an den Händen. „Du redest nur, wenn du gefragt wirst, sonst …" sagte der Richter und zeigte auf den in einer Ecke stehenden Prügelbock. Die Frau nickte und stellte sich vor seinem Tisch auf. Die Männer traten zurück und sie hatte Mühe stehen zu bleiben, das sah er. „Du wirst der Hexerei beschuldigt. Bist du eine Hexe?" fragte er „Ja." antwortete die Frau. „Schildere mir mit deinen Worten dein Vergehen." forderte er sie auf und sie begann zu erzählen. Von Hexennächten und Teufelstänzen. Je länger sie erzählte, desto stärker wurde sie. Zum Schluss stand sie aufrecht in dem Raum, und wenn die Ketten nicht gewesen wäre, so hätte sie vielleicht zu schweben angefangen. Diese Frau war vielleicht wirklich eine Hexe, doch so ganz sicher war er noch nicht. Er wendete sich an den Pfarrer und fragte ihn nach der Art der Befragung, doch da fiel ihm die Frau in das Wort, noch bevor der Pfarrer etwas sagen konnte.

Der Richter schnitt ihr mit einer Handbewegung das Wort ab und sagte „Wegen Missachtung des Gerichtes verurteile ich dich zu zehn Peitschenhieben auf das nackte Gesäß!" Zwei der Gerichtsdiene ergriffen sie und zogen sie in die Ecke. Während einer sie festhielt schlug der zweite mit der Peitsche zu. Doch er stutzte nach dem ersten Hieb und sah verwirrt zu dem Richter. „Was ist?" fragte der und der Mann zeigte auf die Frau. Der Richter und der Pfarrer gingen in die Ecke und sahen, was der Mann meinte. „Schlage noch einmal zu!" sagte der Richter und nach drei Peitschenhieben sahen sich alle ratlos an. Normalerweise ließ diese Peitsche schon nach dem ersten Hieb die Haut aufplatzen, doch bei der Frau zeigten sich noch nicht einmal ein paar blaue Spuren auf dem nackten Hinterteil. „Wenn das keine Hexerei ist, dann weiß ich auch nicht." sagte der Pfarrer und die Männer gingen auf ihre Plätze zurück. „Vollende er sein Werk." sagte der Richter zu dem

Mann mit der Peitsche und es folgten die restlichen Hiebe, die dieselbe Wirkung bei der Frau hatten, wie die zuvor.

„Du bist eine Hexe. Und ich verurteile dich zum Tode auf dem Scheiterhaufen." sagte er zu der Frau, als sie wieder vor ihm stand. Die Hiebe hatten seine letzten Zweifel zerstreut. Diese Frau war wirklich eine Hexe! „Mache hier unten dein Kreuz auf deiner Aussage." sagte er noch und sah zu, wie die Frau die Feder ergriff. Durch die Ketten an den Händen etwas ungelenk setzte sie „Barbara" unter die Niederschrift und legte die Feder zurück. Dann wurde sie wieder aus dem Raum geführt. „Und wer trägt nun die Kosten des Verfahrens?" fragte er den Pfarrer, da bei der Magd ja sicher nichts zu holen war. Auch das Holz für die Hinrichtung musste ja von ihr bezahlt werden. „Die Kosten trägt die Kirche." sagte der Pfarrer, legte ein paar Münzen auf den Tisch des Schreibers und ging hinter der Hexe aus dem Raum.

52. Kapitel

Verlöschendes Licht

Irgendetwas tropfte auf sie herunter. Barbara war nach dem Prozess einfach in ihre Zelle gestoßen worden. Die Anstrengung hatte sie viel zu sehr mitgenommen. Die Verletzung vom Vortag war sehr schwer gewesen und sie hatte ihre Beine kaum spüren können, geschweige denn, sich auf den Füßen halten. Jetzt lag sie hier und hatte nicht einmal mehr die Kraft ihre Augen zu öffnen. Das Urteil des Richters hallte noch in ihren Ohren, aber das war ihr schon vorher klar gewesen. Eigentlich war sie bereits tot gewesen, als sie nach der Befragung wieder in ihre Zelle geworfen worden war. Das glühende Eisen hatte an ihrem Unterleib viel zu viel zerstört, als dass sie es überleben könnte. Drei oder vier Tage hätte sie so höchstens noch überleben können. Aber sicher würde sie bereits am nächsten Tag auf den Scheiterhaufen kommen. Dem Pfarrer war ihr Zustand sicher auch nicht entgangen. Wieder tropfte etwas auf ihr Gesicht und sie schaffte es mit einer ungeheuren Kraftanstrengung das Augenlid zu heben.

Im Scheine einer Fackel sah sie, dass Johanna über ihr kniete und weinte. Ihre Tränen tropften von ihrem Kinn auf das Gesicht der Freundin herunter. „Nicht weinen." sagte Barbara schwach und Johann setzte sich neben sie, dann zog sie den Kopf der Freundin auf ihren Schoß und blieb einfach still sitzen. Barbara lag lang ausgestreckt dort und spürte nichts unterhalb ihres Nabels. Wenn sie nicht ihre Füße sehen würde, so hätte man ihr auch sagen können, dass sie in der Mitte geteilt wäre, sie hätte es sicher sofort geglaubt. Wieder traf sie eine Träne und sie schmeckte das Salz auf ihren Lippen. Aber sie war im Moment zu keiner Bewegung fähig. Nicht einmal die Tränen abwischen gelang ihr noch. Vollkommen entkräftet lag sie auf den Beinen der Freundin. „Hast du etwas zu trinken für mich?" fragte sie schwach, wusste aber im Moment noch gar nicht, wie das wohl gehen sollte. Sie konnte sich ja nicht aufsetzen.

Doch Johanna drückte ihren Oberkörper so weit hoch, dass sie nun an der Wand lehnte, dann holte die Freundin einen Krug und hielt ihn so, dass sie trinken konnte. Barbara war zu schwach zum Trinken. Das Wasser lief ihr an den Mundwinkeln herab und durchtränkte das kurze Kleid, das sie ihr angezogen hatten. Sie sah aus dem Augenwinkel, dass auch Johanna solch ein Kleid trug. Für sie war dies das untrügliche Zeichen dafür, dass auch die Freundin gestanden hatte, als Hexe gelebt zu haben, denn diese kurzen weißen Leinenkleider trugen nur die Hexen, kurz vor oder bei ihrer Verbrennung. Sozusagen als letztes Kleidungsstück auf dieser Welt. Johanna setzte den Krug ab und wischte mit der Hand über Barbaras Hals. „Du bist auch eine Hexe? Du hast gestanden?" fragte Barbara leise und die Freundin nickte. „Ich hätte alles gestanden, damit es aufhört." sagte Johanna schwach. „Ich habe ja wenigstens noch getan, was man mir vorwirft. Aber du?" sagte Barbara schwach und rutschte an der Wand herunter. Sie konnte sich nicht mal mehr abfangen und wenn Johanna nicht zugegriffen hätte, so wäre sie auf den Kerkerboden gestürzt.

Nun lag sie wieder mit dem Kopf auf dem Schoß der Freundin. „Das wird meine letzte Nacht und ich möchte dich nicht weinen sehen. Nicht um mich." sagte Barbara schwach, als sie merkte, dass schon wieder Tränen auf sie herab tropften. „Du hast ja sogar dein Haar noch!" stellte sie erst jetzt überrascht fest. „Vielleicht wirst du dann doch nicht auf dem Scheiterhaufen enden." setzte sie hinzu und sah nach oben, wo das kleine Fenster immer noch dunkel war. Noch ein Sonnenaufgang würde folgen, dann keiner mehr. Sie musste ihre Kräfte für den letzten Weg schonen. Sie wollte den Männern nicht die Genugtuung geben, sie weinen oder stolpern zu sehen. Mühsam zog sie ihre Hände auf den Bauch und spürte wie sie eine Kraft durchzog, die nicht von dieser Welt sein konnte. Ihre Hand rutschte tiefer und zog das Kleid hoch, sie fuhr mit der Hand über die verbrannte Stelle, aber sie spürte dort keinen Schmerz. Sie sah den entsetzten Blick der Freundin und schlug das Kleidungsstück wieder nach unten.

Sie hatte wieder etwas Stärke gewonnen und begann von dem Leben auf dem Bauernhof zu erzählen. Johanna stimmte ein und sie unterhielten sich. Als sie auf das Schreiben zu sprechen kamen sagte Barbara „Kannst du dir das dumme Gesicht des Schreibers vorstellen, als ich meinen Namen auf das Papier gesetzt habe? Schon alleine dieser Gesichtsausdruck, der war die ganze Mühe wert gewesen." beide Freundinnen lachten für einen Moment. Das Leid hatte sich in den Hintergrund verzogen. Sie redeten über Blumen, Kräuter und Tiere. Irgendwann wurde es dann oben hell und einer der Wärter brachte Wasser und Brot. Nun saßen sie schweigend nebeneinander und warteten. Auf der Treppe waren dann nach einiger Zeit Schritte zu hören und vor der Zelle standen ein paar Männer. Barbara stemmte sich hoch und gab Johanna die Hand. Schweigend nickten sie sich zu und dann verließ sie die Zelle. Die Männer führten sie aus dem Keller, die Treppe hinauf auf den Platz vor dem Haus, wo schon ein offener, von einem Esel gezogener, Leiterwagen für ihren letzten Weg bereit stand. Sie hielt sich an dem Geländer fest, während der Wagen den kurzen Weg entlang gezogen wurde. Schon von weitem konnte sie die Menschen hören, die vor dem Tor auf einem freien Platz standen. Mit „Buh" Rufen und „Tötet die Hexe!" begrüßen sie sie. Dann stieg sie ab.

In der Mitte stand ein dicker Holzpfahl, zu dessen beiden Seiten Holzscheite bis zur Hüfte hoch sorgfältig aufgestapelt waren. Vorn gab es einen Durchgang, gerade mal so breit, dass sie hindurch passte. Barbara lehnte sich mit dem Rücken an den Balken und einer der Männer zog ihre Hände nach hinten, wo sie mit einer Kette fest gemacht wurden. Dann wurde diese Kette mehrmals um ihren Bauch gezogen. Der Pfarrer trat an sie heran „Möchtest du noch etwas sagen? Bereust du deine Taten?" fragte er sie. „Wenn du deine Taten vor Gott bereust, so könnte ich dir einen schnellen Tod gewähren." sagte der Pfarrer und zeigte auf einen Strick, mit dem er sie erdrosseln lassen konnte, doch sie schüttelte nur den Kopf.

Dann ging der Mann zurück und einige andere Männer stapelten Holz in den Durchgang vor ihr auf. Bis jetzt hatte ihre Kraft gereicht, doch nun versagten ihre Beine. Die Kette um ihren Körper sorgte jedoch dafür, dass sie aufrecht stehen blieb. Barbara sah nach oben zur Sonne und rief, so laut sie es nur konnte, „Gott. In deine Hände empfehle ich meine Seele." Der Pfarrer rief daraufhin „Fangt an!" und zwei Männer kamen mit Fackeln auf sie zu.

Zuerst brannte das Holz an der Seite nicht richtig und es dauerte eine Weile, bis die Flammen nach oben schlugen. Auch vor ihr züngelten die Flammen, doch sie wurde schon durch den Qualm ohnmächtig. Plötzlich befand sie sich über allen und schaute nach unten. Sie sah sich selbst und die anwesenden Menschen. Von oben rief eine Stimme „Komm!" und sie sah zur Sonne. Ein helles Licht hatte den Platz der Sonne eingenommen, was diese bei weitem überstrahlte. Sie fühlte sich von der Wärme angezogen und schwebte nach oben. Liebe umschloss sie, wie sie sie noch nie zuvor gespürt hatte. Ein Licht verlosch, ein anderes wurde entzündet.

53. Kapitel

Katzenpfade

ann immer möglich blieb Bärmuth nun zu Hause und ging kaum noch auf die Straße hinaus. Sie hoffte, so dem Zorn der Menschen aus dem Wege zu gehen. Jeder hatte sie dort gesehen, nackt auf dem Platz vor der Kirche, und da wollte sie nie wieder stehen. Allerdings kam sie damit ihren Pflichten als Hausfrau nicht mehr nach. Sie konnte nur hoffen, dass Siegbert da nachsichtig sein würde und wie früher die Lehrlinge zum Einkauf schickte. Manchmal konnte sie durch das Fenster die Kinder auf der Gasse sehen. Ihre Kinder! Aber sie durfte nicht hinaus. Still weinte sie dann und zog sich auf ihr Zimmer zurück. Meist kam dann irgendwann die kleine Katze, um sie zu trösten. „Du hast es gut." sagte Bärmuth zu dem Tier und dann fiel ihr ein, dass sie vielleicht am Abend doch das Haus verlassen konnte. Oder erst später? Da würden sie die Menschen nicht mehr sehen und sie konnte sich trotzdem außerhalb ihres Gefängnisses bewegen. Denn es war fast wie ein Kerker für sie geworden. Zwar ein selbst gewählter, aber einer mit festen Wänden.

Schließlich schlich sie sich am Abend einfach nach draußen. Niemanden hatte sie etwas davon erzählt. Bärmuth zog sich das Tuch um den Kopf zurecht, so dass sie niemand in der beginnenden Dämmerung erkennen konnte und ging die Gasse entlang, auf der sonst am Tage ein reges geschäftliches Treiben herrschte. Es war unheimlich still hier und sie konnte den Wiederhall ihrer eigenen Schritte hören. Auf ihrem Weg merkte sie gar nicht, dass es immer dunkler wurde, bis es rings um sie so finster war, dass sie den Weg nicht mehr richtig sehen konnte. Es war nun eine Zeit, zu der eigentlich alle in ihren Häusern waren. Nur ein paar Wächter mit Fackeln liefen durch die Gassen und schauten nach, dass nirgendwo ein Feuer zu sehen war. Bärmuth drückte sich dann immer in den Schatten der Hauseingänge, wenn sie die Schritte der Wachen hörte.

Der Mond ging auf und sein silbernes Licht hing wie eine große Laterne über der Straße. In seinem Schein sah sie die Ratten und Katzen, die sich in den engen Häuserdurchgängen balgten. Unheimliche Geräusche zogen hinter ihr her. Sie hörte, wie sich die Katzen lautstark paarten und all diese Geräusche trieben sie nur weiter auf ihren Weg. Irgendwann rannte sie nur noch und erreichte dann das Haus des Schnitzers. Doch die Tür war abgeschlossen. Verzweifelt rüttelte sie an dem Griff, aber sie hatte ja niemanden gesagt, dass sie ausgegangen war. Und wenn nicht jemand in ihr Zimmer sah, was ja normalerweise nicht passierte, dann konnte sie auch niemand vermissen. Sie wollte aber nicht gegen die Tür trommeln oder laut schreien, da sonst sicher die Wachen auf sie aufmerksam werden würden und so suchte sie einen anderen Weg, um in das Haus hinein zu gelangen. Wie machte das wohl die kleine Katze?

Bärmuth schlich sich zur Seite, wo ein hoher Zaun den Hof von der Straße trennte. Für die Katzen war das sicher kein Hindernis, für die Frau schon. Sie sah sich um, ob sie nicht irgendetwas fand, worauf sie steigen konnte. Wenn sie erst mal im Hof war, dann konnte sie vielleicht durch einen der angelehnten Fensterläden in die Werkstatt schlüpfen. Doch es war nichts zu sehen, was ihr hilfreich gewesen wäre. Sicherlich mit Absicht, um Einbrechern und Räubern das schmutzige Handwerk nicht allzu sehr zu erleichtern. Vielleicht stand ja auf dem Markt noch eine alte Kiste herum, auf die sie steigen konnte? Leise ging sie zurück und hielt dabei die Ohren offen. Zum Glück gingen die Wachen sehr laut durch die Gassen, so dass sie immer genug Zeit hatte, um sich zu verbergen. Erst nachdem die Männer, die Spieß und Horn trugen, an ihr vorbei waren, schlich sie weiter.

Der große Platz vor der Kirche war leer. Nur der Schandpfahl stand in der Mitte und genau dort wollte sie ja eigentlich nicht mehr vorbei. Und wie als wenn es ein Fluch wäre, stand genau dort eine Holzkiste, welche auch noch die richtige Größe gehabt hätte. Es blieb ihr nichts anderes übrig, als dorthin zu gehen und die Kiste zu stehlen. Doch der Platz war von allen Seiten einsehbar. Im Mondlicht konnte sie sich nirgendwo verstecken und wenn jemand am Fenster stand, so würde er sie unweigerlich dort sehen. Der Richter auf der einen Seite oder der Pfarrer auf der anderen. Beides war gleichschlecht. Erst am Vortag war wieder eine Hexe verbrannt worden und wenn sie hier so bei Vollmond in der Nacht umherschlich, so war sie nahe dran, die nächste Hexe zu werden. Oder zumindest eine gefasste Kistendiebin. Was war wohl weniger schlimm? Die Hand zu verlieren, oder das Leben?

Sie zögerte und überlegte, ob sie noch irgendwo anders eine Steighilfe bekommen könnte, doch sicherlich war diese eine hier die Einzige, die in dieser Nacht für sie bereit stand. Bärmuth schlich über den Platz, griff sich die Kiste, die schwerer war als sie erwartet hatte, und schleppte sie die Gasse entlang zu ihrem Haus zurück. Dann stellte sie die Kiste an den Zaun und stieg hinauf. Oben merkte sie, dass immer noch ein kleines Stück fehlte und stieg wieder hinab. Sie drehte die Kiste, dass sie nun hochkant stand und kletterte leise hinauf. Als sich Bärmuth auf die Oberkante des Zaunes stützte, kippte die Kiste um. Auf die Unterarme gestützt hing sie am Zaun und versuchte sich mit den Füßen, die immer wieder vom Holz abrutschten, nach oben zu stemmen. Plötzlich wurde sie von zwei starken Händen an den Hüften gepackt und herab gerissen. Nun saß sie in der Gasse und sah zu zwei Männern hinauf.

Es waren keine Stadtwachen, sondern Wachen des Pfarrers, wie sie an den Schwertern und Kreuzen sehen konnte. Offensichtlich hatten die Männer sie auf dem Markt gesehen und waren ihr dann gefolgt. „Na wen haben wir denn hier?" fragte einer der beiden und der andere antwortete ihm „Eine Ehebrecherin beim Diebstahl einer Kiste. Beim versuchten Einbruch in ein Haus. Bei Vollmond, in der Nacht und in Begleitung eines schwarzen Katers." erst jetzt sah sie die kleine Katze, die oben auf dem Zaun balancierte und in diesem Licht wirklich wie ein schwarzer Kater aussah.

„Das reicht!" sagte der erste der Männer und sie ergriffen Bärmuth bei den Armen. Dann schleiften sie die Frau rückwärts durch die Gassen und über den leeren Marktplatz. Vor Schreck konnte sie keinen Laut von sich geben. Ob es etwas genutzt hätte, war mal dahingestellt. Wer hätte sie hören können? Nur die anderen Wachen! Wenig später war sie in einer Zelle im Keller eingesperrt. Niemand wusste, wo sie war. Weder Hans noch Siegbert würden sie hier suchen. Die ersten Tränen liefen über ihr Gesicht.

54. Kapitel

Verzweifelte Suche

Siegbert saß an seiner Werkbank und schnitzte eine Figur für einen neuen Altar. Sein Blick fiel auf die offen stehende Tür in den Raum hinüber, in dem sonst Bärmuth arbeitete. Er hatte sich seinen Tisch so geschoben, dass er sie immer beobachten konnte. Auch die Tür ließ sich nicht schließen. Es wäre ein leichtes für ihn gewesen, diese Tür zu reparieren, aber er dachte gar nicht daran. Irgendetwas war heute anders. Der Stuhl der Frau war immer noch leer und es war schon später Vormittag. Hatte sie verschlafen? So lange? Das sah ihr gar nicht ähnlich. Er legte das Stemmeisen zur Seite und stand auf. Das Zimmer war leer und alles lag noch so, wie sie es am Abend zuvor verlassen hatte.

„Hat jemand von euch schon Bärmuth gesehen?" frage er die Gesellen „Gestern Abend, als sie auf ihr Zimmer gegangen ist." antwortete einer der Lehrlinge. „Und heute?" fragte Siegbert zurück. Alle sahen sich an und schüttelten dann die Köpfe. Der Meister verließ den Raum und ging zur Treppe hinüber. Langsam stieg er nach oben und stand schon kurz darauf vor dem Zimmer. Er klopfte, aber erhielt keine Antwort. Dann schob er die Tür auf. Das Zimmer war leer und das Bett unberührt. Wo konnte sie nur sein? Siegbert trat ein und sah sich um. Alles lag noch an seinem Platz. Sogar die kostbare Bürste, die er ihr geschenkt hatte, lag auf ihren Platz. Sie war Bärmuths wertvollster Besitz und sie wäre sicher nicht ohne sie länger aus dem Haus gegangen. Vor allem nicht, ohne ihm etwas davon zu sagen. Aber war sie überhaupt aus dem Haus gegangen? Wohin hätte sie gehen können?

Er verließ das Zimmer und schloss die Tür wieder. Nachdenklich stieg er nach unten. „Wer hatte gestern Türdienst?" fragte er die Lehrlinge und einer meldete sich „Hast du gesehen, dass Bärmuth das Haus verlassen hat?" fragte der Meister und der Lehrling schaute betreten zu Boden. „Was ist?" fragte er weiter nach „Da ist doch diese Magd aus dem Nachbarhaus. Gerda. Ich war gestern Abend kurz bei ihr ..." „Und da hast du nicht auf die Tür geachtet?" fragte der Meister nun etwas zorniger „Du hattest anderes im Kopf?" setzte er nach und sah wie der Junge rot wurde. Darauf erwartete er nun keine Antwort mehr. Das Schweigen des Jungen war schon genug. „Sie könnte also das Haus verlassen haben und später war die Tür dann zu. Wo könnte sie denn jetzt sein?" fragte der Meister besorgt, mehr sich selbst, als die anderen im Raum. „Wir müssen sie suchen!" sagte einer der Gesellen. „Ja! Aber wo könnte sie sein? Jetzt ist doch die Tür schon ein paar Stunden offen und sie ist noch nicht nach Hause gekommen." entgegnete Siegbert.

Mittlerweile hatten alle aufgehört zu arbeiten und waren aufgestanden. Der unaufmerksame Lehrling hatte von seinen Freunden schon ein paar Ohrfeigen bekommen, so dass Siegbert darauf verzichtete, ihm den Hosenboden zu versohlen. Sie alle hatten Bärmuth durch ihre frohe und offene Art schon lange in ihr Herz geschlossen und waren nun besorgt, was ihr wohl passiert war. Die abwegigsten Ideen wurden vorgebracht und einer fragte, ob sie nicht vielleicht bei ihren Kinder sei. „Dann gehe ich mal rüber zur Amme." antwortete Siegbert auf diese Idee hin. „Ihr anderen sucht überall, wo immer es euch einfällt. Und du..." dabei zeigte er auf den unaufmerksamen Lehrling „...du bleibst hier und wartest, ob sie wieder zurückkommt." „Wir treffen uns dann immer wieder hier." sagte einer der Gesellen und schon stürmten alle aus dem Hause.

Es war nur ein kurzer Weg, bis zum Hause, in dem Bärmuth früher einmal gelebt hatte, und in dem nun noch ihre Kinder von der Amme betreut wurden. Aber würde sie wirklich dorthin gegangen sein? Siegbert konnte es nicht glauben, denn zu groß wäre die Gefahr gewesen, dass Karl sie wieder aus dem Haus geworfen oder in den Kerker gebracht hätte. Siegbert zögerte, als er vor der Hoftür stand. Die Hand zum Klopfen erhoben dachte er nach. Sollte er wirklich fragen? Doch schließlich siegte die Angst um die Frau und wenig später öffnete sich die Tür. Die Amme kam auf den Hof und er fragte sie, doch Bärmuth hatte sie schon wochenlang nicht mehr gesehen. Nun machte sich auch die Amme Sorgen um die Frau. Wo konnte sie nur sein?

„Ich habe heute früh eine Kiste in der Gasse vor deinem Haus gefunden." sagte die Amme nachdenklich. „Bis jetzt habe ich mir da keine Gedanken darüber gemacht, aber nun könnte es ja etwas mit ihrem Verschwinden zu tun haben." setzte die Frau hinzu und zeigte auf die leere Holzkiste, die sie an den Zaun gelehnt hatte. Siegbert schaute die Kiste an und kratzte sich am Kinn. „Schon möglich." sagte er dann und ging zu der Stelle, an der die Amme das Holzstück gefunden hatte. Oben am Zaum war ein Stück Stoff hängen geblieben, dass vom Ärmel eines Kleides stammen konnte. Er zog das Stück herunter und sah es sich genau an. Es konnte von Bärmuths Kleidung stammen. Sie hatte so eine rote Jacke mit langen Ärmeln. Zusammen mit der Kiste bedeutete dies, dass sie sicher in der Nacht, oder am späten Abend, hier gewesen war. Nur wo war sie jetzt? Er ging durch die Werkstatt in den Hof und schaute sich die andere Seite des Zaunes an. Es war lockere Erde auf dieser Seite und es hätte sicher Spuren gegeben, wenn sie herunter gesprungen wäre. Also hatte sie nur versucht den Zaun zu überwinden und war dann entweder abgesprungen oder von jemanden daran gehindert worden.

226

Nur von wem? Vielleicht konnte die Stadtwache es ihm sagen. Er ging wieder zurück und folgte dem Weg bis zum Markt. Dort war um diese Zeit ein geschäftiges Treiben. Markttag hieß, dass alle Frauen aus der Umgebung, und aus der Stadt, hier zusammen standen und redeten. Er hörte einen Moment zu, aber keine redete über Bärmuth, also war sie auch keiner aufgefallen. Sonst hätte jede von ihnen etwas darüber berichtet oder erfunden. Siegbert ging zur Wache hinüber. Mit einem Krug Wein, den er auf dem Markt gekauft hatte, versuchte er beim Kommandanten der Nachtwache etwas zu erfahren, aber keiner seiner Leute hatte die Frau gesehen.

Es war schon fast Dunkel, als alle Männer wieder in der Werkstatt eingetroffen waren, aber niemand hatte sie gefunden. Sie war spurlos verschwunden. Bärmuth hatte sich einfach in Luft aufgelöst.

55. Kapitel

Das Selbe noch einmal?

Wieder hing sie an dem Haken in der Mitte des Raumes, aber außer ihr war niemand da. Was sollte das? Sie hatte doch schon alles gestanden und wartete eigentlich nur auf ihren Prozess, so wie ihre Freundin vor ein paar Tagen, die nun schon tot war. Begann nun die Befragung erneut? Sie hing einen Fuß breit über dem Boden, so dass ihre Zehen nicht nach unten reichen konnten, so sehr sie sich auch streckte. Sie versuchte es immer weiter, doch damit versetzte sie sich nur selbst in Drehung. Schließlich hörte sie Schritte vor der Tür und der Pfarrer betrat alleine den Raum. Er stellte sich vor sie hin und sah zu ihr hinauf. Johanna trug immer noch das kurze Kleid und wartete darauf, was der Mann nun sagen oder tun würde.

Auge in Auge blieben sie einen Moment so, bis der Pfarrer sich zu einer der Ecken wendete und von dort ein Stundenglas holte. Er hielt es in der Hand und begann „Durch dein Geständnis bist du als Hexe überführt. Du hast dich sicher schon gefragt, warum du noch lebst und unverletzt geblieben bist? Nun. Ich habe dir eine Frage zu stellen." er wartete einen Moment, bevor er fortsetzte „Oder noch besser: ich stelle dich vor eine Wahl. Du kannst dich entscheiden, ob du dich mir mit Freuden freiwillig hingibst und in meinem Hause leben möchtest. Oder du wählst den Tod. Ich gebe dir für deine Entscheidung Zeit, bis der Sand hindurch gerieselt ist." dabei drehte er das Glas um, stellte es vor sie hin und verließ den Raum.

Johanna war entsetzt. Was für eine Wahl! Sie sollte sich dem Manne hingeben, der die Mutter und die Freundin umgebracht hatte? Niemals! Dann lieber den Tod! Sie schaute auf den langsam herab rieselnden Sand. Wozu musste sie noch so lange warten? Er hätte die Entscheidung auch sofort haben können. Also musste sie weiter hier hängen und ausharren. Wenigstens wusste sie nun, wann es soweit sein würde. Unendlich lange dehnte sich die Zeit. Es zog ihr die Arme lang und sie spürte die Schmerzen in den Gelenken und Schultern. Als nur noch wenig Sand in dem oberen Glas verblieben war öffnete sich die Tür erneut. In Begleitung einiger Männer kam der Pfarrer zurück. „Nun? Wie lautet deine Wahl?" fragte er und sie erwiderte sofort „Ich wähle den Tod!" „Gut!" entgegnete der Mann und machte eine Handbewegung. Einer der Männer verließ den Raum. Dann kam er zurück und schob eine Frau vor sich her, die einen Sack über den Kopf hatte.

Der Pfarrer zog den Sack nach oben und Johanna erkannte Bärmuth. Dann zerriss einer der Männer das Kleid der Stiefmutter und der Pfarrer drückte Bärmuth auf einen Stuhl, der vollkommen mit spitzen Dornen besetzt war. Die Frau schrie vor Schmerzen auf. „Du hast nicht deinen Tod gewählt, sondern den deiner Freundin hier!" erläuterte der Mann und drückte Bärmuth fester in den Stuhl hinein. Johanna sah zu dem Glas. Nur noch ein paar Körner waren übrig. „Ich ändere meine Wahl noch einmal!" schrie Johanna und der Pfarrer schaute auf die letzten Sandkörner. „Gerade noch rechtzeitig!" bemerkte er und einer der Männer zog Bärmuth aus den Dornen heraus. Dann schob er die Stiefmutter aus dem Raum. Johanna konnte die vielen blutigen Punkte auf der Rückseite der Freundin sehen.

„Und nun zu uns!" sagte der Pfarrer und ließ Johanna langsam zu Boden gleiten. „Solltest du irgendwann mal der Meinung sein, das es dir bei mir nicht mehr gefällt. Oder sollte ich irgendwann mal nicht mehr mit dir zufrieden sein, so wird es mir ein Vergnügen sein, dich und deine Freundin auf den Scheiterhaufen zu bringen. Denke immer daran. Es liegt in deiner Hand!" dann drehte er sich zu seinen Männern um „Bringt sie in meine Gemächer. Wascht, kleidet und füttert sie." „Wie kann ich sicher sein, dass es Bärmuth gut geht?" fragte Johanna und der Pfarrer lachte „Da wirst du mir wohl Glauben müssen!" Die Männer lösten den Strick von ihren Händen und einer schob sie aus dem Raum, die Treppe hinauf und übergab sie oben an zwei Frauen.

Diese beiden waren etwas älter als Johanna, aber auch noch keine zwanzig. Eine der beiden Mägde schob Johanna in einen Raum, in dem eine Wanne stand. Johanna hielt ihre Hand in das Wasser und es war herrlich warm. Offensichtlich hatte der Pfarrer sie gut eingeschätzt, dass sie das Leben der Freundin nicht riskieren würde. Sie überlegte, wann sie das letzte Mal in einer Wanne gesessen hatte und kam zu dem Schluss, dass es schon mehr als ein Jahr her war. Auf dem Bauernhof hatte sie sich immer nur in einem Eimer am Brunnen waschen können. Die Magd zog an ihrem Kleid und sagte „Steige hinein." Der Unterschied hätte nicht größer sein können, zwischen diesem warmen Bad und dem herabhängen von der Decke im Kerker, wo sie ja noch vor ein paar Augenblicken gewesen war. Johanna löste die Schleife am Hals und das Kleid fiel zu Boden. Sofort wurde es von der Magd in das Feuer des kleinen Kamins an der Seite geworfen, wo es in Rauch und Flammen aufging.

Nun saß Johanna in der Wanne und die Magd wusch ihr mit einer duftenden Seife den Rücken ab. Die zweite Magd kam zurück und hänge ein schönes, aber schlichtes Kleid an den Haken an der Wand. Dann begann sie Johannas Haar zu waschen. Irgendwie tat es gut, sich so von vorn bis hinten bedienen zu lassen, doch ihre Gedanken waren woanders. Sie waren bei Bärmuth, die sicher noch im Keller saß. Würde der Pfarrer sein Wort halten? Und konnte sie ihm wirklich trauen? Was ihr nun wieder in das Gedächtnis drang, war, dass er sich sicher an ihr gütlich tun würde, wenn er wieder nach oben in seine Gemächer kam. Sie schob diesen widerlichen Gedanken zur Seite und konzentrierte sich auf den lieblichen Duft, den die Seife verströmte. Die Mägde halfen ihr auch aus der Wanne, trockneten sie ab und zogen ihr das Kleid an.

Es hatte genau die richtigen Maße und passte, als hätte es jemand genau für sie genäht. Dann brachten sie die Mägde in einen weiteren Raum, wo schon ein köstliches Mahl für sie bereit stand. Johanna blieb vor Staunen der Mund offen stehen. Hier gab es alles, was man sich nur denken konnte. Sogar ein Fasan stand gebraten auf dem Tisch. Nicht mehr der unbestimmbare Brei, den sie bei den Bauern essen musste. Nach einer ganzen Weile stand sie mit einem Rülpser auf und hielt sich den Bauch. Sie trat an das Fenster des Raumes und sah hinaus, als sich hinter ihr eine Tür öffnete und der Pfarrer den Raum betrat.

„Wie ich sehe, hast du dich schon gestärkt." begann er und Johanna nickte nur. „Ein paar Dinge muss ich dir noch erklären." setzte der Mann fort „Alles was du möchtest, das werden dir die Mägde bringen. Aber wenn du diese Räume verlässt, werden du und deine Freundin sterben. Sollten dich meine Wachen auf der Treppe nach unten erwischen, so landest du wieder im Keller." Johanna nickte wieder. „Wie geht es Bärmuth? Ist sie nun frei?" fragte sie und der Mann trat zu ihr an das Fenster. Er zeigt nach unten und sagte „Sieh selbst." Johanna blickte hinunter und sah die Freundin, schwankend zwar, aber alleine über den Marktplatz laufen. Sie hatte das kurze Kleid der Hexen an, da ihr eigenes ja im Keller von dem Manne zerrissen worden war.

„Und nun zu uns." setzte der Pfarrer fort „Heute werde ich dich verschonen. Aber ab morgen wirst du mir Gesellschaft leisten, wann immer ich es will. Du wirst mir zu Willen sein, wann immer mir danach ist. Und du wirst es mit Freuden tun. Haben wir uns verstanden?" dabei sah er sie an und sie bekam nur ein klägliches „Ja" heraus. Er nickte und verließ den Raum wieder. Nun war sie in seiner Hand. Für immer? Johanna drehte sich zum Fenster und sah zu ihrer Freundin hinab, die sich in diesem Moment zu ihr umdrehte. Der Schmerz im Gesicht der Frau war deutlich zu sehen.

56. Kapitel

Gute oder schlechte Nachrichten?

Sie war ihm praktisch in die Arme gefallen. Hans hatte an seiner Staffelei gearbeitet, als sich die Tür hinter ihm geöffnet hatte und Bärmuth in dem Raum stand. Zwei Tage lang hatten sie nach ihr gesucht und nun lag sie einfach hier in seiner Werkstatt. Die Frau trug ein seltsam kurzes Kleid, das nur bis zu ihren Knien ging, und das Hans nur als Ketzerkleid kannte. Es wurde den Hexen für ihren letzten Weg übergezogen. Aber was hatte Bärmuth damit zu tun? Erst als er sie anhob bemerkte er die blutigen Stellen an ihren Armen und Beinen. Auch der Rücken war blutig und hatte das Kleid durchtränkt.

Schnell trug er die Frau zur Werkstatt seines Vaters hinüber und rief schon von der Tür aus „Schnell macht Platz für sie." Dann legte er sie vorsichtig auf dem Tisch ab. Alle Männer standen um sie herum und starrten auf die blutigen Flecken „Wer macht den so etwas?" murmelte sein Vater und einer der Lehrlinge antwortete „Ich habe das schon mal gesehen. Das nennt man Bedenkstuhl. Da werden Hexen hinein gesetzt, bis sie ihre Schuld gestehen." Siegbert schaute auf die vor ihm liegende Frau, die ihre Augen geschlossen hatte. „Wir müssen ihre Wunden versorgen." sagte er und dann nahm Hans die Frau wieder auf seine Arme und trug sie in ihr Zimmer nach oben. Dort legte er sie auf dem Bett ab. Siegbert drehte die Frau vorsichtig auf den Bauch und zog das Kleid nach oben. Es waren sicher hundert kleine Wunden auf der ganzen Rückseite zu sehen. Von den Beinen bis hinauf zum Hals.

Vorsichtig zogen sie ihr zu zweit das Kleid aus und überlegten, wie sie all die Wunden versorgen sollten. Da sich öfters mal einer der Lehrlinge in den Finger schnitt, hatten sie etwas Erfahrung in der Versorgung von Wunden, aber der ganze Rücken der Frau vor ihnen war eine einzige Wunde. Bärmuth wachte wieder auf und stöhnte leise. Siegbert kniete sich neben sie und fragte „Was ist dir passiert?" die Frau brauchte einen Augenblick und antwortete dann „Wenn man nachts mit einem Kater im Vollmond unterwegs ist. So kann einem alles Mögliche passieren." Sie versuchte zu lächeln, doch die Schmerzen vorzogen das Gesicht eher zu einem gequälten Grinsen. „Wir müssen zuerst das Blut abtupfen und die Wunden auswaschen." sagte Hans und wollte gerade gehen, als Bärmuth seine Hand ergriff und ihn zu sich herunter zog „Ich habe Johanna gesehen." sagte sie leise und dann begann sie zu erzählen, wie sie in den Raum geführt worden war, in dem Johanna von der Decke hing und wie der Pfarrer sie in den Stuhl gedrückt hatte. Dann verließen sie ihre Kräfte und sie wurde ohnmächtig.

Nun lief Hans los, das Wasser und ein sauberes Tuch zu holen. Zu zweit tupften sie sorgfältig den Rücken der Frau ab und versorgten dann die Wunden. Sie deckten einfach den ganzen Rücken und auch die Rückseite der Beine und Arme mit feuchten und in Kräutersud getunkten Tüchern ab. Jetzt erst sahen sich die beiden Männer an „Ich muss Johanna dort herausholen." sagte Hans, doch sein Vater hielt ihn zurück „Solange sie in der Hand des Pfarrers ist, kann sie nichts und niemand dort wieder heraus holen. Wenn er sie als Hexe verurteilen lässt, so wird sie sterben und wir können beide nichts dagegen tun." Hans riss sich los und ging zur Tür. Dort drehte er sich noch einmal um und rief zornig „Das werden wir ja noch sehen." Hans lief den Gang entlang und stieg die Treppe hinunter. Sein Vater versuchte ihn noch einmal aufzuhalten, doch wieder riss sich der Mann los und rannte auf die Straße hinaus.

Es war nicht allzu weit bis zur Kirche und so hatte er nicht die Zeit, noch einmal über sein Vorhaben nachzudenken. Er alleine gegen zehn bewaffnete Wachen? Am Haus des Pfarrers angekommen versuchte er sich Zutritt zu verschaffen und gelangte sogar in das Haus hinein, wo ihn dann aber drei Männer stoppten und an den Armen festhielten. „Wo ist Johanna? Was habt ihr mit ihr gemacht?" brüllte er. Am anderen Ende des Hauses kam der Pfarrer die Treppe herunter und ging auf ihn zu. „Sie ist in meinem Gewahrsam. Sie ist eine Hexe und hat gestanden, mit dem Teufel zu verkehren." „Das kann nicht stimmen!" schrie Hans, der Pfarrer erwiderte „Du nennst mich also einen Lügner?" auf ein Handzeichen des Mannes schlugen die Wachen Hans zusammen. Als Hans dann am Boden lag, beugte sich der Pfarrer zu ihm herunter und sagte „Es liegt in deiner Hand, ob sie lebt oder stirbt. Solltest du so etwas noch einmal versuchen, so landet sie auf dem Scheiterhaufen. Merke dir das gut!" dann hoben die Wachen Hans an Armen und Beinen an und warfen ihn nach draußen auf den Platz vor dem Haus.

Mühsam rappelte er sich wieder hoch und schleppte sich nach Hause. Dort setzte er sich in die Werkstatt und wischte sich das Blut vom Gesicht, das durch die aufgeplatzte Augenbraue nach unten lief. Einer der Gesellen kam zu ihm und besah sich die Verletzung. Mit Nadel und Faden wurde die Wunde notdürftig wieder geflickt. Dann kam Siegbert von oben herunter. Er sah seinen Sohn und betrachtete sich die Narbe. „Und?" fragte er „Eine gute und eine schlechte Nachricht." begann Hans. „Die Gute ist: Johanna lebt." „Und die Schlechte?" fragte Siegbert „Sie hat offensichtlich gestanden eine Hexe zu sein! Wenn ich noch einmal versuche sie zu befreien, so wird der Pfarrer sie töten. Aber anscheinend hat er das aus irgendeinem Grunde nicht vor." Der Vater nickte und half seinem Sohn auf. „Wie geht es Bärmuth?" fragte Hans und Siegbert antwortete „Nicht so gut. Aber wenn sie kein Fieber bekommt, so kann sie es schaffen." Zusammen stiegen sie die Treppe hinauf, wo die Frau noch immer auf dem Bauch in dem Bett lag.

„Wir müssen ihr regelmäßig die Tücher wechseln. Dazu werden wir uns abwechseln." sagte Siegbert und sein Sohn nickte. „Ich fange an und bleibe bei ihr." sagte Hans und der Vater verließ, nachdem er einen letzten sorgenvollen Blick auf die Frau geworfen hatte, den Raum. Hans zog sich einen Stuhl an das Bett und setzte sich neben Bärmuth, doch seine Gedanken waren bei Johanna. Wie würde es ihr gerade gehen? Was hatte der Pfarrer mit ihr vor?

57. Kapitel

Vorfreude, schönste Freude!

Der Mann hatte schon gedacht, dass er sie verloren hätte, doch dann hatte ihm ein glücklicher Zufall die Freundin von Johanna in die Hände befördert. Seine Männer hatten ihn noch in der Nacht geweckt und so hatte er sie noch in dieser Nacht sehen können. Kurz entschlossen hatte er die Frau einfach benutzt, um Johanna gefügig zu machen. Er hatte sie einen Tag im Kerker „schmoren" lassen und sie dann zu Johanna gebracht, um diese mit ihr zu erpressen. Natürlich hatte er in Johannas Augen gesehen, dass sie lieber den eigenen Tod gewählt hätte, als bei ihm zu bleiben. Aber den Tod der Freundin und den ihres ungeborenen Kindes wollte sie nicht auf ihr Gewissen nehmen. Nachdem er Johanna nach oben geschickt hatte, hatte er von Bärmuth noch ein Geständnis abgepresst, was diese nicht ohne Gedanken an den Stuhl, auch sofort unterschrieb. Diese beiden Zettel waren seine Versicherung, dass ihm Johanna auch weiterhin zugetan blieb. Wenn er diese Blätter verlor, so würde er sie ebenfalls verlieren.

Langsam stieg der Pfarrer nach oben und ging in das Zimmer hinein, wo er den Schrank aufschloss und die beiden wertvollen Zeugnisse sicher verwahrte. Der kleine Schlüssel um seinen Hals wurde immer wichtiger. Nun hing auch sein persönliches Glück an diesem kleinen Stück Metall. Auch wenn es nur ein erzwungenes Glück war. Dann ging er in das Speisezimmer hinüber, wo sie sicher auf ihn warten würde. Nachdem er ihr gezeigt hatte, dass es der Freundin gut ging, sagte er „Und nun zu uns. Heute werde ich dich verschonen. Aber ab morgen wirst du mir Gesellschaft leisten, wann immer ich es will. Du wirst mir zu Willen sein, wann immer mir danach ist. Und du wirst es mit Freuden tun. Haben wir uns verstanden?" dabei sah er sie an und sie antwortete nur kurz mit einem „Ja" Dann verließ er das Zimmer, um zu schauen, wie weit die Mägde mit der Vorbereitung des Zimmers für Johanna waren.

Die Einrichtung war schlicht, aber zweckmäßig. Ein Bett, ein Tisch und ein Stuhl. Irgendwie erinnerte ihn das an seine alte Zelle im Kloster, in dem er seinen Kirchendienst begonnen hatte. Er nickte zufrieden und ging zurück zu ihr. Er ergriff ihre Hand und zog sie hinter sich her in das Zimmer hinein. Dort sagte er ihr „Dies wird dein Raum sein. Was immer du brauchst, werden dir die beiden Mägde besorgen." setzte er hinzu und ließ sie dann alleine in ihrem neuen Zimmer. Nachdem er die Tür geschlossen hatte, ging er zum Speisezimmer zurück, wo die beiden Mägde schon alles für sein Mahl zurecht gestellt hatten. Mitten in seinem Essen hörte er im Haus unten einen Tumult und stieg die Treppe hinab. Nach einem kurzen Wortgefecht ließ er den Störenfried einfach nach draußen befördern.

Danach setzte er sich wieder zurück an den Tisch und schaute versonnen auf das Fenster vor sich. Schon am nächsten Tage würde sie ihm bei all dem Gesellschaft leisten, was er sich auch immer einfallen lassen würde. Sicher auch beim Essen. Draußen setzte die Dämmerung ein und er freute sich schon auf den nächsten Abend. Die Vorfreude darauf wurde so groß, dass er eine der Mägde auf seinen Schoß ziehen musste. Schnaufend hielt er die zappelnde Frau fest. Danach begab er sich in sein Schlafzimmer, das genau neben dem von Johanna lag. Er hatte diesen Raum mit Bedacht so gewählt, dass es für ihn immer der kürzeste Weg blieb und natürlich auch für Johanna. Kurz blieb er vor ihrer Tür stehen, doch er hatte ihr ja versprochen, sie an diesem Tage in Ruhe zu lassen und so musste er sich auch daran halten.

Lange konnte er nicht einschlafen. Nun war er seinem Ziel so nahe. Nur eine Wand trennte ihm vom Ziel seiner Begierde. Am folgenden Morgen begann er seine täglichen Verrichtungen, blieb aber den ganzen Tag immer nur bei diesem einen Gedanken hängen „Johanna!" Fast hätte er bei einem Gebet ihren Namen gesagt, statt den von Mutter Maria, konnte sich aber gerade noch zurückhalten. Auf dem Weg von der Kirche zurück, konnte es ihm nicht schnell genug gehen und er schob zwei spielende Kinder aus dem Weg, die vor seinen Füße liefen. An allen anderen Tagen hätte er sie zurecht gewiesen, doch heute hatte er dafür keine Zeit. „Nur schnell nach Hause!" war der Gedanke, der ihn dorthin zog, wo er die Frau wusste.

In dem Speisezimmer war der Tisch schon gedeckt, doch Johanna fehlte noch. Er schickte eine Magd, um sie zu holen. Als Johanna erschien, deutete er nur mit der Hand auf einen Stuhl, der dem seinen genau gegenüber stand. Nun trennte sie nur noch der Tisch. Er sah, dass sie mit Bedacht langsam aß. Vermutlich um das unausweichliche so lange wie möglich hinaus zu zögern. Doch auch in seinem Haus galt: Wenn der Hausherr fertig ist, so ist das Essen beendet. Er stand auf und zog sie einfach hinter sich her. Dann schob er sie in sein Schlafzimmer und zeigte auf das Bett. „Du darfst dir dein Kleid selbst ausziehen. Dann muss ich dir nicht jeden Tag ein neues kaufen." sagte er und sah zu, wie sie die Schleife am Kragen des Kleides öffnete. Der Stoff rutschte zu Boden. „Das Unterkleid auch!" setzte er hinzu und als sie zögerte ergänzte er „Ich habe dich schon nackt von dem Haken im Kerker hängen sehen. Also bitte!" Dann ließ auch er seine Sachen fallen. „Und denke daran: Mit Freuden!" ermahnte er sie, bevor er sie Rückwärts in das Bett stieß.

Drei Mal war sie ihm in dieser Nacht zu Willen, aber es war nicht ganz so schön, wie er es sich in all der Zeit vorgestellt hatte.

Immer wieder hatte er dabei ihr Gesicht zu sich drehen müssen. Aber sicher würde es mit der Zeit besser werden.

Als er am Morgen erwachte, schlief sie noch neben ihm. Leise erhob er sich und betrachtete sie. Er zog seine Sachen wieder an und ging nach draußen. Eine der Mägde kam ihm entgegen. „Bereite ein Bad für Johanna." sagte er und sie erwiderte „Hat sie nicht erst vorgestern gebadet?" der Pfarrer nickte und sagte etwas ärgerlich „Tue einfach, was dir aufgetragen wird!" dann ging er zur Messe, aber in Gedanken war er immer noch im Bett, bei ihr.

58. Kapitel

Fieberwahn

Hier lag sie nun und musste für den missglückten Versuch büßen, am Abend noch mal ungesehen das Haus zu verlassen. Alles tat ihr weh und dabei hatte sie doch nur ein paar Augenblicke auf dem Stuhl gesessen. Siegbert und sein Sohn kümmerten sich liebevoll um sie, auch wenn es ihr peinlich war, hier so nackt vor ihnen zu liegen. Nur durch die dünnen Tücher abgedeckt, welche die Männer auch noch regelmäßig wechselten. Nur mühsam stemmte sie sich hoch, wenn sie etwas trinken, essen oder zur Latrine gehen wollte. Das letztere war am beschwerlichsten. Nicht wegen dem Weg, sondern weil sie sich dann ein Kleid über den Körper ziehen musste. Sie konnte ja nicht nackt in den Hof gehen, auch wenn ihr das im Moment besser gefallen hätte.

Nach zwei Tagen bekam sie Fieber und alles verschwamm ihr vor den Augen. Nur durch einen Schleier konnte sie noch Umrisse sehen. Sie dachte an Johanna, die sie nur kurz gesehen hatte und an den dicken Pfarrer, der ihr den Zettel unter die Nase gehalten hatte und mit dem Bedenkstuhl und einem glühenden Eisen gedroht hatte. Sie hätte da einfach alles unterschrieben und eigentlich hatte sie gar nicht gelesen, worunter sie ihr Zeichen gemacht hatte. „Nur weg hier!" hatte sie dabei gedacht und nun vermischten sich all diese Bilder in ihrem Kopf. Der Kater, der ein kleines Kätzchen war, und auf einmal so groß wie ein Hund wurde. Der Pfarrer, der um sie herum tanzte und Johanna, die an der Decke schaukelte.

Dann mischte sich ein Teufel in ihren Traum. Er versuchte sie in das Höllenfeuer zu ziehen. Sie spürte die Glut durch ihren Körper fliegen. Noch versuchte sie Wiederstand zu leisten, doch sie spürte, wie ihre Kräfte erlahmten. Ein letztes Aufbäumen riss sie von ihm los. Der Teufel bekam das Gesicht des Pfarrers und wandelte sich langsam in die Gestalt des Mannes um. Bärmuth versuchte, vor ihm wegzulaufen, doch der Mann war schnell. Immer wieder holte er sie ein. Schreiend schreckte sie hoch und war wieder wach. Sie stemmte sich hoch und sah in das besorgte Gesicht von Siegbert. Er wischte ihr mit einem Tuch über die Stirn und sie lächelte ihn dankbar an. „Ich glaube, du hast das Fieber überstanden." sagte der Mann und reichte ihr einen Becher mit Wein.

„Wie lange habe ich so gelegen?" fragte sie schwach „Mehr als eine Woche." sagte der Mann und wechselte wieder die Tücher auf ihrem Rücken. „Deine Wunden schließen sich gerade, aber du wirst sicher Narben davon behalten." sagte Siegbert und Bärmuth sah sich die Rückseite ihrer Arme an. „Und das alles von einem Moment. Die Arme hatte ich noch nicht mal richtig aufgelegt." begann sie und versuchte sich aufzurichten, doch dabei brachen ein paar der Wunden wieder auf und Blut lief über ihren Rücken. „Bleib liegen!" sagte Siegbert und drückte sie vorsichtig zurück in das Bett. „Der Pfarrer ist ein Teufel!" sagte sie und dachte an ihren Fiebertraum. „Pass auf, was du da sagst." entgegnete Siegbert, der gerade wieder ein neues Tuch in dem Kräutersud tränkte. „Ich bin noch im Fieberwahn." sagte Bärmuth und versuchte ein Lächeln.

„Wenn ich jetzt nicht in den Hof müsste, würde es mir besser gehen." sagte sie mit einem Seufzen und richtete sich auf. Siegbert und Hans, der gerade in das Zimmer kam, halfen ihr auf und streiften ihr vorsichtig das Leinenkleid über. Trotzdem berührte der Stoff Bärmuths Haut und sie stöhnte vor Schmerz auf. Zu dritt gingen sie nach unten. „Kann ich dann noch was essen, wenn ich schon mal hier unten bin?" fragte sie und Hans nickte. Er hatte ein weiches Kissen auf den Stuhl gelegt, so dass sie sich vorsichtig darauf setzen konnte. Trotzdem blieb der Schmerz. Auch ihr Hintern war ja zerstochen worden. Eine Schüssel mit Essen wurde gebracht und Bärmuth begann mit der Mahlzeit. „Und was ist so passiert, während ich im Fieber war?" fragte sie zwischen zwei Bissen. Ein Gespräch würde sie sicher ablenken.

Einer der Lehrlinge, der Küchendienst hatte, setzte sich neben sie und begann die neuesten Gerüchte vom Markt zu erzählen. „Vorletzte Woche wurde eine Hexe verbrannt. Eine Magd aus einem Dorf ganz in der Nähe. Denk dir nur, in der Nacht nach ihrer Hinrichtung wurde das Haus, in dem sie gewohnt hatte, von einem Blitz aus heiterem Himmel getroffen. Einfach so. Keiner hat überlebt. Das Haus ist bis auf ein paar Balken komplett niedergebrannt. Zwei Bäume in der Nähe haben aber keinen Schaden genommen." Bärmuth nickte und sagte „Das war sicher das Haus, wo auch Johanna gelebt hatte." „Bestimmt! Und das Beste ist: Am Morgen nach dem Brand hat man in den rauchenden Trümmern zwei Ablassbriefe gefunden, die nur etwas angesengt waren." beendete der Lehrling seine Geschichte.

„Für den Bauern und die Bäuerin wäre es sicher besser gewesen, wenn sie die Briefe mitgenommen hätten." sagte Bärmuth und zeigte mit dem Finger nach unten, denn sie hatte gehört, das die beiden Johanna und die Magd verraten hatten. Sie stemmte sich wieder vom Stuhl hoch und wurde sofort wieder von Siegbert untergehakt. Im Umdrehen sah sie, dass das Kissen blutig geworden war. Sie stieg langsam nach oben und war schon wenig später wieder im Bett. Das Liegen auf ihrem kleinen Babybauch war sicher nicht so ganz richtig, aber es ging im Moment einfach nicht anders. Schließlich schlief sie vor Erschöpfung wieder ein.

Im Traum sah sie wieder die Stieftochter dort im Kerker des Pfarrers. Wie mochte es Johanna wohl gerade gehen? Sie schreckte aus dem Schlaf und sah Hans neben sich sitzen „Und Johanna?"

fragte sie ihn leise „Die lebt sicher noch, aber ich komme nicht zu ihr heran. Ich habe es versucht, aber der Pfarrer hat gesagt, dass er sie töten wird, wenn ich es noch einmal versuche." sagte er und sie sah, wie zerknirscht er darüber war, dann ergriff sie seine Hand. Nun wussten sie zwar, wo sie war, aber sie konnten ihr nicht helfen. Irgendwie war es ihr auch peinlich, dass sie erst jetzt an Johanna gedacht hatte. Sie schloss die Augen und versuchte zu schlafen, aber die Schmerzen waren immer noch da. Bärmuth spürte, wie der Mann das Tuch auf ihrem nackten Körper wechselte.

59. Kapitel

Silberne Fessel

eit mehr als einem halben Jahr lebte Johanna nun schon im Hause des Pfarrers. Der Winter war lang und kalt gewesen, aber im Gegensatz zu dem davor hatte sie es in den Räumen immer warm gehabt. Auch das Essen war deutlich besser. Hier gab es mehrmals in der Woche Fleisch und sie konnte jeden Tag satt werden. Nicht so, wie es auf dem Bauernhof gewesen war. Das Essen und die Wärme waren aber auch die einzigen Vorteile, die sie hier hatte. Sie war hier eingeschlossen. Die Drohung des Pfarrers war sehr ernst gemeint gewesen und so hatte sie sich daran gehalten, die Treppe, die nach unten führte, und an der sie täglich vorbei musste, nicht zu betreten. Da die Latrine im Hof war, wo sie ja nicht hin durfte, musste sie die Notdurft in einen Eimer verrichten, der dann von den Mägden nach unten gebracht wurde. Lieber wäre sie selbst gegangen, aber das hätte ja ihren Tod bedeutet. Und den von Bärmuth auch, was sie noch zusätzlich davon abhielt.

Manchmal hörte sie aus dem Keller die Schreie der Befragten. Nachts, wenn es im Hause ruhig war, drangen sie bis zu ihr herauf Ihr Zimmer lag genau an diesem Aufgang. Sie hatte sich schon gefragt, ob der Mann das wohl absichtlich so gemacht hatte. Und somit hatte sie nun immer die Gewissheit, dass sie auch so enden würde, wenn sie nur diese oberste Schwelle der hölzernen Treppe betreten würde.

Wenn es nur um ihr eigenes Leben gegangen wäre, dann wäre es ihr an manchen Tagen egal gewesen. Der Pfarrer holte sie, wann immer ihm danach war. Da er aber auch die beiden Mägde hatte, verteilte sich das auf drei Frauen. Unter den beiden anderen Frauen hatte sie eine Art von Freundin gefunden. Obwohl sie versuchte Abstand zu halten, denn bisher hatte sie allen ihren Freundinnen kein Glück gebracht. Barbara war gestorben und Bärmuths Leben hing auch an ihr. Giseldis jedenfalls konnte das Haus täglich verlassen, da sie die Einkäufe und Besorgungen machte. Sie war nun Johannas Tor zur Außenwelt. Vom Markt brachte sie Gerüchte und Geschichten mit und auch alles, was Johanna brauchte. Da der Pfarrer ja gesagt hatte, dass Johanna alles bekommen konnte, hatte sie ihn einfach beim Wort genommen und bestellte sich auch Bücher bei Giseldis.

Drei Bücher hatte der Pfarrer selber, aber es waren nur theologische Abhandlungen aus der Universität. So gar nichts nach dem Geschmack einer jungen Frau. So hatte sie sich Kräuterbücher und Gedichtsbücher besorgen lassen. Außer lesen und den beiden Mägden zur Hand gehen, konnte sie ja auch nichts machen. Früher, auf dem Bauernhof, hatte sie ihre Arbeiten gehabt und nachts die Kette am Hals. Nun hatte ihr der Pfarrer ein kleines silbernes Kettchen mit einem Kreuz geschenkt, das sie um den Hals trug. Aber die Fessel war dieselbe. Es kettete sie an diesen Ort! Vielleicht nicht mehr die Kette selbst, so wie früher, sondern der Gedanke an den Tod, der mit diesem Kreuz verbunden war.

Durch Giseldis konnte sie auch heimlich Briefe mit Bärmuth austauschen. Auf dem Markt traf die Magd immer einen der Lehrlinge aus der Schnitzerei und da ging der Austausch der Nachrichten immer ganz schnell. Bärmuth ging es ganz gut und sie hatte vor kurzem ihre zweite Tochter bekommen. Die erste Tochter und ihren Sohn durfte sie ja nicht mehr sehen. Sie hatte auch geschrieben, dass sie nur noch im Haus blieb. Nach der Erfahrung im Keller konnte Johanna sie da gut verstehen. Nun waren sie Beide innerhalb ihrer Wände gefangen. Wenn Johanna aus ihrem Fenster sah, so konnte sie die Spitze des Daches sehen, unter dem Bärmuth wohnte.

Wenn sie dann direkt nach unten sah, so begannen dort die ersten Kräuter im Garten zu wachsen. Das Grün leuchtete bis hier herauf und lockte sie, doch Johanna musste wiederstehen. Meist liefen dann Tränen über ihre Wangen, aber sie durfte ja dem kleinen Mädchen nicht die Mutter nehmen. Dann zog sie sich mit ihrem Kräuterbuch zurück und las die Schriften der heiligen Hildegard. Ihre Kräuterkenntnisse hatten ihr schon genutzt. Sie war bisher nicht schwanger geworden. Jeden Abend trank sie einen Becher mit einem Kräutersud. Zur „Stärkung" wie sie dem Pfarrer, auf seine Nachfragen hin, erklärt hatte. Hätte er die Wahrheit gekannt, er hätte sie sicher bestraft.

Was nun den Pfarrer betraf, so verachtete sie den kleinen, alten, dicken Mann. Aber er hatte Bärmuths Leben in der Hand. Johanna hatte ja auch schon dem Bauern zu Willen sein müssen, aber da war es anders gewesen. Barbara hatte ihr einmal erzählt, dass das Schlimmste war, den Mann dabei anzusehen. Und die Freundin hatte recht gehabt! Das schwitzende Gesicht des stöhnenden Mannes über sich, versuchte sie immer wegzusehen, aber er dreht ihren Kopf meist zurück. Es war widerlich und sie fühlte sich benutzt, beschmutzt und gedemütigt. Wie lange würde das noch gehen? Vermutlich ihr ganzes Leben lang. Solange der Pfarrer noch lebte würde er sie nicht gehen lassen und sein Nachfolger würde die Akten finden, die dann sie und die Freundin auf den Scheiterhaufen bringen würden.

Die Beweise lagen in einem abgeschlossenen Schrank im Arbeitszimmer des Pfarrers. Der Schlüssel hing immer um seinen Hals. Nicht mal, wenn er, mit ihr oder einer der Mägde, im Bett war, legte er die Kette mit dem Schlüssel ab. So als ob sein Leben daran hing und nicht das von Johanna, Bärmuth und wer weiß wem noch. Manchmal traf sie der Schlüssel, wen er über ihr im Bett lag und sie hätte nur zufassen gemusst, doch der Mann war vorsichtig. Und so war sie durch diese beiden Ketten gefesselt. Nichts konnte sie dagegen tun. Nur den Schrank anstarren, wenn der Pfarrer sie mal in sein Arbeitszimmer holte.

Johanna versuchte Ausflüchte und Auswege zu finden, um sich bei dem Pfarrer unbeliebt zu machen. Vielleicht würde er sie ja selbst hinaus werfen, doch irgendwie schien ihm das auch noch zu gefallen. Was konnte sie tun? Wieder war sie gefangen und konnte nichts dagegen tun. Der Bauer war mittlerweile tot, wie sie erfahren hatte. Die Bäuerin auch. War es eine Rache von Barbara gewesen? Oder eine Strafe Gottes? Was hatte dann der Pfarrer zu erwarten? Würde Gott auch für ihn eine Strafe haben? Bestimmt! Nur dieser Gedanke hielt sie noch am Leben.

60. Kapitel

Zukunftspläne

$\mathcal{E}$r saß am Bett der Frau und hatte seine Tochter auf dem Schoß. Erst ein paar Tage war das Mädchen alt. Bärmuth war gerade eingeschlafen und nun legte Siegbert die Tochter in die selbst gebaute Wiege, die neben dem Bett stand. Dann gab er der schlafenden Frau einen Kuss auf die Stirn und verließ den Raum. Langsam stieg er die Treppe hinab und betrat den Raum der Werkstatt. In Gedanken versunken setzte er sich an seinen Platz. Er griff nach dem Hammer, um weiter an einer Figur zu arbeiten, legte ihn dann aber wieder weg. Er liebte diese Frau da oben und war traurig, dass sie so sehr leiden musste.

Seit Monaten hatte sie das Haus nicht mehr verlassen. Einmal hatte sie sich der Tür nach draußen genähert und war aber zitternd stehen geblieben. Sie hatte die Türklinke nicht berühren können und war dann weinend in ihr Zimmer gelaufen. Er wollte ihr helfen und sie heiraten, auch wenn er das nicht gemusst hätte, denn die Erbschaft war durch seinen Sohn Hans schon gesichert, doch der Hochzeit stand etwas entgegen. Solange dieser Vorwurf des Ehebruchs noch an ihr hing, würde Bärmuth nicht mehr heiraten dürfen. Sie war entehrt! Daher musste er versuchen diese Schuld zu tilgen. Doch wie?

Mit seinem ehemaligen Freund Karl, der nur zornig und wütend auf ihn war, da er Bärmuth bei sich aufgenommen hatte, brauchte er da nicht reden, aber vielleicht mit dem Richter? Der hatte vielleicht eine Idee. Er stand auf und nahm seinen Mantel. Einen Beutel mit Münzen steckte er sich ebenfalls ein. Bärmuth hatte er in seine Vorstellungen noch nicht mit einbezogen. Was wäre, wenn er scheitern würde? Dann hätte sie sich vielleicht zu früh darauf gefreut und wäre sicherlich enttäuscht. Das wollte er dann doch nicht, und so ging er los, ohne jemanden etwas davon zu erzählen.

Der Weg bis zum Haus des Richters, in dem auch die Verhandlungen durchgeführt wurden, war nicht so weit. Siegbert traf den Mann beim Verlassen des Gebäudes an und lenkte sofort das Gespräch in die Richtung, die er sich vorgestellt hatte. Doch schon nach wenigen Worten hob der Richter die Hände und sagte „Nach meinem Recht gibt es da kein Problem. Wir müssten uns mit dem Pfarrer einigen und der dann mit dem ehemaligen Ehemann. Diese Schande kann nicht durch das Recht getilgt werden." Siegbert nickte und setzte hinzu „Warum treffen wir uns da heute Abend nicht in der Schänke am Markt? Bringen sie den Pfarrer dorthin mit? Ich versuche mit meinem ehemaligen Freund zu reden." „Und wenn wir es umgedreht machen? Vielleicht komme ich mit ihrem Freund besser zurecht?" fragte der Richter und Siegbert stimmte dem gern zu. Mit einem Handschlag verabredeten sie sich für den Abend. Nun musste er den Pfarrer dorthin einladen und schon einmal im Vorfeld die Meinung des Mannes dazu ergründen.

So wohl war ihm dabei nicht, schließlich hatte der Mann ja Bärmuth gefoltert und dies war sicher nicht mit guten Worten wieder gutzumachen. In diesem Sinne war es auch mehr als fraglich, ob sich der Mann überhaupt auf einem Handel einlassen würde. Siegbert drehte sich um und sah das Haus des Pfarrers direkt vor sich, auf der anderen Seite des Marktplatzes. Dabei kamen bei ihm aber sofort die Bilder von den Verletzungen auf dem Rücken der geliebten Frau hoch. Genau im Keller dieses Hauses hatte sie diese erhalten, von dem Manne, mit dem er nun reden musste. Konnte er das, ohne dem Manne sofort an den Hals zu gehen? Er würde es versuchen. Ihr zuliebe.

Während er über den Platz ging, sagte er sich die ganze Zeit, dass das Schicksal und das Glück der Frau von diesem Gespräch abhingen. Schließlich betrat er das Haus und wurde von einem Diener in das Zimmer geleitet, in dem der Pfarrer schon auf seinem erhöhten Platz saß. Nach nur wenigen Worten stimmte der Pfarrer überraschend zu. Zum Glück früh genug, als dass Siegbert ihm den Hals umdrehen konnte. Eiligst verabschiedete er sich und verließ das Haus wieder. Draußen angekommen musste er erst mal wieder Luft holen, um sich wieder zu beruhigen. Wie würde das am Abend werden? Ein falsches Wort konnte noch alles verderben. Auf dem Wege nach Hause dachte er daran, für den Abend die doppelte Menge an Münzen mitzunehmen. Schließlich würde ja auch der Pfarrer die Hand aufhalten. Das Wort des Geistlichen wäre sicher nicht umsonst zu erhalten. Dafür kannte er die Gier des Kirchenmannes schon viel zu gut.

Mit zwei gut gefüllten Säckchen voller Münzen machte sich der Mann am Abend auf den Weg zu der Schänke, wo der Richter schon auf ihn wartete. Wenig später trafen, fast zeitgleich, die beiden anderen Betroffenen der Aussprache dort ein. Kurz darauf hatte Siegbert die erste Runde Wein geordert und es wurden noch einige mehr. Mit jeder Runde schmolz der Widerstand von Karl und als sie sich schließlich am Abend trennten, war Siegbert um zwei Beutel Münzen ärmer, aber um die Zusage des Pfarrers und Richters reicher, dass der Hochzeit nun nichts mehr entgegen stand. Bei sich zu Hause angekommen schaute er in das Zimmer von Bärmuth hinein, doch diese schlief schon wieder. Fast so, wie er sie am Morgen verlassen hatte.

Die Strapazen der Geburt hatten sie sehr erschöpft und so war sie seit dem noch nicht wieder zu Kräften gekommen. Damit musste die gute Nachricht bis zum nächsten Morgen warten. Da er aber dennoch mit jemanden darüber reden musste, stieg er wieder nach unten und ging in die Werkstatt seines Sohnes. Obwohl es dabei ja auch um sein Erbteil ging, war Hans sofort dafür, die Hochzeit so schnell wie möglich zu vollziehen. Jeden Tag, den Siegbert noch länger warten würde, würde er Bärmuth wegnehmen. Schon viel zu lange lebte die Frau entehrt zwischen den Männern und war doch von allen wegen ihrer liebevollen Art ins Herz geschlossen worden.

Schließlich beschloss Siegbert Bärmuth die frohe Kunde nicht länger zu verschweigen. Er ging in ihre Kammer und weckte sie vorsichtig. Allerdings brauchte er eine ganze Weile, bis die Angst vor den Menschen der Freude über die bald neu gewonnene Freiheit wich.

61. Kapitel

Magd und Herrin

Immer näher kam der Tag, an dem, genau ein Jahr zuvor, Barbara in den Tod gegangen war. Der Sommer war fast um und mit jedem Tag dachte Johanna immer mehr an die Freundin zurück. Hatte sie richtig gewählt, als sie sich dem Tode verweigerte hatte? Hatte sie überhaupt eine Wahl gehabt? Vermutlich hätte der Pfarrer sie nicht getötet, egal was sie gemacht hätte. Ein seltsames Gefühl machte sich in ihr breit. Hatte sie diesen Mann verzaubert? War da wirklich eine Hexe in ihr, die unbeabsichtigt diesen Mann mit einem Bann belegt hatte, dass er nicht von ihr lassen konnte? Manchmal, wenn sie nachts alleine in ihrem Zimmer lag und zum Mond hinauf sah, dachte sie daran, wie die Mutter damals gestorben war. Dann öffnete sie das Fenster und schaute hinaus. Es war nicht sehr hoch von ihrem Zimmer bis zur Straße, aber direkt unter ihr war der Zaun mit den Spitzen darauf. Was würde geschehen, wenn sie sich dort hinunter stürzte? Würde der Pfarrer dann Bärmuth wirklich töten, wie er es ihr einmal gesagt hatte?

Doch wenn sie dort hinunter sprang, so würde sie nicht in geweihter Erde bestattet werden und damit am Tag des Jüngsten Gerichts auch nicht in das Paradies einziehen können. Sie würde direkt in der Hölle landen und die Teufel würden sie auffangen, nur um sie danach ewig zu quälen. Die Ängste vor dieser Strafe und der Schmach trafen sie immer wieder. Auf der anderen Seite war es auch noch nicht gewiss, ob sie nicht doch noch am Ende auf dem Scheiterhaufen landen würde. War für den Himmel wirklich die Bedingung, ein gottgefälliges Leben zu führen? Und würde sie dann Barbara dort wieder sehen? Die war ja schließlich als Hexe gestorben, so wie Johannas Mutter auch. Vielleicht standen deren

Seele ja schon neben Gott und warteten dort auf sie? Einmal war Johanna sogar schon auf das Fensterbrett gestiegen, doch dann hatte sie der Mut verlassen und sie war weinend zurück in ihr Bett gegangen.

Leben oder Sterben? Ewige Verdammnis oder Seelenheil? Hölle oder Himmel? Sie hatte in den Büchern so viel darüber gelesen, aber war es wirklich die Wahrheit, was dort drin stand? Oder wollten die Männer, und es waren ausschließlich Männer die diese Bücher geschrieben hatten, nur die Frauen klein halten? Johanna zuckte zusammen. War das nicht auch schon wieder ein ketzerischer Gedanke? Immer wieder hatte sie in der Kirche gehört, dass die Frau dem Manne untertan sein solle. War das vielleicht auch eine Lüge? Nur erzählt, um die Frauen zu beeinflussen? Genau das Gleiche, was auch der Pfarrer ihr erzählte? Alles nur ersonnen, um Macht auszuüben? Um die Macht der Männer zu erhalten und zu stärken? War auch dieser Gedanke Hexenwerk? Hätte sie den Pfarrer danach gefragt, so hätte er sicher sofort „Ja!" gesagt.

Es war ein Fluch! Aber ein Fluch der Bildung! Giseldis machte sich da keinerlei Gedanken darüber. Für sie war alles Gottgegeben. Manchmal beneidete Johanna sie für ihre Einfalt und das Glauben an die Wörter der Männer. Immer wenn sie in der Küche zusammen standen und die tägliche Arbeit machten, redeten sie miteinander und dabei kam der Unterschied in der Bildung immer deutlich hervor. Johanna, als gebildete Kaufmannstochter, hatte in ihrem Leben viel gelernt. Auch durch Bärmuth, die ihr viel aus ihrem Leben beigebracht hatte. Giseldis, die Tochter einer Magd, hatte, bevor Johanna sie losgeschickt hatte, die Bücher zu kaufen, noch nie ein Buch gesehen. Sie konnte nicht lesen und auch nicht schreiben. Doch im Gegensatz zu Barbara wollte sie es auch gar nicht lernen. Vielleicht war das eine Schutzfunktion der Magd, denn mit jedem Funken Wissen würde sie auch dem Scheiterhaufen ein Stück näher rücken, so wie es Barbara passiert war. Sie hatten viel über die Magd geredet, auch wenn Giseldis sie nie kennen gelernt hatte.

Im Austausch mit der Magd lernte Johanna viel über deren Denken. Sie verglich das immer mit dem, was sie selbst dachte. Dass sie hier in der Küche mit half, war nur dem geschuldet, dass sie nicht wusste, was sie den ganzen Tag über machen sollte. Nur immer alleine in ihrem Zimmer sitzen, das war nicht die Lösung gewesen. Am Anfang des Jahres hatte sie sich mit ihren Büchern zurück gezogen und einfach nur gelesen, aber durch den Kontakt mit Giseldis war sie aus dieser Lethargie heraus gerissen worden. Doch wofür? War das hier ihr Leben für die nächsten zwanzig Jahre? So lange würde der Pfarrer sicher noch leben. Und sie? Die heimliche Herrin hier im Haus? Offiziell durfte der Pfarrer nicht heiraten, aber innoffiziell hatte er schon eine Frau. Sie! Aber behandelte er sie wie eine Frau? Vielleicht. Wie einen Menschen allerdings nicht!

Immer wieder verglich sie sich mit Giseldis. Für die Magd war es normal, wie er sie „benutzte". Sie war es von ihrer Mutter und dem Leben auf dem elterlichen Hof nicht anders gewohnt. Der Vater, der Bauer, die Mutter, eine Magd. So wie es sicherlich auch mit Barbaras Kind gewesen wäre, wenn Barbara vom Bauern schwanger geworden wäre. Doch Johanna kam eben aus einer anderen gesellschaftlichen Schicht. Trotz all der Enge, war sie doch etwas mehr Freiheit gewohnt.

Mit der zweiten Magd kam Johanna überhaupt nicht klar. Das lag aber nicht an ihr, sondern vermutlich an der Magd. Auch Giseldis kam mit Hildegard nicht zurecht. Dabei waren sie sich beide in ihrer Herkunft so ähnlich. Aus demselben Dorf und fast aus demselben Hause, waren sie aber im Charakter so unterschiedlich, wie Tag und Nacht. Giseldis war aufgeschlossen und fröhlich. Hildegard in sich gekehrt und manchmal mit ihrem Schicksal hadernd. Beide mussten keine Not mehr erleiden, hatten immer satt zu essen und ein warmes Plätzchen unter dem Dach des Pfarrers, aber trotzdem wollte Hildegard lieber wieder aus dem Hause heraus. Sicherlich hatte der Pfarrer deshalb Giseldis dazu bestimmt, auf dem Markt einzukaufen und Hildegard dazu auserkoren, die Arbeiten im Hause zu verrichten. Aus diesem kam sie genauso oft heraus wie Johanna. Hildegards Aufgabe war es eben, die Räume sauber zu halten und Hausarbeiten zu verrichten.

Wenn man so wollte, so hatte Johanna damit eigentlich zwei Untergebene. Sie als Herrin und zwei Mägde, von denen die eine mehr eine heimliche Freundin war. Ohne Giseldis hätte sich Johanna nur noch viel einsamer gefühlt. Durch Giseldis und die Briefe von Bärmuth, die diese ihr mitbrachte, hatte sie Verbindung zur Welt.

62. Kapitel

Neue Freiheit?

E s hatte eine ganze Weile gedauert, bis Bärmuth sich wieder aus dem Hause getraut hatte. Deshalb hatten sie mit der Hochzeit auch mehr wie zwei Monate warten müssen. Dann erst hatte sie es gewagt, wieder in die Kirche zu gehen, aber große Menschenmengen machten ihr noch immer Angst. Selbst die Taufe ihrer Tochter hatte Siegbert damals alleine vornehmen lassen müssen, da sie zu diesem Zeitpunkt noch nicht in die Kirche gedurft hatte und ungetauft sollte die Kleine auch nicht bleiben. Wer wusste schon, was alles passieren konnte und ungetaufte Kinder, so hatte man es ihr erzählt, würden direkt nach ihrem Tode in die Hölle kommen. Bei der Kindersterblichkeit war das einfach ein zu großes Risiko gewesen.

Manchmal mussten die Hebammen sogar Nottaufen während der Geburt durchführen, wenn sie sahen, dass das Kind nicht lebend auf die Welt kommen konnte. Das Schlimmste, was eben passieren konnte war, dass man ungetauft starb. Da war der Einzug in die Hölle schon so gut wie sicher. Eine ungetaufte Seele konnte dem Teufel keinen Widerstand leisten. Doch ihre Tochter war ja nun getauft und sie entwickelte sich gut. Die Kleine lenkte sie auch davon ab, dass sie ihre beiden anderen Kinder nur durch das Fenster sehen durfte, wenn die Amme mit ihnen durch die Gasse ging. Karl, ihr ehemaliger Ehemann, hatte ihr mit dem Tode gedroht, sollte sie sich den Kindern mehr wie zwanzig Schritte nähern und sie wollte nicht, dass der kleine Junge aus lauter Überschwang auf sie zu rennen würde, um die Mutter zu umarmen.

Im Gottesdienst war es dann besonders schlimm, da ja die beiden Kinder, auf dem Arm und an der Hand der Amme, auch in den

Gottesdienst kamen. Bärmuth ging daher fast als letzte in die Kirche und als erste wieder heraus, um den Kindern nicht zu nahe zu sein. Es schmerzte einfach zu sehr. Gleichzeitig war es nun jeden Sonntag ein komisches Gefühl für sie, so nahe an dem Mann zu stehen, der sie damals im Keller gefoltert hatte und der auch Johanna immer noch in seiner Gewalt hatte. Sie hatte sich auch darum extra einen Platz weiter hinten in der Kirche gesucht, nicht bei ihrem Mann, der ziemlich weit vorn saß. Dort hatten die Handwerksmeister ihren Platz, aber da saßen eben auch die Kaufleute.

Für sie war es seltsam, wie viel das Wort des Pfarrers wert war. Er hatte sie aus der Kirche geworfen und alle Frauen hatten sie gemieden. Auf dem Markt hatten sie Bärmuth mit faulem Obst beworfen und gedemütigt. Und auf ein weiteres Wort von ihm war sie wieder in der Kirche eingegliedert. Dieselben Frauen saßen nun neben ihr. Unterhielten sich mit ihr, so als ob nie etwas gewesen wäre. Doch Bärmuth konnte es nicht vergessen. Wie konnte man so falsch sein? Sie selbst hatte sich doch nicht geändert, nur das Wort des Mannes da vorn hatte den Unterschied gemacht und offensichtlich war er sich seiner Macht wohl bewusst.

Sie dachte auch daran, dass er das Leben ihrer Tochter in der Hand hatte. Als das sah sie Johanna immer noch, denn diese war ja lange Jahre wie eine Tochter für sie gewesen. Manchmal sah sie nach dem Gottesdienst vom Markt aus zu dem Fenster hinauf, hinter dem sie Johanna wusste. Sie stellte sich oft absichtlich mit ihrer Tochter so dort hin, dass sie von oben gesehen werden musste. An manchen Tagen winkte Johanna vorsichtig von oben aus dem offenen Fenster. Aber ein direkter Kontakt war nicht möglich. Daher fand es Bärmuth schön, dass Johanna eine Freundin aus dem Hause damit beauftragt hatte, ihr heimlich Nachrichten zu senden. Vor einiger Zeit hatte die junge Frau, sie hieß Giseldis, sie vor dem Fenster angesprochen, als Johanna von oben gewunken hatte, und ihr einen Brief übergeben. Seit diesem Tag tauschten sie nun, immer darauf bedacht, nicht vom Pfarrer erwischt zu werden, heimlich ihre Post über die Magd aus.

Eines Tages hatte auch Hans bemerkt, dass sie sich schrieben und so begann auch er, über die Magd, mit Johanna einen regen Briefwechsel. Der blieb aber meist von seiner Seite einseitig. Johanna antwortete ihm kaum, da hatten sie vermutlich zu viel Angst vor der Strafe des Pfarrers. Daher las Hans begehrlich alle Briefe, die Johanna an Bärmuth geschrieben hatte. Er saugte förmlich jedes Wort der Tochter in sich auf. Bärmuth konnte schon sehen, dass es ihm ernst war, doch wie sollten die beiden zueinander kommen? Der Pfarrer hatte ihm, mehr als deutlich, zu verstehen gegeben, dass er Johanna sofort töten würde, wenn Hans es auch nur versuchen würde, in ihre Nähe zu kommen. Und so waren die beiden jungen Menschen einander so nah und doch so unerreichbar fern.

Manchmal sah sie ihn, wie er abends im Scheine einer Kerze vor dem Bild in seiner Werkstatt saß und weinte, weil seine große Liebe nicht bei ihm sein konnte. Mit jedem Tag verstärkte sich diese Gefühl bei ihm und es zerriss ihr das Herz, zusehen zu müssen und doch nicht ändern zu können. Sie konnten nur versuchen sich gegenseitig zu trösten und das machten sie nun öfters. Hans erzählte alte Geschichten von Früher, in denen Johanna fast immer vorkam. Offenbar hatten sich die beiden Kinder damals gut verstanden, obwohl das eher unüblich war. Schließlich war Hans mehr als fünf Jahre älter gewesen. Wenn sie sich so zurück erinnerte, so fand sie in ihrer Vergangenheit keinen Jungen, der sich für sie interessiert hatte.

Der Vater hatte sie behütet und abgeschirmt, bis zu jenem Tage, an dem sie verheiratet worden war. So hatte sie auch nie diese Nähe und Liebe spüren können, wie sie offensichtlich zwischen Hans und Johanna bestand und wie sie sie nun auch zu Siegbert gefunden hatte. Nun war sie glücklich mit ihrem neuen Mann, aber die Drohung von Karl lag immer noch über ihr. Da half es auch nichts, dass sie von der Kirche vom Vorwurf des Ehebruchs freigesprochen worden war. Die Drohung der Steinigung schwebte immer noch über ihr. Solange Karl lebte, würde das so bleiben und erst danach würde sie die Kinder, die ihr dann ganz sicher fremd sein würden, wiedersehen können. Aber auch nur vielleicht. Der Verzicht auf die Kinder war der Preis für ihre Freiheit und das trieb ihr in fast jeder Nacht die Tränen in die Augen.

63. Kapitel

Liebesnot und Todesangst

s war einer dieser fürchterlichen Tage, an denen der Pfarrer schlechte Laune hatte. Jede der drei Frauen versuchte ihm schon den ganzen Tag aus dem Weg zu gehen, doch so wirklich war das auf den paar Schritten Platz nicht möglich. Die beiden Mägde konnten da noch etwas mehr Platz finden, aber Johanna durfte es nicht. Vier Räume, nur in der Küche war sie halbwegs sicher, da würde der Mann sich kaum sehen lassen. Doch da die Tür offen stand, sah er sie trotzdem. Herbst war es geworden und es war nicht mehr lang hin, bis zum Fest der Allerheiligen. Der nächste Winter kündigte sich an und in der Luft roch es schon nach Schnee, auch wenn Johanna das nur durch das Fenster feststellen durfte. Noch immer ließ der Mann sie nicht von dieser Etage des Hauses.

Seit ein paar Monaten warf Hans ihr immer mal wieder einen Stein mit einem Brief durch das meist offen stehende Fenster herein. Sie las die Zeilen, konnte sich aber oft nicht dazu überwinden, dem Manne zu antworten. Er schrieb ihr von Liebe und Sehnsucht, aber ging das überhaupt? Konnte sie jemand wirklich lieben? Und konnte sie jemanden lieben? Steckte sie nicht schon viel zu tief in diesem Sumpf aus Schande drin? Sie war schon lange keine ehrbare Frau mehr. Schon seit dem Tage auf dem Markt. Dieses, zwar nur erzwungene, Verhältnis zwischen ihr und dem Pfarrer machte die Sache für Johanna auch nicht viel leichter. Vielleicht sollte sie Hans einfach schreiben, dass er sich eine andere Frau suchen sollte, doch da war noch so ein kleiner Funken tief in ihr drin, der dies verhindern wollte. Ein kleiner Funken Liebe, der da schon seit Jahren in ihr glimmte. Der darauf wartete, mit einem Kuss zu einer Flamme zu werden. Doch diese Flamme konnte sie auch verzehren und in das Feuer des Scheiterhaufens bringen. Hans hatte ihr geschrieben, dass der Pfarrer ihm damit gedroht hatte, dass er sie verurteilen würde, wenn Hans sich nicht von ihr fern hielt.

Genaugenommen verstieß er mit seinen Briefen gegen dieses Verbot und riskierte damit das Leben von Johanna. Doch böse konnte sie ihm darüber auch nicht sein. Lange hatte er sich zurück gehalten, bis es anscheinend nicht mehr anders ging. Fast wartete sie darauf, dass er ihr von unten wieder einen Stein durch das Fenster warf. Gerade in dem Moment, wo wieder eine dieser Nachrichten durch das Fenster polterte, kam auch der Pfarrer gerade in ihr Zimmer gelaufen. Die Nachricht landete genau vor seinen Füßen und noch bevor Johanna überhaupt reagieren konnte, hatte der Mann sie aufgehoben und begann zu lesen. Seine Gesichtsfarbe begann sich immer mehr in das Dunkelrot von starken Wein zu verschieben und Johanna wusste, dass nun ihr letztes Stündlein geschlagen hatte. Sie stand von ihrem Stuhl auf und versuchte den Mann zu besänftigen, doch das war völlig umsonst. Schon fing er an zu toben und warf die Nachricht aus dem Fenster. Johanna duckte sich zusammen, aber der Pfarrer schlug nicht nach ihr. Er schimpfte weiter und verließ das Zimmer.

Im Gang machte er weiter. Sie folgte ihm und versuchte immer wieder die Stimmung des Mannes zu heben und ihn damit zu beruhigen, dass sie nichts für die Nachricht von Hans konnte, doch es war zu spät! Der Pfarrer hatte beschlossen sie zu opfern. Daran war nun kein Zweifel mehr. Sie hatte es in seinem Blick gesehen! Doch anstatt das Unausweichliche zu akzeptieren, begann Johanna um ihr Leben zu betteln. Sie wusste selbst nicht warum. Eigentlich hätte sie doch froh sein sollen, jeden Tag hatte sie sich gewünscht, dass es endete und nun hatte sie die Gelegenheit dazu und alles war anders. Plötzlich hing sie an diesem Leben. War es vielleicht dieser kleine Funke der Liebe zu Hans, der sie nun dazu brachte, um ihr verdammtes Leben zu kämpfen? Noch nicht lange zuvor stand sie noch auf dem Fensterbrett und wollte nach unten springen, um es zu beenden und nun?

An jedem anderen Tag hätte sie es vielleicht geschafft, ihn zu beschwichtigen. Doch heute war alles anders. Woran es lag, war ihr nicht bewusst und vielleicht hätte alles ein gutes Ende nehmen können, wenn der Mann einfach noch einmal darüber nachgedacht hätte. Sie wusste nicht, was Hans ihr geschrieben hatte, doch es musste gereicht haben, den Pfarrer dazu zu bringen, sie zu töten. Der Mann wollte es jedoch nicht eigenhändig tun, sondern er würde seine Leute damit beauftragen, sie in den Keller zu werfen. Immer weiter brüllte er herum. Die beiden Mägde hatten sich aus dem Flur in die Küche geflüchtet. Auch sie wollten ihm im Moment lieber nicht in den Weg kommen. Das Risiko, dass auch sie sich am Abend im Keller befinden würden, war einfach zu groß. Aus dem Weg gehen war die einzige Möglichkeit. Doch diese hatte Johanna nun nicht mehr.

Im Flur vor ihrem Zimmer brüllte er sie weiter an „Du bist nicht viel anders als deine Mutter! Sie hatte die richtige Wahl getroffen!" Johanna horchte auf. Was hatte das mit der Mutter zu tun und was war ihre Wahl gewesen? „Was meinst du mit Wahl? Was ist mit meiner Mutter gewesen?" fragte sie, nachdem sie all ihren Mut zusammen genommen hatte. „Ich habe sie vor die gleiche Wahl gestellt wie dich. Bei mir bleiben oder sterben. Allerdings konnte ich sie nicht mit dir und deinem Leben davon überzeugen, bei mir zu bleiben. Sie hat den Tod gewählt!" sagte er und drehte sich zur Treppe um. „Du wirst ihr folgen. Noch heute!" rief er und ging die zwei Schritte bis zur Treppe. Dort drehte er sich noch einmal um und sah zu ihr zurück. Sie eilte ihm hinterher und rief „Was war mit meiner Mutter?", Zorn blitzte in ihr auf und trotzdem fiel sie vor ihm auf die Knie. Sie musste es wissen! Im Reflex wich der Pfarrer zurück, vermutlich hatte er gedacht, dass sie ihn angreifen würde. Doch er hatte vergessen, dass er mit dem Rücken zur Treppe schon auf der obersten Stufe stand und deshalb nicht weiter zurück konnte.

Der Mann verlor das Gelichgewicht, kippte nach hinten und polterte die Treppe hinunter. Von oben schaute sie ihm hinterher, konnte aber die Treppe nicht betreten. Immer weiter rollte er die Treppe hinab, ohne einen Laut von sich zu geben, dann blieb er liegen und sie flüchtete sich in ihr Zimmer hinein. Konnte sie sich dort vor seiner Wut verbergen? Sie kniete sich hin und betete um Schutz für ihre Seele. Dann schloss sie endgültig mit ihrem Leben ab. Es war vorbei! Nach diesem Sturz konnte er sie nur noch töten!

64. Kapitel

In dunkle Tiefen

Eigentlich hätte er doch nun zufrieden sein können. Er hatte die Frau, die er schon immer gewollt hatte, er konnte mit ihr machen, was immer er wollte und wann. Doch irgendetwas stimmte nicht. Der Mann hatte sich das in all der Zeit, die er gewartet hatte, so schön ausgemalt. Doch am Ende war es nun ganz anders gekommen. Irgendwie hatte sie ihn unter Kontrolle. Zumindest kam ihm das so vor. Hatte er das nicht alles so schön geplant gehabt? Was war sein Plan nun wert gewesen? Nicht viel! Er hatte nun zwar die Frau, aber glücklich war er damit nicht. Die Freude, die sie ihm schenken sollte, war zum großen Teil ausgeblieben.

Schon fast ein Jahr ging das nun so und er hatte nicht den Eindruck, dass sich da noch etwas daran ändern würde. Manchmal war er nun am Tage mit Ursula im Kloster zusammen, obwohl er doch eigentlich Johanna dafür hatte. Oder haben sollte! Immer wieder mal verschlechterte sich seine Laune, wenn er in das Gesicht von Johanna sah. Der Trotz darin war viel zu offensichtlich. Sie führte ihn praktisch vor. Das gefiel ihm gar nicht! Er war hier der Herr im Hause und nicht sie! Die Zweifel rissen ihn in die dunklen Tiefen der Eifersucht. Und wenn erst mal ein Zweifel anfing zu nagen, dann konnte man ihn nicht mehr so einfach zum Schweigen bringen. Er brachte sich immer wieder in das Gedächtnis zurück.

Jede Bewegung der Frau, jede Bemerkung und jeder Blick von ihr nährten den Zweifel und verstärkten nur noch seine Eifersucht. Der Mann begann gezielt danach zu suchen, dass sie ihn betrog und wenn man sucht, so wird man auch fündig. War es dieser

Handwerksbursche, der ihn hier die Frau wegnehmen wollte? Er hätte ihn nicht nur zusammenschlagen, sondern töten sollen. Aber das konnte er ja immer noch. Er beauftragte seine Leute Material gegen ihn zu suchen. Der Galgen würde sicher schon auf ihn warten und wenn seine Leute nichts finden würden, dann würden sie einfach etwas erfinden und die Spuren so legen, dass der Richter gar nicht anders konnte, als ihn zum Tode zu verurteilen.

Zuerst einmal brauchte er aber Beweise. Ohne diese konnte er nichts tun. Zwar hatte er schon viele Menschen nur auf den Verdacht hin getötet, aber vielleicht konnte dieser Handwerker ihm auch nutzen. Konnte er sie mit ihm erpressen? Vielleicht, wenn da zwischen den beiden nichts war. Denn irgendwie erpresste er ihn ja auch mit ihr. Wenn man so wollte hatte er ein Gebilde aus Erpressung und Überwachung über die ganze Stadt gelegt und wo immer es ihm nutzte, da sammelte er Informationen. Nun galt also seine ganze Aufmerksamkeit diesem Manne. Was würden seine Leute über ihn herausfinden? Er schickte seinen besten Mann, der sich in den Schänken umhörte und den einen oder anderen Mann ein Bier ausgab. So lockerte sich so manche Zunge und er erfuhr so einiges, dass er dem Pfarrer mitbrachte.

Sorgsam schrieb er alles auf und verwahrte es in seinem Schrank. Und wieder kam so ein Tag, an dem er schon beim Aufstehen merkte, dass etwas nicht stimmte. Ein Blick in Johannas Augen hatte gereicht. Da war wieder die kleine Hexe, die ihn verzaubert hatte. Oder aber auch mit einem Bann belegt hatte. War es richtig, dass er bei ihr blieb? Oder hätte er sie zusammen mit der Freundin in den Tod schicken sollen? Nun war es alles müßig. Aber ein Zweifel blieb. Ein Stich in seinem Herz und eine Entscheidung. Sorgsam beobachtete er sie.

Schon lange hatte er die Vermutung gehabt, dass sich Johanna heimlich mit einem Manne schrieb. Noch wusste er nicht, wie das wohl gehen sollte. Er hatte die Magd kontrolliert, aber sie hatte nichts bei sich. Schließlich ging er über den Gang an dem Zimmer vorbei, als er ein Poltern hörte. Ein kleiner, etwas faustgroßer, Stein rollte vor seine Füße. Der Pfarrer hob ihn auf und wickelte das Blatt darum herum ab. Nach nur wenigen Zeilen wusste er, dass er betrogen wurde. „Ich liebe dich und muss Tag und Nacht an dich denken ..." las er dort. Die Wut stieg ich ihm hoch. Was machte diese Frau in seiner Wohnung, während er in der Kirche oder außer Haus war? Kam dann ihr Geliebter auf Schleichwegen zu ihr? Betrogen sie ihn sogar in seinem eigenen Bett? Er warf den Brief aus dem Fenster, ohne ihn zu Ende gelesen zu haben. Es reichte! Blind vor Zorn tobte er weiter. Er schrie sie an und drohte mit dem Scheiterhaufen, doch die Entscheidung war schon gefallen. Eine Drohung war eigentlich völlig unnütz. Er würde sie aus dem Weg räumen lassen. Nun würde er seine Leute beauftragen, die würden dieser Betrügerin schon zeigen, was man mit solchen Frauen machte!

Der Pfarrer eilte auf den Flur und sie folgte ihm. Er hörte ihr betteln und flehen, doch diesmal würde sie ihn nicht mehr erweichen können. Es war Schluss! Das Feuer der ewigen Verdammnis wartete schon auf diese Sünderin! Schon viel zu lange! An der Treppe drehte er sich noch einmal um. Sie lief immer noch hinter ihm her. Er sah in ihre Augen. Die Angst mischte sich darin mit etwas, was ihn erschreckte. Da leuchtete eine Hexe in ihr auf. Oder der Teufel? Erschrocken zuckte er zurück und verlor den Boden unter den Füßen.

Er fiel rückwärts die Treppe hinunter und das Knacken in seinem Genick war das Letzte, was er hörte.

65. Kapitel

Ende der Gewalt?!

Vor lauter Angst hatte sie das Bett vor die Tür geschoben. Das schwere Gestell hatte sich zuerst kaum bewegt und sie hatte sich mit aller Kraft dagegen gestemmt. Aber würde das den etwas nutzen, wenn die Männer, geführt von dem Pfarrer, sie gleich holen würden? Es war nur eine Frage der Zeit, bis das Holz der Tür nachgeben würde. Für eine Weile war es still gewesen im Haus und dann hatte Johanna die Stiefel auf der Treppe gehört. Die Männer grölten herum und sie verzog sich in die hinterste Ecke des Zimmers. Direkt vor ihrer Tür hörte sie die Männer und draußen schrien auch die beiden Mägde in Todesangst. Johanna wusste nicht, was das wohl sollte. Hatte der Pfarrer auch ihnen das gleiche Schicksal zugedacht wie ihr? Johanna hielt sich die Ohren zu, doch das Wüten war bis zu ihr zu hören. Die Tür bewegte sich ein Stück, stieß dann aber gegen das Bett. Nur ein Spalt war sie aufgegangen, nicht weit genug, als dass jemand hindurch fassen konnte. Einer der Männer rüttelte weiter daran, ließ dann aber von der Tür ab.

Immer weiter hockte sie in der Ecke und wartete auf ihr Schicksal. Doch dann war mit einem Male Ruhe im Flur. Die Männer waren anscheinend wieder nach unten gelaufen. Das hatte sich zumindest so angehört. Johanna hörte nur unten die Haustür in das Schloss fallen, dann war es still. Zweifelnd stand sie auf. War das eine Falle? Aber die Männer hätten die Tür doch auch so aufbekommen. Warum sollten sie ihr eine Falle stellen? Was war mit dem Pfarrer? Er würde sie doch sicher holen wollen? Oder etwa nicht? Sie legte ihr Ohr an die Wand und lauscht nach draußen. Da war nur ein leises Schluchzen zu hören. Schließlich schob Johanna das Bett wieder weg und öffnete die Tür. Der gerade eben erst von ihr verlassene Flur war total verwüstet. Überall lagen Papiere und zerfetzte Stoffe herum. Was war hier passiert? Sie ging einen Schritt und sah, dass der Pfarrer noch genauso auf der Treppe lag, wie er vor wenigen Augenblicken dorthin gefallen war.

Wieder hörte sie das Schluchzen und folgte dem Geräusch. Als sie um die Ecke bog, sah sie Giseldis im Flur hocken. Ihr Kleid war zerrissen und sie blutete am Kopf. An eine Wand gelehnt starrte sie einfach nur Johanna an. Die hockte sich für einen Moment daneben, doch die Magd schüttelte nur den Kopf, also ging Johanna vorsichtig weiter. In den Räumen war alles aus den Schränken gerissen und verstreut, so als ob ein Wirbelsturm durch die Zimmer getobt war. Es waren doch nur ein paar Augenblicke gewesen, die Johanna, in dem Raum eingeschlossen, gewartet hatte. Nicht einmal der halbe Teil einer Stunde war es gewesen. Eine umgekippte Geldtruhe lag mitten im Raum, als Johanna das Schreibzimmer betrat. Einzig der eine Schrank war noch abgeschlossen. Hatten die Männer nicht gewusst, dass der Pfarrer den Schlüssel um den Hals hatte? Oder hatten sie den Schrank absichtlich nicht angetastet? Nun war eigentlich die Gelegenheit, die Papiere darin zu vernichten, die ihr und Bärmuth den Tod bringen konnten, doch Johanna traute sich nicht nach unten, um dem Manne den Schlüssel vom Halse zu nehmen.

Was hinderte sie eigentlich? Das Verbot konnte es ja nun wirklich nicht mehr sein, denn das galt ja nun nicht mehr. Vielleicht hatte sie Angst dem Manne in die Augen zu sehen, oder seine Leiche zu berühren? Sie wusste es selbst nicht. Ein Geräusch hinter ihr ließ sie zusammenfahren, aber es war nur Giseldis, die hinter ihr im Gang aufgestanden war und sich das zerrissene Kleid vorn zusammenhielt. Zwischen dem Schluchzen berichtete sie, was Johanna sowieso schon ahnte „Die Männer haben den toten Pfarrer gefunden, dann sind sie über uns hergefallen und haben alles geraubt, was sie in die Hände bekommen konnten." „Und Hildegard?" fragte Johanna leise „Die ist weggelaufen, als die Männer nach oben kamen. Sie hat unten gearbeitet, ich habe sie nur im Gang unten schreien gehört." antwortete Giseldis. Johanna öffnete einen der Schränke und zog eines ihrer Kleider heraus, dann gab sie es Giseldis, die es schnell anzog.

Zusammen begannen sie das Durcheinander aufzuräumen. Warum sie das taten, wussten beide nicht und immer noch war der eine Schrank unberührt und verschlossen. Dann hörte Johanna schnelle Schritte auf der Treppe und zuckte zusammen. Kamen die Männer zurück. Beide Frauen schauten sich erschrocken an, doch dann stürmte Hans in das Zimmer hinein und Johanna fiel ihm einfach vor Erleichterung um den Hals. „Was ist denn hier passiert?" fragte Hans, so als ob er das nicht schon selbst gesehen hatte, denn er hatte ja an dem Pfarrer vorbei gemusst. Stockend begannen die beiden Frauen zu erzählen. Dann fiel Johannas Blick wieder auf den einzigen noch ganzen Schrank im Haus. Sie fragte Hans „Der Pfarrer hat einen Schlüssel um den Hals, kannst du ihn bitte abmachen und zu mir bringen?" der Mann nickte und machte sich auf den Weg. Schon wenig später war er mit dem kleinen Schlüssel an der Kette zurück und gab ihn Johanna.

Mit einem quietschen drehte sich der Schlüssel im Schloss und gab die Schubfächer frei. Johanna begann mit dem ersten Fach. Fein säuberlich lagen darin Papiere zu fast jedem in der Stadt. Nur zu Johanna und Bärmuth fand sie beim schnellen durchblättern nichts. Sie drückte Giseldis den Stapel in die Hand und öffnete das nächste Fach. Ein kleiner Beutel mit Münzen und persönliche Dinge des Pfarrers kamen zum Vorschein. Sie zeigte darauf und sagte zu der Magd „Das gehört jetzt dir." Dann öffnete Johanna das dritte Fach und bei dem Anblick, der sich ihr nun bot, verschlug es ihr den Atem. Sie zog ein Stück Stoff heraus, welches sie sofort wiedererkannt hatte. Es war ihr Kleid, das sie damals auf dem Markt getragen hatte. Wie kam das hier her? Es war zerrissen, aber es war eindeutig ihr Kleid. Lange Tage hatte sie daran selbst genäht und sie würde es unter tausenden sofort erkennen. Ein zweites Kleid lag zerrissen in dem Fach und Hans zog es heraus. Johanna warf einen Blick darauf und schaute es sich dann genauer an. Am Kragen des zweiten Kleides war ein Wappen aufgestickt, das sie sofort erkannte. Es war das Familienwappen ihrer Mutter, als diese noch nicht verheiratet gewesen war. Zu Hause hatte sie es oft betrachtet, es war sehr schön gewesen und der Schock, es nun hier zu finden, saß sofort tief. Was konnte das bedeuten? Sofort dachte sie an die letzten Worte des Pfarrers, die ja ihrer Mutter gegolten hatten. Was hatte das zu bedeuten? Johanna sah zurück zum Schrank und zog das Schubfach weiter auf. .

In diesem Fach lagen auch die gesuchten Papiere. Johanna packte alles zusammen und mit Giseldis und Hans verließ sie das Zimmer. Als sie nach unten ging, drehte sie sich zur Wand. Sie wollte der toten Pfarrer nicht noch einmal ansehen müssen. Zu dritt eilten sie zu Bärmuth, die sie herzlich in ihrem Hause aufnahm.

66. Kapitel

Buch des Schreckens

Er hatte das Geschrei aus dem Hause gehört und konnte doch nichts tun. Erst als die Wachen aus dem Hause waren und er sich sicher sein konnte, das sie ihn nicht zurück halten würden, war er in das Haus gelaufen. Der Pfarrer lag tot auf der Treppe und um den kümmerte er sich nicht einen Augenblick. Viel wichtiger war für ihn, wie es Johanna ging. Alles war verwüstet und dann sah er sie. Die Frau schien unverletzt zu sein. Schnell nahm er sie in die Arme und drückte sie fest an sich. Wenig später, nachdem er den Schlüssel geholt hatte, hatten sie die Unterlagen des Pfarrers an sich genommen und verließen das Haus. Auf dem Markt war eine Menge von Menschen, durch die sie sich erst einmal durchschoben. Das Geschrei war den Menschen nicht verborgen geblieben.

Endlich waren sie wieder in der Werkstatt. Bärmuth begrüßte sie und dann brachte Hans die beiden Frauen in das alte Zimmer von Bärmuth. Nach den Schilderungen der Magd musste er sich auf den Weg machen und die Männer des Pfarrers einfangen. Sie sollten ihre gerechte Strafe für die Vergewaltigung und die Plünderung erhalten. Er lief nach unten und überzeugte die Gesellen und Lehrlinge, mit ihm zusammen die Wachen dingfest zu machen und dann der Stadtwache zu übergeben. Alle stimmten sofort zu und Siegbert machte sich auf den Weg, aus anderen Häusern noch Knechte zu holen. Die Wachen des Pfarrers waren offensichtlich so verhasst gewesen, dass sich schon bald mehr wie fünfzig Männer auf die Suche nach den Gehilfen des Geistlichen machten.

Nach längerer Suche konnten sie bis zum Abend noch fünf der Männer festnehmen. Der Anführer der Wache wehrte sich am heftigsten. Es brauchte vier Männer, um ihn zu überwältigen und gefesselt zu der Stadtwache zu tragen. Die anderen fünf hatten die Stadt schon verlassen und so konnten sie nicht dem Richter vorgeführt werden. Die Schilderungen von Hans über die Plünderungen und die Beschreibung der Magd über die Gewalt reichten dem Richter, um die Männer in den Kerker zu werfen. Aber es würde noch ein paar Beweise brauchen, damit sie nicht mit geringen Strafen davon kommen würden. Diese Beweise mussten sie nun noch finden. Hans ging mit ein paar Gesellen wieder in das Haus zurück. Die Leiche des Pfarrers hatten einige Männer schon abgeholt und in der Kirche aufgebahrt.

Überall war es noch dasselbe Durcheinander, das die Wachen bei ihrer Plünderung hinterlassen hatten. Nur ein Schrank war nicht durchwühlt worden und den Inhalt daraus hatte Johanna mit in das Haus des Tischlers genommen. Noch einmal durchsuchte Hans den Schrank und fand dabei ein kleines Geheimfach. Da er von seinem Vater viel über die Holzbearbeitung gelernt hatte, war es einfach für ihn, den Mechanismus zu betätigen, der die Klappe freigab. Es lag ein dickes Buch darin, dass Hans an sich nahm. Nur kurz schlug er es auf und sah, dass es ein Tagebuch der letzten zwanzig Jahre war. Jeder Tag war säuberlich aufgezeichnet.

Mit diesem Buch ging er zurück zu Johanna. Die saß weinend über die Papiere gebeugt in ihrem Zimmer. Sie hatte die Geständnisse von Barbara, von Bärmuth, von sich und ihrer Mutter vor sich liegen. Ihre Tränen tropften auf das Papier und verwischten die Tinte, mit der die durch Gewalt erpressten Geständnisse aufgeschrieben waren. Hans legte das Buch dazu und Johanna wischte sich mit dem Ärmel des Kleides die Tränen ab. Gemeinsam begannen sie in dem Buch zu lesen. An einer Stelle stutzte Johanna und zeigte auf einen Eintrag, der schon lange zurücklag. Hans las nach und nickte. Da ging es um Johannas Mutter. Aber der Eintrag war schon sehr alt. Er musste noch vor Johannas Geburt geschrieben worden sein. „Er hat sich für meine Mutter interessiert, seit dem Tage, als sie von Magdeburg hier her gekommen war." sagte Johanna und zog den Stapel der Blätter noch einmal zu sich. Sie blätterte eine ganze Weile darin, bis sie einen Zettel hervorzog. Der Brief war von einer Frau geschrieben, aber es stand keine Unterschrift darunter.

Während Johanna den Brief las, las Hans weiter in dem Buch. Schließlich kam er zu der Stelle, wo der Überfall auf die Frau des Richters geplant und die missglückte Ausführung beschrieben war. Der Pfarrer hatte alles Haarklein beschrieben. Das war das Geständnis des Pfarrers und der Beweis, den Hans gesucht hatte. Er klappte das Buch zusammen und lief, nachdem er sich von Johanna mit einem Kuss verabschiedet hatte, die aber in den Brief vertieft war und das kaum mitbekam, zum Richter hinüber und übergab dem Mann das Buch. Hans zeigte ihm den Eintrag und der Richter nickte nur. Er gab Hans die Hand und bedankte sich für das Buch. Langsam ging Hans zurück. Es wurde schon dunkel auf dem Marktplatz und er dachte daran, dass er ja nun Johanna in seinem Hause hatte. Was hatte sie in dem Brief gefunden? Warum hatten die beiden zerrissenen Kleider in dem Schrank des Pfarrers gelegen? Da gab es sicher noch ein Geheimnis zu lüften.

Als er das Haus betrat, saß Bärmuth mit Johanna und der Magd am Tisch. Das Essen war schon vorüber und er setzte sich dazu und hörte zu. Johanna hatte den Brief in der Hand, in dem einen junge Frau schilderte, wie sie entführt worden war und nun in einem Keller saß. Sie war dort von einer Räuberbande festgesetzt worden, nachdem sie auf den Weg in Richtung Magdeburg gewesen war. Man hatte sie vergewaltigt und sie hatte Angst, dass sie sterben würde, wenn ihr Vater das Lösegeld nicht für sie zahlen könnte.

Der Brief war nicht unterschrieben und offensichtlich auch nie abgeschickt worden. Vielleicht war die Frau beim Schreiben gestört worden, denn der Text brach mitten im Satz ab. Zusammen mit dem Kleid der Mutter hatte Johanna den Verdacht, dass es sich um einen Brief ihrer Mutter handeln könnte. Ein Zeugnis der Angst aus einer fernen Zeit.

Johanna hatte regelrecht gezittert, als sie an die Frau in dem dunklen Keller gedacht hatte. Sie musste da unbedingt Klarheit in diese Sache bringen und da wusste sie nur eine Person, die sie dazu fragen konnte: ihre alte Amme. Doch wie sollte sie die Frau fragen? Weder sie noch Bärmuth durfte in ihr altes Zuhause. Wieder tropften Tränen auf das Papier. Hans nahm sie tröstend in den Arm und drückte sie ganz fest an sich.

67. Kapitel

Zeichen aus der Vergangenheit

tundenlang hatte Johanna in den Papieren geblättert. Es war furchtbar, was der Pfarrer so im Laufe der Zeit alles gesammelt hatte. Jeder Nachbarschaftsstreit war hier irgendwo verzeichnet. Jedes falsche Wort war vermerkt und konnte, im richtigen Zusammenhang benutzt, über Leben oder Tod entscheiden. Als Hans dann mit dem Buch in das Haus kam, vertieften sie sich in das Lesen der Aufzeichnungen. In der Geschichte um ihre Mutter fiel ihr ein Brief auf, der zwischen den Aufzeichnungen des Mannes gelegen hatte. Wie war der wohl hier dazwischen gekommen? Schon am Anfang hatte sie bemerkt, dass sich die Schrift deutlich von den anderen Blättern abhob. Es war die geschwungene Schrift einer Frau, die das Schreiben gut beherrschte. Nicht die krakelige Schrift einer Magd, sondern die einer erfahrenen, gelehrten Frau. So wie es ihre Mutter gewesen war. Aber es stand kein Datum und keine Anschrift darauf, nicht mal eine Unterschrift. War es wirklich ein Zeugnis ihrer Mutter? Zusammen mit dem Kleid und den Aufzeichnungen des Pfarrers drängte sich dieser Verdacht geradezu auf, doch Johanna war sich da nicht so sicher. Nur eine Frau konnte ihr da Klarheit geben und das war die Amme. Sie hatte damals schon als Magd im Hause ihrer Eltern gearbeitet und würde es ganz sicher Wissen. Nur wie an die alte Frau herankommen? Sie durfte sich ja in ihrem Elternhaus nicht mehr sehen lassen und Bärmuth schon gleich gar nicht.

Es war spät geworden an diesem ersten Abend in der Freiheit. Erst lange nach Einbruch der Dunkelheit stieg Johanna mit einer Kerze die Treppe nach oben. An der Tür zu ihrem Zimmer wurde sie von Bärmuth verabschiedet und dann kuschelte sie sich mit Giseldis zusammen in das große Bett. Vielleicht würde sie im

Traum die Antwort bekommen, wie sie die Amme fragen konnte, oder sie würde eine Antwort darauf bekommen, wie der Brief und das zerrissene Kleid zusammen gehörten. Doch es kam kein Traum. Als sie wieder erwachte, sah sie in das schlafende Gesicht der Freundin und wusste, wer fragen konnte. Warum war ihr nicht schon am Abend zuvor die Lösung eingefallen? Giseldis konnte zur Amme gehen! Der Vater kannte sie nicht und so würde es sicher klappen, die alte Frau aus dem Haus zu locken und hier herüber in die Schreinerei zu bringen. Nun konnte sie es gar nicht erwarten, bis Giseldis die Augen endlich aufschlagen würde, doch es dauerte eine ganze Weile. Eine Zeit, die Johanna für eine Idee brauchte, wie Giseldis die Amme hier herüber locken konnte, ohne dass der Vater Verdacht schöpfte. Sie konnten ja schlecht sagen, dass sie zu Siegbert kommen sollte, denn der Vater wusste ja, dass Bärmuth hier wohnte.

Schließlich war die Freundin wach und Johanna begann sie in ihren Plan einzubeziehen. Sie sollte die Amme mit dem Angebot von Kindersachen aus dem Hause locken, denn das war am wenigsten verfänglich. Schon kurze Zeit später war Giseldis unterwegs und betrat schon nach ein paar Augenblicken wieder die Tischlerwerkstatt, gefolgt von der Amme. Johanna und die alte Frau fielen sich um den Hals und drückten sich. So lange hatten sie sich nicht mehr gesehen und es dauerte eine ganze Zeit, bis durch die Tränen hindurch ein Gespräch möglich wurde. Die alte Frau bestätigte Johannas Verdacht. Die Mutter war kurz nach der Hochzeit, auf der Reise zu ihrem Vater nach Magdeburg, von Räubern überfallen und verschleppt worden. Es hatte zwei Wochen gedauert, bis das Lösegeld gezahlt worden war und sie wieder frei gewesen war. Johanna zeigte den Brief und die alte Frau nickte. Das war die Handschrift von Johannas Mutter und auch das Wappen an dem Kleid erkannte sie. Doch weiter hatte die Mutter nichts von der Entführung gesagt, zu schrecklich muss es wohl für sie gewesen sein. Im Weggehen sagte die Amme noch, dass Johanna neun Monate nach der Hochzeit geboren worden war.

Als die junge Frau dann wieder alleine an dem Tisch saß, dachte sie daran, dass es ja auch neun Monate nach der Entführung gewesen war und nach dem Brief konnte es auch sein, dass der Pfarrer ihr Vater war. Zumindest, wenn er der Entführer und Vergewaltiger war. Wie hätte er sonst an den Brief und das Kleid gelangen können? Für einen Moment schüttelte es sie, bei dem Gedanken. Doch kurz darauf überlegte sie, ob das nicht vielleicht der Grund dafür war, dass ihr Vater all die Jahre so abweisend ihr gegenüber gewesen war. Hatte er es geahnt? Gewusst? Oder zumindest gespürt, dass sie nicht seine Tochter war? Langsam setzte sich ein Bild vor Johanna zusammen und sie wusste nun etwas mehr über ihre Vergangenheit. Nur wie passte ihr eigenes Kleid, das sie neben dem der Mutter im Schrank gefunden hatte, da in dieses Bild hinein? Hatte der Pfarrer es zufällig gefunden und dann verwahrt? Hatte er gewusst, dass sie seine Tochter sein konnte? Aber warum hatte er dann mit ihr geschlafen?

Wieder ging ein langer Tag zu Ende und Johanna stieg mit der Kerze hinauf. Diesmal war sie alleine, da Giseldis ihre Mutter im Nachbardorf besuchen wollte. Vor der Tür zu ihrem Zimmer trat Hans auf sie zu. Aus allen seinen Briefen wusste sie, wie sehr er sie liebte, doch das durfte einfach nicht sein. „Ich bin keine ehrbare Frau mehr. Ich wurde gedemütigt und entehrt. Ich bin nichts für dich. Bald werde ich diese Stadt für immer verlassen!" sagte sie mit Tränen in den Augen. Doch er trat näher an sie heran und strich ihr eine Haarsträhne aus dem Gesicht. Diese zärtliche Berührung ließ sie erschaudern und zurückweichen. „Las mich!" begann sie eher zaghaft, doch er folgte ihr und wieder folgte eine fast zufällige Berührung ihrer Wange. „Ich bin deiner unwürdig! Ein Dutzend Männer haben diesen Körper schon gehabt!" sagte sie weinend und versuchte sich wegzudrehen, doch Hans schloss sie in seine Arme. „Ich liebe dich und ich habe dich schon immer geliebt." sagte er zärtlich und zog sie ganz dicht an sich heran. Sein Schutz und seine starken Arme ließen bei Johanna jeden Widerstand in sich zusammenfallen. Die Frau lehnte sich an seine Schulte und genoss die Kraft des Handwerkers.

Langsam schob er sie in das Zimmer hinein und bedeckte ihr Gesicht mit Küssen. Sie zogen sich gleichzeitig zu dem Bett hinüber und sie gab sich ihm hin, doch diesmal war es anders. Sie genoss es, ihn dabei anzusehen und sie fühlte sich ganz als Frau. Aneinander gekuschelt schliefen sie zusammen ein. Die Vergangenheit war vorbei, nun würde es in die Zukunft vorwärts gehen.

68. Kapitel

Drei Frauen

ärmuth hatte die beiden Frauen sofort in ihre Arme und ihr Herz geschlossen. Bei Johanna war das ja normal gewesen, schließlich war sie für lange Jahre Bärmuths Stieftochter gewesen, aber auch für die Magd Giseldis hatte sich Bärmuth sofort als eine Art von Mutterersatz gesehen und bei ihr war auch ein Gefühl der Sorge um die junge Magd aufgekommen. So waren sie nun drei Frauen in dem Hause, in dem zuvor Bärmuth alleine die Wirtschaft geführt hatte. Nicht, dass Bärmuth hier nicht gern in dem Hause war, aber es war doch etwas anderes, mit einer Frau zu reden und zu lachen, als mit den Gesellen und Lehrlingen, die eigentlich Siegbert unterstanden. Die beiden Neuankömmlinge staunten über den lockeren Umgang zwischen ihr und den Männern in der Werkstatt. Das waren sie Beide nicht gewohnt gewesen, normalerweise hatte eine Frau den Blick niederzuschlagen, wenn ein fremder Mann sie ansprach. Bei ihr war das durch die ganze Zeit und das enge zusammenarbeiten mit den meist jungen Männern anders geworden.

Dafür hatte sie immer noch Angst, wenn sie das Haus verlassen musste, aber das würde nun sicher Giseldis machen. Auch in ihrem Hause würde sie die Rolle der Magd übernehmen, wozu sie, gegen die Aussicht auf Essen und Unterkunft, auch gern zustimmte. Nur Johanna würde sicher noch eine Weile brauchen, bis sie ihren Platz in der Gesellschaft wieder finden würde. Zu sehr hatten sie die Erlebnisse der letzten Jahre verstört und manchmal zuckte sie sogar zusammen, wenn Bärmuth ihr nur mit der Hand über den Arm strich. Die Wunden der Seele saßen tief bei der jungen Frau. Nur stockend begann sie an dem ersten Tag zu erzählen und die mitgebrachten Papiere aus dem Hause des Pfarrers bestätigten ihre

Angst. Dieser Verrückte hatte über fast jeden in der Stadt einen Bericht geschrieben. Man sah, wie er unten immer wieder etwas Neues daran gesetzt hatte, bis es dann irgendwann für eine Verurteilung gereicht hatte. Oder er die jeweiligen Personen erpresst hatte.

Manche Blätter waren durchgestrichen und Johanna setzte dann immer dazu, dass diese Frauen dann auch den Tod gefunden hatten. Die Beweise waren danach nutzlos gewesen, aber der Pfarrer hatte sie auch nicht wegwerfen wollen. Auch ihr eigenes Geständnis hatte sie gefunden und erst nun hatte sie die Zeit zu lesen, was sie da wirklich unterschrieben hatte. Sie sah Johanna an und wusste, dass auch diese fast alles unterschrieben hätte, was man ihr hingehalten hätte, nur damit die Quälerei enden würde. Sehr lange hatten sie an diesem ersten Abend in der Werkstatt gesessen, bis die Gesellen und Lehrlinge, die dort ja schliefen, sie baten, den Raum zu verlassen. Hand in Hand war sie mit Johanna die Treppe hinauf gestiegen und hatte diese dann in ihr altes Zimmer geführt, dass sie für neue Gesellen schon fertig gemacht hatte. Sie hatte ja nicht ahnen können, dass die Tochter wieder zu ihr zurückkommen würde. Doch Johanna war offensichtlich so müde, dass sie sich nur einfach in das Bett fallen ließ und schon bald eingeschlafen war, denn als Bärmuth später noch einmal in das Zimmer kam, lagen die beiden Frauen schlafen in ihren Kleidern darin und sie trat leise an das Bett.

Eine ganze Weile hatte sie so, mit der Kerze in der Hand, am Bett gestanden und in die Gesichter der beiden Frauen geschaut. Dann hatte sie die Decke über die Beiden gezogen und sie liebevoll zugedeckt. Was würde nun geschehen? Natürlich wusste sie, dass Hans mehr als ein Auge auf Johanna geworfen hatte und sie innig liebte. Aber wurde diese Liebe von ihr erwidert? Was würde geschehen? Würde Johanna überhaupt in der Stadt bleiben wollen?

Nach all dem, was ihr hier passiert war. Sicher würde es auch bei ihr eine ganze Weile dauern, bis die Schäden an der Seele wieder geheilt waren, wenn das jemals möglich sein würde. Gerade als sie das Zimmer wieder verlassen wollte, sprang die kleine Katze auf das Fensterbrett und schaute zu ihr herüber. Im Scheine der Kerze schienen ihre Augen zu leuchten. Bärmuth legte ihren Finger auf den Mund, um der kleinen Mitbewohnerin zu zeigen, dass sie die Beiden schlafen lassen sollte. Wie selbstverständlich nickte die Katze und sprang wieder zurück in die Dunkelheit. Nachdenklich ging Bärmuth zurück zu ihrem Mann und der kleinen Tochter, die in der Wiege neben ihrem Bett schlief. Dann legte sie sich in das Bett und versuchte zu schlafen, aber die Fülle der Ereignisse des Tages stürzte auf sie ein.

Johanna hatte ihr erzählt, dass der Pfarrer sie nicht nur mit ihrem eigenen Geständnis erpresst hatte, sondern auch mit dem Tode von ihnen beiden, wenn sie nicht tat, was er von ihr wollte. Eigentlich hatte sich Johanna damit vermutlich für sie geopfert. Bärmuth überlegte sich, ob sie selbst diese Stärke gehabt hätte. Hätte sie die Kraft gehabt, dieses Leid auf sich zu nehmen? Der Mond schien in das Fenster herein und sie dachte sich, dass es damals mit dem Mond begonnen hatte. Im Mondlicht hatten die Männer sie gefangen und nur darum hatten sie Johanna mit ihrem Geständnis erpressen können. Doch vermutlich hätte der Pfarrer sicher auch einen anderen Weg gefunden, um Johanna gefügig zu machen. Bestimmt war das, nach all den Aufzeichnungen des Mannes, schon von Anfang an sein Plan gewesen. Schließlich fielen ihr dann doch die Augen zu und sie schlief ein. Im Traum sah sie wieder den Pfarrer vor sich, der aber nur oben rum ein Mensch war. Ab der Taille abwärts war er ein Teufel.

So hatte er sich ja auch Johanna gegenüber verhalten. Sie sah die schwarzen Bocksfüße und den langen Schwanz des Teufels.

Mit glühenden Augen wollte dieser sich auf sie stürzen. Erschrocken fuhr Bärmuth aus dem Schlaf und weckte damit ihre Tochter, die neben ihr zu weinen begann. Schnell nahm sie das Kind aus der Wiege und setzte sich auf einen Stuhl am Fenster. Die ersten Sonnenstrahlen begannen gerade erst die Dunkelheit zu vertreiben und Bärmuth sang ein leises Schlaflied für die Kleine in ihrem Arm.

Ein neuer Tag begann und es würde der erste Tag sein, an dem Johanna und Bärmuth nicht mehr unter der Angst vor dem Pfarrer zu leiden haben würden. Nach diesem Traum fühlte sie sich nun frei. Die Helligkeit des Tages vertrieb die Dunkelheit der Nacht. Der Tod war weit weg und das Schmatzen des Kleinkindes an ihrer Brust zeugte vom Leben.

69. Kapitel

Eine Erkenntnis

ieses Buch, das ihm der Handwerker übergeben hatte, war ein Buch der Schande. Der Pfarrer hatte hierin alle seine Schandtaten beschrieben und in manchen Sätzen sah die Überheblichkeit hervor, dass niemand ihn stoppen konnte. Der Richter saß an seinem Tisch und las nun schon seit Stunden im Scheine einer Kerze, was der Geistliche mit seinem Vorgänger auf diesem Stuhl alles für Untaten verbrochen hatte. Auch die Geschichte um den Tod seiner Frau musste er nun überdenken, denn es war alles ganz anders gewesen. Der Pfarrer hatte Schuld und nicht die Hexen, wie er angenommen hatte. Dieser Mann hatte alles so aussehen lassen, das ihm als Richter gar keine andere Wahl geblieben war, als genau dies anzunehmen. Nun schämte er sich dafür, dass er danach diese Frauen und Männer so streng bestraft hatte. Eine Frau saß noch im Kerker und er wies noch in der Nacht seine Wache an, diese Frau zu entlassen. Sie hatte schon genug gebüßt für etwas, was sie nicht begangen hatte. Von nun an würde er jedes Urteil zweimal überdenken und nicht so schnell auf fadenscheinige Beweise hereinfallen.

Noch in dieser Nacht setzte er einen Brief auf, in dem er ab sofort auch die Beweisaufnahme in die Hand des Gerichtes nahm. Nach all den Aufzeichnungen in diesem Buch, waren die Befragungen oft so geführt worden, dass die Beschuldigten gar keine andere Wahl gehabt hatten, als alles zu gestehen, was ihnen vorgeworfen worden war. War denn die Folter in diesen Fällen wirklich hilfreich gewesen? Konnte sie es denn wirklich sein? Zuallererst musste er sich aber um die nun in Haft befindlichen Männer kümmern. In diesem Falle würde er ein Exempel durchführen und das nicht nur, weil er selbst davon betroffen war. Konnte er da eigentlich einen objektiven Schuldspruch finden? Nach all dem, was ihm der Pfarrer hier, sozusagen post mortem, als Beweis auf den Tisch gelegt hatte, wahrscheinlich schon. Er klappte das Buch so heftig zu, dass die Kerze zu Flackern begann. Er nahm sie auf und verließ mit ihr das Zimmer. Als er an der Tür zum Zimmer seiner Tochter vorbei kam, schaute er leise nach dem schlafenden Kind. Auch für sie musste er ein gutes Urteil fällen, damit sie ihm nicht später einmal vorwerfen konnte, dass er mit den Tätern zu nachsichtig gewesen sei.

Den Prozess setzte er sofort für den übernächsten Tag an. Mit einem Federstrich änderte er die Termine des Tages und beauftragte damit seinen Schreiber, die beteiligten Personen zur Verhandlung herbei zu holen. Die Notiz legte er auf den Schreibtisch im Flur, wo der Mann sie in wenigen Stunden sofort sehen würde. Dann legte er sich in das Bett und versuchte zu schlafen, doch die vielen unschuldig Verurteilten verfolgten ihn in dieses Zimmer hinein. Unausgeschlafen stand er später wieder auf und sah zum Fenster hinaus. In einiger Entfernung sah er den Friedhof, wo nun der Mann ruhte, der das alles zu verantworten hatte. Sollte er diesen nicht auch für seine Verbrechen bestrafen? Konnte er das noch? Der Richter beschloss den Prozess abzuwarten und sich bis dahin etwas zu überlegen, womit er auch den schon verstorbenen Geistlichen treffen konnte.

Ein Tag Vorbereitung war nicht wirklich viel, aber der Pfarrer hatte in seiner Akribie und dem Stolz auf die verübten Taten dafür gesorgt, dass die Beweislast für die Männer einfach erdrückend war. Doch die wussten nichts von dem Buch und so begann der Prozess gegen die fünf Männer mit dem, was sowieso fest stand. Die Magd wurde als Zeugin geladen und schilderte die Vergewaltigung und die Verwüstung der Räume. Der Richter konnte an dem Lächeln der Angeklagten sehen, dass sie sich bewusst waren, dass darauf nicht sonderlich große Strafen verhängt werden konnten. Maximal Geldstrafen waren darauf durch ihn zu verfügen. Doch das Lächeln der Männer war fast sofort verflogen, als er begann aus dem Buch des Pfarrers zu zitieren.

Nun war den Fünfen sicher bewusst, dass sie nicht mehr mit Schonung rechnen konnten. Nachdem er mit der Schilderung des Falles seiner Frau geendet hatte, klappte der Richter das Buch zu und sagte „Da kommen Entführung, Mord und Zauberei dazu. Von der Vortäuschung einer Entführung durch die Zauberer mal ganz zu schweigen. In Anbetracht der Schuld kann ich nur die Todesstrafe für euch verhängen." Dann stand er auf und sah zu den Männern herab. „Ihr werdet am Sonntag alle sterben. Oder am Montag." sagte er und auf die fragenden Blicke der Männer setzte er hinzu „Denn ich verurteile euch zum Tode durch Pfählen!" Ein Raunen ging durch den Raum. Solch eine Strafe wurde nur selten verhängt und hier in der Stadt war sie schon jahrelang nicht mehr vollzogen worden. Nun ließ er die Männer in Ketten legen und in den Kerker zurück bringen. Doch er hatte noch etwas zu erledigen.

Durch die Wache ließ er die gerade erst beerdigte Leiche des Pfarrers wieder ausgraben und in einem Käfig an der Kirche über dem Markt aufhängen. Jeder sollte den wirklich Schuldigen dabei zusehen, wie er langsam zerfiel und von den Vögeln vorgetragen werden würde. Auch wenn diese Strafe den Pfarrer nun nicht mehr persönlich erreichte, so war er nun nicht mehr in geweihtem Boden bestattet und am Tage des Jüngsten Gerichts würde er damit auch nicht mehr in das Paradies einziehen können. Wenn er für seine Taten nicht sowieso schon im Höllenfeuer schmorte.

Nachdem er die Verhandlung hinter sich gebracht hatte ging der Richter zum Hause des Schnitzers und wollte dem Handwerker das Buch des Pfarrers übergeben. Er hatte ja darin gelesen, dass die Tochter der Hausherrin auch darin vorkam. Doch der Handwerker lehnte ab und sagte zu ihm „Ich möchte bei Johanna nicht noch mehr alte Wunden aufreißen." Das sah der Richter ein und nahm das Buch wieder an sich. Auf das Buch schwor er sich und dem Handwerker, ab jetzt nur noch gerechte Urteile zu fällen.

Die beiden Männer gaben sich die Hand und verabschiedeten sich voneinander. Auf dem Rückweg sah der Richter nach oben zu dem Käfig, auf dem schon die ersten Raben saßen. Einige Menschen waren auch schon stehen geblieben, aber bei jedem sah er das Missfallen über die Taten des Pfarrers im Gesicht. Manche spuckten sogar vor dem Käfig aus.

70. Kapitel

Gerechte Strafe?

ine johlende Menge von Menschen hatte sich an diesem Sonntag nach dem Gottesdienst, in der Zeit, in der sie sonst vor der Kirche feierten, vor der Stadt versammelt. Auf dem freien Platz in der Mitte lagen schon die vorbereiteten Pfähle bereit. Jeder davon etwa Armdick und acht Schritte lang. An einer Seite angespitzt. Eine Gruppe von Wachen brachte die verurteilten Männer auf den Platz. Die Menschen bildeten eine Gasse und sahen den Männern zu, die zum Sterben heran geführt wurden. Johanna kannte keinen von ihnen. Obwohl sie fast ein Jahr in dem Hause gelebt hatte, waren die Männer ihr doch fremd geblieben. Der Pfarrer hatte sie nie mit in die obere Etage genommen und Johanna hatte ja nie hinunter gedurft.

Nur in dem Keller hatte sie ein Paar von ihnen gesehen, aber das waren ja Momente des Schreckens für sie gewesen und da hatte sie sich die Gesichter nicht so genau ansehen können. Wer hätte das schon gekonnt, wenn man auf einer Bank liegt und versuchte nicht zu ersticken? Doch nun tat sie es. Einem nach dem anderen sah sie sich an. Bei dem letzten, der nach den Worten von Hans der Anführer der Gruppe gewesen war, stutzte sie. Das war der Mann, der sie damals auf dem Markt zusammengeschlagen und weggetragen hatte. Kein Zweifel! Da war sie sich nun ganz sicher.

In ihren Gedanken setzte sich das Bild nun endlich vollständig zusammen. Dieser Mann hatte sie bestimmt im Auftrag des Kirchenmannes entführt und danach sicher zum Pfarrer gebracht. Also war sie auch bei dem Manne vergewaltigt worden und dies war auch schon ein Teil des Planes gewesen, sie gefügig zu machen. Das Kleid war also nicht zufällig dort in dem Schrank gewesen.

288

Sie sah wieder auf. Mit hinter dem Rücken gefesselten Händen standen die fünf Männer, bewacht von mehr als zwei Dutzend Wachen, am Rande des Platzes. Es dauerte eine ganze Weile, bis sich die Menge beruhigt hatte. Das sich nun bald bietende Schauspiel war nicht so oft zu sehen, denn diese Strafe wurde nur für besonders schwere Schuld verhängt.

Johanna fixierte den Mann und immer noch überlegte sie, was nun in ihrem Kopf kreiste. Ein furchtbarer Gedanke jagte den nächsten! Hatte wirklich der Pfarrer sie vergewaltigt und war das Kind, das damals in der Scheune gestorben war, wirklich von ihm? Wäre er damit Vater und Großvater des Kindes gleichzeitig gewesen? Das Kind deshalb so missgebildet gewesen? Ein Schauer lief über Johannas Rücken und sie zitterte. Hans versuchte sie zu beruhigen, doch es dauerte eine ganze Weile, bis sie sich von selbst wieder beruhigt hatte. Er nahm sie in den Arm und hielt sie ganz fest an sich gedrückt. So versuchte er ihr die Sicherheit zurück zu geben.

Durch die freie Gasse betrat der Richter den Platz und rollte ein Stück Papier aus. Dann las er noch einmal das Urteil vor, damit es ein jeder von ihnen noch einmal hörte. Johanna stand in der ersten Reihe der Schaulustigen und Hans an ihrer Seite. Auf der anderen Seite konnte sie Giseldis erkennen, die ihr zunickte. Der Richter las die Verbrechen der Männer vor. Verschleppung, Raub, Mord, Vergewaltigung waren die Dinge, die Johanna hörte. Nachdem das Urteil verlesen war gingen ein paar Männer der Wache nach hinten und zogen einen der Männer nach vorn. Es war der Anführer, der als Letzter den Platz betreten hatte. Auge in Auge stand er nun mit Johanna, keine drei Schritte von ihr entfernt. Auch jetzt noch zuckte sie zusammen bei der Erinnerung, an die damals erduldete Schmach.

Die Wachen lösten die Fesseln des Mannes von seinen Händen. Dann öffneten sie seinen Gürtel und zogen ihm die Hosen
aus. Sie zwangen ihn, sich auf den Bauch zu legen. Von vier Männern an Armen und Beinen auf den Boden gedrückt hielten sie ihn
so fest. Ein Mann schlug ihm das Hemd hoch und legte so den
nackten Hintern des Mannes frei. Auf ein Zeichen von ihm zogen
zwei der Männer die Beine des am Boden liegenden Mannes auseinander. Der fünfte Henkersknecht, der gerade noch den Hintern
freigelegt hatte, griff sich nun einen der Pfähle und fettete die
Spitze gut ein. Dann zog er den Hintern des Mannes auseinander
und steckte die Spitze in das dort zu sehende Loch hinein. Mit einem „Uff" quittierte der Mann am Boden das Eindringen des Hol-
zes in seinen Körper. Der Henkersknecht legte den Pfahl auf den
Boden und schob am anderen Ende ein kleines Stück Holz darunter, so dass der Pfahl nun waagerecht lag.

Der Knecht sah zum Richter und der nickte „Vollstrecke er das
Urteil." rief der Richter und der Mann griff sich einen großen
Hammer. Er holte aus und schlug zu. Mit kräftigen Schlägen trieb
er das Holz in den Körper des Mannes hinein. Johanna hatte sich
beim ersten Schlag weggedreht und an die Schulter von Hans an-
gelehnt. Sie hielt sich die Ohren zu, doch die Schläge des Hammers und die Schreie des Mannes waren trotzdem mehr als deutlich in ihrem Kopf zu hören. Kurz hatte der Hammer Ruhe, der
Mann schrie weiter, bevor es mit dem nächsten Manne weiter
ging. Ohne sich noch einmal umzudrehen ging Johanna weg. Erst
jetzt fiel ihr ein, das dies auch der Platz gewesen war, an dem damals ihre Mutter und sicher auch Barbara den Tod gefunden hatten.

Sie kam nur ein paar Schritte weit, dann überwältigten sie die
Erinnerungen und Einflüsse der Vergangenheit. Sie brach zusammen und wurde von Hans aufgefangen. Auf seinen Armen trug er

sie von dem Platz, so wie er es schon einmal gemacht hatte. Sie schmiegte sich an seinen Hals und schloss die Augen. Vielleicht würden nun die Schatten der Vergangenheit hinter ihr bleiben.

Weit hinter sich sah sie die fünf in den Himmel ragenden Pfahlspitzen und hörte immer noch die Schreie der fünf Männer, die sicher noch einige Stunden so hängen und langsam sterben würden. Giseldis folgte ihr und wenig später trug Hans Johanna in das Haus hinein. Er setzte sie nicht auf den Boden ab, sondern trug sie die Treppe hinauf, bis er sie in das Bett legte. Nun erst begannen die Tränen über ihre Wangen zu laufen. War es eine gerechte Strafe für die Männer gewesen? Eigentlich war ja der Pfarrer der Schuldige gewesen und sie nur die Ausführenden. Aber hätte er etwas ohne sie unternehmen können? Und war sie nicht auch von den Männern geschändet worden? Es dauerte lange, bis sie sich in den Schlaf geweint hatte.

71. Kapitel

Noch ein Buch?!

er Winter war vorüber und ein neues Jahr hatte begonnen. Mit viel Mühe und Glück hatte er Johanna zum Bleiben in der Stadt bringen können. Nun waren sie schon ein paar Monate zusammen und wenn es dann später mal so weit sein würde, dann würde er sie auch heiraten. Das würde allerdings erst gehen, wenn Siegbert ihm die Leitung der Werkstatt übergeben würde und er damit der Meister war. Denn nur an diesen Besitz war die Hochzeit verknüpft. Trotzdem teilten sie nun schon lange das Bett und es war offensichtlich auch nicht ohne Folgen geblieben. Das Kind unter Johannas Herzen bewegte sich bereits in ihrem Leib und Bärmuth war fürsorglich um die Stieftochter bemüht, dass es ihr an nichts fehlte. Er selbst war da etwas unbeholfen. Trotzdem versuchte er der Frau die Angst zu nehmen, dass dieses Kind wieder missgestaltet auf die Welt kommen würde. Sicherlich lag es beim letzten Male ja an den Umständen, unter denen sie es ausgetragen hatte.

Jeden Tag besuchte sie ihn in der Werkstatt und manchmal blieb sie auch vor dem Bild stehen, dass er damals von ihr gemalt hatte, in Unkenntnis dessen, dass es sie darstellte. Mit dem Richter hatte er mittlerweile auch ein sehr gutes und enges Verhältnis. Zu manchen Verhandlungen wurde er als Beisitzer dazu gerufen. Dieser Mann hatte sich nun, nachdem die Ränke des Pfarrers aufgedeckt waren, sehr geändert. Er versuchte jede Verhandlung objektiv zu führen. Streng aber gerecht sollte es in seinem Gerichtssaal zugehen und darum kamen nun Menschen auch aus der weiteren Umgebung, um seinen Richtspruch zu empfangen. Damit hatte er, und auch Hans, oft viel zu tun.

Eine der ersten Handlungen des Richters nach dem Prozess damals war es gewesen, alle Spuren des Pfarrers und seiner Untaten aus den Büchern zu löschen. So wie die Raben seine Knochen überall verstreut hatten. Niemand sollte jemals wieder an das schändliche Tun des Geistlichen erinnert werden, und doch war er durch seine furchtbaren Handlungen tief in die Seele von vielen Menschen eingebrannt. Besonders Johanna hatte oft mit den schlimmen Erinnerungen zu kämpfen und in mancher Nacht wachte sie schreiend aus dem Traum auf. Dann hatte Hans alle Mühe, die zitternde Frau wieder zu beruhigen und in den Schlaf zu bringen. Es würde sicher noch ein paar Jahre dauern, wenn es überhaupt jemals sein würde, bis Johanna all den Schmerz aus ihrer Seele herausbekommen würde. Zum Glück hatte sie mit Bärmuth eine gute Freundin gefunden und auch Giseldis lebte noch in ihrem Hause. Auch wenn das dem Vater nicht so recht gefiel, dass eine unverheiratete Frau unter so vielen Männern lebte, aber die beiden anderen Frauen nahmen sie sowohl vor dem Vater, als auch vor den anderen Männern, in den Schutz. Hatte Bärmuth nicht zuvor genauso gelebt?

So lebten sie in dem Hause wie eine etwas größere Familie, auch wenn das bei den Marktweibern oft für Klatsch und Tratsch sorgte, aber das war ihnen im Hause egal. So lange Hans mit dem Richter gut befreundet war, brauchten sie von seiner Seite aus auch nichts befürchten. Nur der neue Pfarrer hatte ein Auge auf ihr Haus und den, nach seiner Ansicht, unmoralischen Lebenswandel der Bewohner, geworfen. Doch solange der Geistliche selbst mit zwei unverheirateten Frauen unter einem Dach wohnte, konnte er ja schlecht etwas gegen sie sagen, aber Hans sah seine Blicke bei den Gottesdiensten. Bei Johanna hatte es eine ganze Weile gedauert, bis sie wieder in die sonntäglichen Gottesdienste mitgekommen war. Noch lange hatte er ihr Zittern gespürt, wenn sie an seiner Hand das Gotteshaus betreten hatte. Doch auch dies war sicherlich normal. Zumindest, da der Kerker und das Haus des Pfarrers unmittelbar neben der Kirche lagen und sie jedes Mal daran vorbei mussten.

Das Tagebuch des Geistlichen lag noch bei dem Richter und eines Tages gab er es an Hans weiter und diesmal nah er es an. Zusammen mit Johanna ging er das Buch durch, da diese es noch nicht gelesen hatte. So kamen nun noch einmal all die schlimmen Dinge in ihr hoch, die eigentlich in ihrer Seele für immer verschüttet bleiben sollten. Auf fast jeder Seite war das Schicksal eines Menschen aufgeschrieben und an manchen Stellen erinnerte sich Johanna an die Frauen und Männern, die darin beschrieben wurden. Ihre Tränen tropften auf das Papier und löschten die Tinte an so mancher Stelle aus, doch die Erinnerung ließ sich so nicht auslöschen.

Ein paar Tage später übergab der Richter ihm ein anderes Buch, das an den Pfarrer gerichtet war, der das Päckchen ja nicht mehr entgegen nehmen konnte. Es war noch in Tuch eingeschlagen und der Richter hatte es nicht geöffnet. Sicherlich wollte er gar nicht wissen, was der Pfarrer noch für Untaten geplant hatte und so blieb es bei Hans, dieses neue Buch zu entpacken. „Malleus Maleficarum" war in den Ledereinband eingeprägt und die Unterschrift ließ nichts Gutes erwarten. Es war in Latein geschrieben und so musste er es zu Johanna mitnehmen, die besser in Latein war, als er selbst. Zusammen lasen sie das gedruckte Buch und bei jeder Seite zuckte Johanna wieder zusammen. Es war ein Buch, mit dessen Hilfe die Hexen verfolgt und gerichtet werden sollten. Wie es auch der Willen des Pfarrers gewesen war, würde dieses Buch sicher auch nur vielen Unschuldigen das Leben kosten. In vielen Beschreibungen fand Johanna das Tun des Pfarrers wieder. Manche Sätze waren genauso geschrieben, wie der Pfarrer sie in sein Buch übernommen hatte. Sie legten die beiden Bücher nebeneinander und verglichen den Text. Der Autor und der Pfarre mussten sich gegenseitig ausgetauscht haben.

Viele Beschreibungen hatte sie selbst so von dem Pfarrer gehört und auch die darin abgebildeten Foltermethoden hatte er oft angewandt. „Diese Buch wird sicher tausenden das Leben nehmen!" sagte Johanna leise und Hans musste an die Zeiten im Süden denken, in denen er auf Wanderschaft gewesen war. Dort hatte er schon ohne dieses Buch die Scheiterhaufen lodern gesehen. Um wie vieles mehr würden diese Feuer mit dieser Anleitung brennen?

Hans und Johanna sahen sich an und er sah die Tränen in ihren Augen. Mit jeder Zeile kam auch in diesem Buch das Leid wieder hoch, das sie eigentlich loswerden wollte. Was sollten sie machen?

72. Kapitel

In Flammen aufgegangen

Das Feuer war so nah, dass es die Tränen der jungen Frau auf den Wangen trocknete, nachdem sie herausgelaufen waren. Sie spürte die Hitze im Gesicht und doch konnte sie den Blick nicht abwenden. Seite für Seite übergab sie das Buch des Pfarrers den Flammen. Hans hatte in einem Kübel im Garten des Hauses Holzscheite hinein gestapelt und die Glut geschürt. Bei jeder Seite sah sie die Gesichter der Frauen vor sich. Barbara, die Bäuerin, Bärmuth und ihre Mutter. Das Schicksal einer jeder der Frauen war auf den gelblichen Blättern verzeichnet und die Flammen löschten es langsam aus. So wie die Tinte durch das Feuer langsam verging, so löschte es auch das Leid in Johannas Herzen langsam aus. Mit jedem Blatt und jeder Träne wurde es ihr leichter ums Herz. Manche Tränen tropften in die Glut und ließ ein Zischen ertönen.

Johanna war es, als ob all diese Frauen von oben auf sie herunter sahen und genauso war sie sich sicher, dass der Pfarrer und seine Schergen schon jetzt in der Hölle im Feuer der ewigen Verdammnis schmorten. Immer wieder hörte sie die Worte des Pfarrers in den Ohren „Es ist doch nur ein Hexenleben ...“ Doch es waren Frauen gewesen. Menschen! So viele unschuldige Leben hatten diese Männer im Laufe der letzten zwanzig Jahre ausgelöscht, dass es sicher war, dass Gott es wusste und er sie sicher nicht durch das Himmelstor lassen würde. Langsam wurde es dunkel in dem kleinen Garten. Der Feuerschein beleuchtete die Frau und Hans, der in einiger Entfernung stand. Sie sah zu ihm auf und nickte ihm zu, er war so sehr um ihre Sicherheit bedacht, dass er sie selbst hier im abgetrennten Garten nicht aus den Augen ließ.

Nach dem letzten Blatt trat Bärmuth zu ihr und hielt ihr auch das andere Buch hin. Johanna sah sie fragend an und nickte dann. Wenigstens dieses eine Exemplar würde nicht dazu dienen, unschuldiges Leben zu zerstören. Sie schlug es auf und riss das erste Blatt heraus. Danach ließen sie es gemeinsam in der Kessel fallen. Es begann sich langsam von der Mitte her bräunlich zu verfärben, bevor es sich zusammen rollte und zu Asche zerfiel. Nur kurz war die Flamme aufgelodert. Es war anderes Papier, als das Buch des Pfarrers. Seite für Seite rissen die beiden Frauen aus dem Buch heraus und zerstörten so dieses verdammte Werk. Als nur noch der Einband übrig war ließ Johanna auch diesen in die Glut fallen. Der Geruch des verbrannten Leders erweckte die schlimmen Erinnerungen noch einmal und sie wäre fast am Feuer zusammen gebrochen. Schnell hatte Hans sie aufgefangen.

Auf ihn gestützt ging sie zurück zum Haus. Von der Tür aus sah sie zurück zu Bärmuth, die immer noch am Feuer stand, wohl wartend, dass alle Spuren der Vergangenheit ausgelöscht werden würden, doch die Wunden auf der Haut der Freundin würden sie wohl auf ewig daran erinnern, was sie und die anderen Frauen dort in diesem Keller erlebt hatten. „Bärmuth!" rief Johanna leise und die Freundin wendete sich ihr zu. Sie hielt die Hand hin und Bärmuth kam zu ihr herüber. Zu dritt betraten sie das Haus wieder, in dessen Küche gerade das Abendessen vorbereitet wurde. Giseldis deckte mit einigen der Lehrlinge den Tisch. In dem Raum war ein Lachen und Singen, das die dunklen Gedanken draußen im Garten ließ.

Nach ein paar Augenblicken machten sich auch Johanna und Bärmuth mit an die Arbeit. Aber Johanna vermied es, aus dem Fenster auf die noch immer im Garten leuchtende Tonne zu sehen. Sie schaute auf den festlich gedeckten Tisch und legte ihre Hände auf den unübersehbaren Babybauch. Sie wollte nun nur noch an die Zukunft denken und gab ein schnelles Gebet an Mutter Maria ab, dass ihr Kind gesund auf die Welt kommen würde. Sie sah zu der geschnitzten Figur, die Siegbert in der Ecke der Werkstatt aufgestellt hatte.

Sie war ein Abbild der Figur, die er für den Altar damals geschnitzt hatte und damit hatte sie die Züge von Johannas Mutter und gerade im Moment hatte Johanna das Gefühl, das die Figur ihr zunickte. Vielleicht war es nur durch das Flackern der Kerze geschehen, die zu Füßen der Figur stand, aber Johanna hatte das Gefühl, dass nun alles gut wird. Hans trat an sie heran und nahm ihre Hand. Mit einem Kuss vertrieb er die letzten dunkeln Gedanken aus ihrem Kopf. Nun musste alles gut werden!

ENDE

Zeitliche Einordnung der Handlung:

5800 Steinzeit

Anfang des Buches „Schicha und der Clan des Bären"

Ende des Buches „Schicha und der Clan des Bären"

5500 Steinzeit

400 –

387 Die Kelten fallen in Rom ein

300 –

218 Der karthagische Feldherr Hannibal überquert die Alpen

200 –

100 –

73 Flucht von Spartacus aus der Gladiatorenschule in Capua

71 Tod von Spartacus und Ende des Sklavenaufstandes

55 Expedition Caesars nach Britannien

44, 15. März, Kaiser Caesar wird in Rom ermordet

0 --

9 Niederlage des Feldherrn Varus gegen die Cherusker unter Arminius

34 Anfang des Buches „Das Schwert des Gladiators"

43 Beginn der Eroberung Südbritanniens

50 Colonia (heute Köln) wird zur Stadt erhoben

54 Nero wird römischer Kaiser

54 Anfang des Buches „Die römische Münze"

56 Ende des Buches „Das Schwert des Gladiators"

787 Die ersten Überfälle der Nordmänner auf Westeuropa finden statt

790 Überfälle der Nordmänner auf Schottland und Irland

792 letzte größere Erhebungen gegen die Franken

792 Zwangsdeportationen der Sachsen und Neuvergabe von sächsischem Land an fränkische Siedler

793 Überfall und Plünderung des Klosters Lindisfarne durch Nordmänner

795 Überfall von Wikingern auf das Kloster Iona in Irland

799 Beginn der Wikingerüberfälle auf das Frankenreich

796 Karls Belehrung durch seinen Berater Alkuin

797 wurden mit dem Capitulare Saxonicum die Sondergesetze gegen die Sachsen gelockert

800 –

800 Kaiserkrönung Karls des Großen

800 König Godfred von Dänemark gerät im kriegerische Konflikte mit Karl dem Großen

800 erste nordische Siedler auf den Färöern und auf Island

800 Unzählige Angriffe der Nordmänner auf die sächsischen Küsten

802 wurde das sächsische Volksrecht (Lex Saxonum) verabschiedet

802 Ende des Buches „In den finsteren Wäldern Sachsens"

804 Ende der Sachsenkriege

805 Anfang des Buches „Westwärts auf Drachenbooten"

810 Dänische Wikinger greifen wiederholt die friesische Küste an

814 Tod Karls des Großen

825 Ende des Buches „Westwärts auf Drachenbooten"

840 erste Überwinterung der Wikinger im Frankenreich

840 Norwegische Nordmänner überfallen Irland und gründen Dublin

844 Überfälle der Nordmänner auf Spanien

845 Plünderungen von Hamburg und Paris durch die Wikinger

858 Schwedische Wikinger gründen Kiew

889 Wanzleben wird erstmals als Haufendorf erwähnt

900 –

913 Herzog Heinrich von Sachsen stellt ein Ungarisches Heer bei Merseburg

926 Heinrich handelt mit den Ungarn einen zehnjährigen Waffenstillstand für Sachsen aus

937 Otto I. der Große, gründete das St.-Mauritius-Kloster in Magdeburg

938 die Ungarn ziehen erneut gegen die Sachsen

952 Anfang des Buches „**Der Gefolgsmann des Königs**"

955, am 10. August, Schlacht gegen die Ungarn auf dem Lechfeld bei Augsburg

955 Otto beginnt einen großen Neubau des Doms zu Magdeburg.

962, 2. Februar, Krönung Ottos zum Kaiser

968 Beginn des Baues der Burg Wanzleben

980 Ende des Buches „**Der Gefolgsmann des Königs**"

1000 –

1100 –

1142 Heinrich der Löwe wird Herzog von Sachsen

1143 Gründung Lübecks, der ersten deutschen Ostseestadt

1147 Anfang des Buches „**Im Zeichen des Löwen**"

1147 Wendenkreuzzug, dauert als Kreuzzug drei Monate

1152 Königskrönung von Friedrich Barbarossa in Aachen

1155 Kaiserkrönung Friedrich Barbarossas in Rom

1156 Besiedlungszug in Lommatzsch

1157 Gründung des deutschen Kaufmannsbundes

1159 Wiederaufbau Lübecks

1160 Anfang des Buches „**Kaperfahrt gegen die Hanse**"

1160 der slawische Burgwall Dobin, liegt am heutigen Schweriner See, wird zerstört

1160 Lübeck erhält das Soester Stadtrecht

1160 Gründung der Kaufmannshanse

1161 Vermittlung eines Handelsprivilegs an die Stadt Lübeck durch Heinrich den Löwen

1161 Gründung der Gotländischen Genossenschaft als Vorstufe der Hanse

1162 Kloster Altzella, bei Nossen, wird gegründet

1163 Ende des Buches „Im Zeichen des Löwen"

1180 Heinrich verliert das Herzogtum Sachsen

1200 –

1200 Gründung des Petershofes in Novgorod als Außenstelle der Hanse

1200 Ende des Buches „Kaperfahrt gegen die Hanse"

1210 Anfang des Buches „Die Sklavin des Sarazenen"

1212 Kinderkreuzzug mit Ziel Jerusalem

1212 Friedrich II wird König

1217 - 1221 Fünfter Kreuzzug - Kreuzzug von Damiette in Ägypten

1220 Ende des Buches „Die Sklavin des Sarazenen"

1250 Anfang der Blütezeit der Städtehanse

1300 –

1307, 13. Oktober, Zerschlagung des Templerordens und Verhaftung aller Templer

1315 Beginn einer Hungersnot, die als „Der große Hunger" in zwei Jahren mit sintflutartigen Regenfällen, sehr kalten Wintern und vielen Überschwemmungen Millionen Menschen in Europa dahinraffte

1321 Anfang des Buches „Frauenwege und Hexenpfade"

1337 der hundertjährige Krieg zwischen England und Frankreich beginnt

1337 Ende des Buches „Frauenwege und Hexenpfade"

1340 der englische König Eduard III. fällt mit seinem Heer in Frankreich ein

1346 in der Schlacht von Crécy schlagen 8.000 englische Langbogenschützen die verbündeten europäischen und französischen Ritter vernichtend

1347 die Beulenpest erreicht die europäischen Häfen am Mittelmeer und breitete sich schnell überall aus

1356 mit der goldenen Bulle wird erstmalig festgeschrieben, dass der deutsche König durch Mehrheitswahl von sieben Kurfürsten bestimmt wird

1400 –

1431, 30. Mai, Jeanne d'Arc, die Jungfrau von Orléans, stirbt in Rouen auf dem Scheiterhaufen

1440 Johannes Gutenberg erfindet den Buchdruck mit beweglichen Lettern

1452, 15. April, Leonardo da Vinci wird in Anchiano bei Vinci geboren

1479 Anfang des Buches „**Nur ein Hexenleben** ...“

1482 Johann Tetzel beginnt sein Theologiestudium in Leipzig

1486 der Dominikaner Heinrich Kramer veröffentlicht sein Traktat „Der Hexenhammer“, lateinisch „Malleus Maleficarum“

1487 Ende des Buches „**Nur ein Hexenleben** ...“

1492 Christoph Kolumbus erreicht die großen Antillen und entdeckt damit Amerika

1498 Vasco da Gama erreicht an Bord seiner Nau auf dem Seeweg um Afrika herum Indien

1500 –

1504 Johann Tetzel beginnt seine Tätigkeit im Ablasshandel

1517 Anfang des Buches „**Die Bruderschaft des Regenbogens**“

1517, 31. Oktober, Luther verkündet seine Thesen in Wittenberg

1518 Müntzer und Luther sind in Wittenberg

1520 Müntzer in Zwickau

1522 Neues Testament erscheint auf Deutsch

1523, zu Ostern, Katharina von Boras Flucht aus dem Kloster

1524 Bauern- und Handwerkeraufstände in Sachsen

1525, 15. Mai, Schlacht bei Bad Frankenhausen

1525, 27. Mai, Müntzer wird in Mühlhausen enthauptet

1525, 27. Juni, Heirat Luthers mit Katharina von Bora

1525, im Dezember, Kloster Buch wird geschlossen

1526 Niederschlagung der letzten Bauernaufstände

1527 Ende des Buches „**Die Bruderschaft des Regenbogens**"

1530 Reichstag zu Augsburg beschließt die Duldung des Evangelischen Glaubens

1534 die Gesamte Bibel ist nun auf Deutsch

1600 –

1618, 23. Mai, Fenstersturz zu Prag

1618 Anfang des dreißigjährigen Krieges

1620, 08. November, Schlacht am Weißen Berg bei Prag

1630 Anfang des Buches „**Im Schein der Hexenfeuer**"

1631 Kriegseintritt Sachsens

1631, 10. Mai, Verwüstung der Stadt Magdeburg durch kaiserliche Truppen

1631 Anfang des Buches „**Die Räubermühle**"

1632 die Pest wütet in Sachsen

1632, 16. November, Schlacht bei Lützen

1634, 25. Februar, Albrecht von Wallenstein wird in Eger ermordet

1634 Ende des Buches „**Die Räubermühle**"

1639 schwedische Truppen brennen Dresden teilweise nieder

1641 nochmalige Zerstörung Dresdens durch die Schweden

1648 Westfälischer Friede

1648, 24. Oktober, Ende des dreißigjährigen Krieges

1650 Ende des Buches „**Im Schein der Hexenfeuer**"

1694 Friedrich August I. wird unerwartet neuer Herzog und Kurfürst von Sachsen

1697, 15. September, Friedrich August I. wird in Krakau zum polnischen König gekrönt

1700 –

1710 Anfang des Buches „**Anna und der Kurfürst**"

1712 Thomas Newcomen konstruiert die erste verwendbare Dampfmaschine

1715 Ende der Kleinen Eiszeit, einer Periode relativ kühlen Klimas mit besonders kalten Zeitabschnitten seit 1675

1715 Ende des Buches „**Anna und der Kurfürst**"

1756 bis 1763 der Siebenjährige Krieg tobt in Mitteleuropa

1776 Gründung der Vereinigten Staaten von Amerika mit der Unabhängigkeitserklärung

1789, 14. Juli, Beginn der französischen Revolution in Paris

1793 Beginn des Interventionskriegs gegen Napoleon, an dem auch Sachsen teilnahm

1794 die Gesellen streiken in Dresden

1796 der Interventionskrieg endet mit einer Niederlage für die preußischen, österreichischen und sächsischen Verbündeten.

1800 –

1800 Anfang des Buches „**Der russische Dolch**"

1806 Preußen und Russland verbünden sich gegen Napoleon. Sachsen schließt sich an

1806 Krieg der Verbündeten gegen Napoleon

1806, 14. Oktober, Schlacht bei Jena und Auerstedt, die Verbündeten werden von Napoleon vernichtend geschlagen.

1806, 20. Dezember, das Kurfürstentum Sachsen tritt dem Rheinbund bei und wird durch Napoleon zum Königreich

1812 von Sachsen aus beginnt der Feldzug gegen Russland. Sachsen ist mit 21.000 Mann daran beteiligt

1812, 23. Juni, Napoleon überquert mit seinem Heer die Mehmel

1812, 17. August, Schlacht um Smolensk

1812, 7. September, Schlacht von Borodino

1812, 14. September, Napoleon rückt in Moskau ein

1812, 13. Oktober, Napoleon beschließt den Rückzug

1812, 3. November, Schlacht bei Wjasma.

1812, 26. bis 28. November, Schlacht an der Beresina

1812, 14. Dezember, Kaiser Napoleon macht, seinen Truppen auf dem Rückzug aus Russland vorauseilend, in Dresden Station.

1813, 2. Mai, Schlacht bei Großgörschen, Sieg Napoleons gegen Russen und Preußen

1813, 20. und 21. Mai, Schlacht bei Bautzen, weiterer Sieg Napoleons gegen Russen und Preußen

1813, 26. und 27. August, Schlacht bei Dresden, Napoleon errang seinen letzten Sieg auf deutschem Boden.

1813, 16. bis 19. Oktober, Die Völkerschlacht bei Leipzig brachte Napoleon eine verheerende Niederlage. Die sächsischen Truppen liefen zu den russischen und preußischen Truppen über

1813, 11. November, Die belagerte Festungsstadt Dresden kapituliert

1815, 18. Juni, Schlacht bei Waterloo

1815 Ende des Buches „**Der russische Dolch**"

1900 –

Von Uwe Goeritz ebenfalls beim Verlag BoD erschienen (BoD – Books on Demand, Norderstedt, nähere Informationen finden Sie unter www.BoD.de)

„Schicha und der Clan des Bären"
die ISBN lautet 978-3-7386-0262-3 108 Seiten für 7,90 Euro

„In den finsteren Wäldern Sachsens"
die ISBN lautet 978-3-7357-7982-3 108 Seiten für 7,90 Euro

„Der Gefolgsmann des Königs"
die ISBN lautet: 978-3-7357-2281-2 116 Seiten für 7,90 Euro

„Im Zeichen des Löwen"
die ISBN lautet: 978-3-7347-5911-6 116 Seiten für 7,90 Euro

„Kaperfahrt gegen die Hanse"
die ISBN lautet: 978-3-7386-2392-5 108 Seiten für 7,90 Euro

„Die Bruderschaft des Regenbogens"
die ISBN lautet: 978-3-7386-5136-2 112 Seiten für 7,90 Euro

„Im Schein der Hexenfeuer"
die ISBN lautet: 978-3-7347-7925-1 112 Seiten für 7,90 Euro

„Die Räubermühle"
die ISBN lautet: 978-3-8482-0893-7 112 Seiten für 7,90 Euro

„Der russische Dolch"
die ISBN lautet: 978-3-7412-3828-4 116 Seiten für 7,90 Euro

„Das Schwert des Gladiators"
die ISBN lautet: 978-3-7412-9042-8   116 Seiten für 7,90 Euro

„Frauenwege und Hexenpfade"
die ISBN lautet: 978-3-7448-3364-6   116 Seiten für 7,90 Euro

„Die Sklavin des Sarazenen"
die ISBN lautet: 978-3-7448-5151-0   308 Seiten für 9,90 Euro

„Die Tochter aus dem Wald"
die ISBN lautet: 978-3-7448-9330-5   116 Seiten für 7,90 Euro

„Anna und der Kurfürst"
die ISBN lautet: 978-3-7448-8200-2   312 Seiten für 9,90 Euro

„Westwärts auf Drachenbooten"
die ISBN lautet: 978-3-7460-7871-7   116 Seiten für 7,90 Euro

Aktuelle Informationen und Neuerscheinungen finden sie immer im Internet unter:

www.Goeritz-Netz.de